大魚讀品
BIG FISH BOOKS

让日常阅读成为砍向我们内心冰封大海的斧头。

我知道光在哪里

〔美〕安东尼·雷·辛顿
劳拉·洛夫·哈丁 著

张雪梅 译

四川文艺出版社

给我妈妈
巴哈拉·辛顿

愿我们都能像她那样无条件地爱一个人

目录

前　言

2015年4月3日，在亚拉巴马州死囚牢房中被单独关押将近三十年后，安东尼·雷·辛顿终于获释。从被判处死刑到最终无罪释放，辛顿先生是美国类似案件中服刑时间最长的人之一。我们大多数人都无法想象，被逮捕、被指控犯下可怕的罪行、被监禁、被错误定罪，因为没钱捍卫自己的权利而被判死刑，等等，这一切究竟是一种什么感觉。大多数人真的想象不出。然而，这样的事就发生在美国。我们之中应该有更多的人采取行动，制止类似的悲剧再次发生。

辛顿先生是黑人，在亚拉巴马州的农村长大，家里很穷。从小到大，他亲眼看着并不断思索着吉姆·克劳[1]种族隔离制度下种种严酷的现实，对种族偏见如何限制有色人种的生活有着切肤之痛。他的母亲很了不起，从小教育他不要用肤色界定、评判他人。他因此曾极力否认自己是因为种族歧视而被逮捕、被起诉、被误判，但最终却无法找到任何其他解释。除了是黑人，他还是穷人，一个生活在相较于贫穷且无罪的

1　吉姆·克劳（Jim Crow）是美国剧作家T.D.赖斯于1828年创作的剧目中的一个黑人角色的名字，逐渐演变成贬抑黑人的称号和黑人遭受种族隔离的代名词，后来泛指1876年至1965年美国南部各州以及边境各州对有色人种（主要针对非洲裔美国人，同时也包含其他族群）实行的种族隔离制度。——译者注（如无特别标注，下文注释均为译者注）

人来说，对富有且有罪的人会更友好的刑事司法制度下的穷人。

辛顿先生有一种非凡的幽默感，他依靠这种幽默感战胜了很多人都曾遭受过的种族问题。当时他快三十岁了，和妈妈一起生活，是一名合同工。在被捕之前，他从未被指控过有暴力行为。

一天晚上，当他在亚拉巴马州贝瑟默一家上了锁的超市仓库里打扫地板时，十五英里[1]外的一名餐馆经理在下班时被一名持枪劫犯绑架、抢劫和枪击。受害者幸存下来，后来误认为辛顿先生就是抢劫他的人。尽管辛顿先生当时正在一个有安保措施的仓库中上班，现场有专门记录人员到达和离开的保安，工作地点离犯罪现场有十几英里之远，但警察还是去了辛顿先生母亲的家里，在那里找到了一把0.38口径[2]的旧手枪。亚拉巴马州的法医声称，这支枪不仅被用于最近的抢劫和谋杀未遂事件中，还被用于贝瑟默地区的另外两起谋杀案。这把枪作为证据，辛顿先生被逮捕，并与两起谋杀案一起被起诉，州检察官要求判处他死刑。辛顿先生通过了警方的测谎仪测试，测试结果证实他清白无辜，但该州检察官无视这一证据，也无视他的不在场证明，坚持判处他两起谋杀案罪名成立，并要求处以死刑。

庭审中，法庭为辛顿先生指定的律师未能尽到应有的责任，他没能找到一位称职的专家，来反驳州政府有关辛顿先生母亲家那把枪支的虚假指控。之后的十四年，辛顿先生一直未能获得应有的法律援助来证明自己的清白。我在1999年与辛顿先生结识，他给我留下了深刻的印象。他体贴、真挚、坦诚、富有同情心、风趣幽默，很容易就让人想去

1　1英里约等于1.6千米。

2　在中国指9mm口径。

帮助他，但帮助他重获自由绝非易事。

我和公正司法倡议委员会（Equal Justice Initiative）的同事一起联络了三名美国顶尖枪支检测专家，他们都证实从辛顿先生母亲那里找到的枪支与犯罪证据不符。之后又过了十四年，在经过无数次争辩不休的诉讼后，美国最高法院做出了罕见的判决，辛顿先生终于在2015年获释。被关押在亚拉巴马州死囚牢房的那段时间里，辛顿先生眼睁睁地看着五十四个人经过他的门口，走向行刑室被处决。行刑室离他的牢房只有三十英尺[1]远。

支撑辛顿先生在亚拉巴马州死囚牢房中度过漫长岁月的，是一位他从小就认识的朋友。这位朋友在辛顿先生被关押的将近三十年里，从来没有错过一次探视。他就是莱斯特・贝利，是他的坚持让辛顿先生从未感到孤独或被抛弃。而且，辛顿先生在牢里慢慢与周围人打成一片，竟然创造了一种我从未见过的死囚身份：他通过一己之力改变着周围的人，不仅包括死囚牢里的几十名犯人，还包括那些向辛顿先生请教、寻求建议的狱警——从婚姻到信仰，再到日常生活的方方面面，他们什么事都去请教他。

很多年来，这个案子给辛顿先生带来的只有失望和沮丧。每次宣布了不利的法律裁决后，我都会有很多个焦虑的不眠之夜。但是在霍尔曼州立监狱的探视室里，人们看到的我们却不是这样的，我们经常一起开怀大笑。这就是安东尼・雷・辛顿非凡的力量和非凡的精神。

在我的律师生涯中，我去过很多监狱见委托我打官司的客户，应该有数百人之多。在这些探访中，我见识了监狱工作人员惯有的冷漠与敷

1 1英尺约等于30.48厘米，30英尺大约是9米。

衍，有几次他们甚至主动挑衅、无端惹事，因为他们似乎对囚犯能得到法律探视权这一点憎恨不已。但探视雷・辛顿时却与上述这些我常见到的不同。在我和雷一起为案子忙碌的这些年里，我从来没有遇到过以前探视别人时遇到的情景，有那么多的狱警、惩教人员、监狱工作人员都把我叫到一边，向我提供帮助，问我他们怎么做才能帮得了雷。

在我三十年的律师职业生涯中，我为许多死刑犯进行过辩护。我的客户中也有许多含冤获罪的无辜者。然而，这其中没有任何人的故事比安东尼・雷・辛顿的故事更能鼓舞、激励我，我相信他那独一无二、打动人心的故事同样会鼓舞、激励我们的国家和全世界的读者。

读他的故事时心里会觉得不舒服、很痛苦，但我们必须知道他的故事，因为我们可以从中了解我们的刑事司法系统，了解美国种族偏见的余孽，以及种族偏见是如何遮蔽了我们的双眼，让我们不能公正、公平地对待他人。我们还会了解到让人恐惧和愤怒的政府治理方式所带来的危险：正是这种治理方式产生了死刑制度和使一些法院和官员极度不负责任的法律制度等畸形制度。我们从中还可以看到人的尊严、意义和价值。我们会思考这样一个事实，那就是我们其实都比自己做过的最糟糕的事情高尚得多。安东尼・雷・辛顿的故事有助于我们理解上述问题，并让我们进一步去探求生存、奋斗和宽恕的真正含义。

获释以来，辛顿先生已经无数次向公众讲述他的故事，他非凡的演讲足以改变听众的人生。他有一种罕见的天赋，能集幽默、深刻的情感、引人入胜的故事情节于一体，引领人们步入他痛苦、悲惨但最终胜利欢欣的人生旅程。他关于宽恕的见解可以彻底改变我们的人生观。我目睹了他给予各行各业的人鼓舞和激励，这其中有铁石心肠的警官和检察官，也有时刻都不安分的青少年和学生。

他的故事是关于宽恕、友谊和胜利的，故事发生在一个充斥着种族主义、贫穷，以及不作为的刑事司法系统背景下。辛顿先生在书中讲述了一个死刑犯的故事，他有过痛苦不堪的遭遇，死亡之门时刻会在他眼前打开。然而，尽管遭此厄运，他仍然充满希望、宽容和忠诚。这本书可以算作记录了一个奇迹，因为很多时候我们俩都在担心他根本活不到今天，活不到今天来讲述他的故事。但是他活到了今天，我们为此心存感激，因为他的经历、他的人生、他的遭遇将永远激励我们的一生。

布莱恩·史蒂文森，辩护律师

第一章

死刑

但比证据更重要的是，在审判辛顿时，我深切感觉到了被告的罪孽以及十足的邪恶，这种感觉远甚于以往的任何一次审判。

——检察官鲍勃·麦格雷戈

谁也不知道生命中的哪个时刻将永远改变我们的命运。你只有在回首往事时，才能慢慢发现它。相信我，这一时刻是绝对、绝对不可能预测的。是从被逮捕的那一天起，我的生活就被永久改变了吗？还是改变我命运的时刻在这之前就早已到来？而那一天仅仅是一系列命中注定、糟糕透顶和坏运气都达到了极致？或者，决定我生命历程的是：我是个没钱的黑人，生长在民权运动后仍不怎么讲究民权的美国南方？答案很难确定。当你只能在一个浴室大小的房间里度过余生时——这是一间五英尺宽、七英尺长[1]的牢房——你就有足够的时间重新思索生命中的每一个时刻。可以设想，如果他们来抓你时你逃跑了会怎样？如果当初获得了那项棒球奖学金又会怎样？或者如果没有错失良机而娶了那位姑娘会怎样？这是人之常情。我们都会在脑海中重放生命中令人揪心的那些时刻，然后想象着如果没有向右走而是向左走会怎样，如果自己当时不是那个样子而是这个样子会怎样，如果做了不同的选择又会怎样。即使

1　约1.5米宽、2.1米长。

没有被关进大牢，你也可以终日用自己的思绪和时光重写一段痛苦的经历、制止一场惨痛的悲剧，或者纠正一个可怕的错误。但是痛苦、悲剧、不公天天发生，而且发生在我们所有人身上。世道虽如此艰辛，但我更愿意相信，真正重要的、真正能够永久改变命运的，是我们在遭受这样悲惨的经历后做出的选择。

这便是我的信念。

杰斐逊县监狱，1986 年 12 月 10 日

我妈妈坐在隔离玻璃墙的另一边，看上去很不自在。她戴着象牙色的手套，穿着蓝绿花纹的裙子，头上戴着一顶镶着白色花边的宽大蓝帽子。来监牢看我时，她总是打扮得像去教堂一样。在南方，漂亮的服装和无可挑剔的举止一直都是女士的利器：帽子越大，越郑重、端庄。那边那位女士的帽子，比教皇的还高还大呢。看到探视室里的妈妈，很难想象她是在用自己的南方方式全副武装准备战斗。在审讯期间甚至探视日里，妈妈一直有些茫然无措。自从一年半前我被捕以来，她一直是这样的。莱斯特·贝利觉得她还没从极度震惊中缓过神来。莱斯特四岁时，我们的妈妈让我们俩一起出去玩，然后我们就成了一辈子的朋友。我那时六岁，不屑于跟一个四岁的小屁孩玩，但是不管那天我如何想方设法来甩掉他，莱斯特总是跟在我身边。二十三年后的这一刻，他还是一如既往地陪着我。

每次来探监，妈妈都不明白我为什么还被关在监狱里。三个月前，我被判有罪，因为抢劫和谋杀了两个人，十二人组成的陪审团认为我不

可救药，这个世界没有我会更好，为此他们建议把我给谋杀了——对了，文雅点的说法应该是“被判死刑”，但我还是称之为“谋杀”吧，因为这是实情。他们想谋杀我，因为我谋杀了别人。

然而，他们抓错了人。

当十五英里外的昆西家庭牛排馆经理被绑架、抢劫和枪击时，我正在一个锁着的仓库里上夜班。我被误认为是那个犯了罪的人。警方声称我母亲家里那把0.38口径的旧手枪就是凶器。亚拉巴马州官方声称，这把枪不仅被用于昆西餐馆的抢劫和谋杀未遂案中，还被用于该地区的另外两起谋杀案。在这两起案件里，正在关门的餐馆经理先是被抢劫，然后被胁迫进入冷藏室，最后被枪击。妈妈的那把旧枪，我想已经二十五年没有用过了，也许还不止。我从没跟人打过架，但是现在，我不仅成了杀人凶手，而且还是一个为了几百块钱就会用枪指着别人的头并扣动扳机，然后没事一样继续过日子的冷血杀手。

上帝明白，我妈妈养大的孩子绝不可能杀人。在等待法官正式判决的那几个月里，她和我被判有罪之前没有什么不同。她知不知道，只要再开一次庭，我就会被执行死刑？我们谁都不谈这个话题，而且我真的不知道这是她在为了我，还是我在为了她，总之我们俩都装作对此一无所知。也许我们都深深陷入这场噩梦中无法走出来，所以都不知道该如何面对这一切。

“你什么时候回家啊，孩子？他们什么时候放你回家啊？”

我看着她身后的莱斯特，他正扶着妈妈的左肩，妈妈把对讲机举到右耳边。莱斯特通常是独自来看我，妈妈总是和姐姐或邻居一起来。每个星期，莱斯特都是第一个出现在探视室的人，他会在上班的路上顺道来跟我打招呼，并在给我的书里放一些钱，这样我就可以买必需品了。

在过去一年半的时间里，他一直这样做，每周都像钟表一样精准无误。不管刮风下雨，无论发生了什么，他都是第一个来看我的。他真的是一个人能遇到的最好最好的朋友了。

莱斯特看了看我，耸了耸肩，然后摇摇头。妈妈总是问“他们”什么时候会让我回家。我是这个家庭的孩子——是她的孩子。被捕之前，我们每天一起做各种事情。我们一起去教堂，一起吃饭，一起开怀大笑，一起祈祷。她是我的一切，我也是她的一切。在生命中的任何重大时刻里，她都陪在我身边，为我加油。每一场棒球比赛，每一场考试以及学校舞会、毕业典礼，她都在。从煤矿下班回家时，无论我有多脏，她总是在那里等着拥抱我。去家具店上班的第一天，她早早起来给我做了早餐，还准备好了午餐便当。我的每一次审讯，她都参加。她穿着最好的衣服，带着让人心有戚戚的爱，对法庭上的每一个人微笑。她相信我——过去如此，将来也如此。甚至在这一刻，她也相信我。即使陪审团认定我有罪，她仍然相信我。想到这里，我便如鲠在喉，快要忍不住自己的泪水。她和莱斯特大概是世界上仅有的跟我一样清楚事实的人：我是无辜的。他们不在乎媒体把我说成杀人狂魔。事实上，她和莱斯特从未怀疑过我——这一点也正是我活下去的唯一寄托。面对这样的爱，我何以回报？何以回报？

我低下头，努力让自己平静。在整个审讯过程中，我一直尽力控制情绪，因为我不想让妈妈难过，不想让她看到我哭泣，不想让她感受到我的恐惧和痛苦。之前，一直是妈妈在保护我，让痛苦远离我，但这次的痛苦，即使是母亲的爱也无法让我与之抗衡。我不能让她遭受这种痛苦。不管他们怎么逼我，我都不能。这是我唯一能给予妈妈的了。

过了一会儿，我抬起头，对着妈妈微笑，和莱斯特再次对视。

他又摇了摇头。

当你认识一个人足够久，久得像我和莱斯特那样，你们之间就会产生一种不用言说的默契。我请求过莱斯特，要他确保不让任何人和我妈妈谈论我的死刑判决。我姐姐曾想和妈妈坐下来谈谈，让她明白，他们可能会杀了我，我永远不能回家。姐姐想让妈妈知晓并面对现实，但莱斯特制止了那场谈话。总有一天，我能回家。上帝知道这一点，我也知道，而且我不想让妈妈失去希望。世界上没有比无望之地更悲伤的所在了。

如果莱斯特一个人来看我，他和我便能畅所欲言——除了那些不想被旁边做记录的人记下的话，我们什么都聊。这是我们俩的默契。但自从被宣判死刑，这一默契似乎不再重要了。时间不多，所以我们只能公开讨论我剩下的时光。

我把手放在把我和妈妈分开的厚玻璃上，重新调整了对讲机的话筒，让它贴在我的耳朵上。妈妈向前靠过来，伸出胳膊，手紧贴着厚玻璃的另一边。

“快了，妈妈，”我说，“他们已经在忙这个事了。我计划着很快就能回家了。”

我是有一个计划。莱斯特知道，我知道，上帝也知道。这才是最重要的。我掩饰住自己所有的悲伤，心中升腾的愤怒却喷薄欲出。自从被判有罪以来，愤怒就如潮水般不断涌上我的心头。今晚我还要祈祷，为真相祈祷，为受害者祈祷，为妈妈和莱斯特祈祷。祈祷这已经持续了近两年的噩梦能够结束。我的判决结果已无悬念，但我仍然会祈祷奇迹出现，而且，即使奇迹不如预期的那般，我也尽量不会有任何怨言。

这也是妈妈一直教育我的做人准则。

杰斐逊县法院，1986 年 12 月 15 日

这简直就是一场私刑——一场合法的私刑——但依然是地地道道的私刑。我竭力抑制和祈祷自己的怒火不要再发作，然而这怒火还是以熊熊之势重燃心头。我唯一的罪就是生为黑人，生为亚拉巴马州农村的黑人。这个法庭的每一个地方都有白色的面孔，一大片白色的面孔。木质的墙，木质的家具，白色的面孔。法庭令我难以忘却，心生畏惧。我就像一个不请自来的客人，闯进了富人的藏书室。很难说明白被审讯是什么感觉。这是一种耻辱。即使知道自己是无辜的，仍然会觉得自己被涂上了肮脏邪恶的东西，就好像自己的灵魂在接受审讯，并且这灵魂被判缺失。当全世界都认为你是坏人时，你很难坚持善良。尽管如此，我还是在努力坚持。从被捕到审讯，伯明翰的报纸上一直是铺天盖地的关于我的报道。在我从妈妈的院子里走出来的那一刻，媒体就已经宣判我有罪了，还有那些警察、专家，那位检察官也是如此——他看上去愁容满面，下巴松垮，面颊下垂，脸色苍白，就像一辈子都没在外面工作过似的。现在，如果必须让我在法庭上找出一个邪恶之人，那一定是检察官麦格雷戈。他那双眼距很近的小眼睛里流露着一种刻薄的神情——无情、暴躁、冰冷的仇恨。他看上去随时都可能陷入狂暴之中，就像要发疯的黄鼠狼。他巴不得在法庭上就处决我，然后心无旁骛地去吃午饭。当时在法庭上还有加勒特法官，他面色红润，是个大块头，即使穿着宽松的黑袍子，看上去身体也像要挤出来一样，很不自然。加勒特法官在法庭上表现得扬扬自得、装腔作势，完全是一副作秀的派头。这些人都在演戏。哦，当然了，该走的过场他们都走了。在将近两周的时间里，他们得意扬扬地把目击者和专家请上法庭，从在押候审到一大堆呈堂物

证，一应俱全。我猜这些都是在为已经预设好的结论赋予合法性：我是有罪的。真见鬼！对警察、检察官、法官，甚至我的辩护律师而言，我生来就有罪。黑人，贫穷，早就没了父亲，有十个兄弟姐妹——我能活到二十九岁，还没被套上绞索绞死，真是太令人惊讶了。然而正义有时荒诞不经，而且在亚拉巴马州，正义可真不是盲目的，它知道你的肤色、你的教育水平，以及你的银行存款。我可能没有钱，但我受过教育，这让我看出这场审判是如何坚持“正义”的，我也早就预料到了审判的结果。尽管这些貌似善良的老男孩把他们的白色长袍换成了黑色，但这仍然是私刑。[1]

“法官大人，检方陈述完毕。”

“好的。被告方要举证吗？”

我不相信我的辩护律师能为我举证。果然，他表示不需要询问第二个上堂的法警。可这个宣了誓的法警撒了谎。我从来没有对任何一个法警说过“我知道如何骗过测谎仪”这种话。快两年了，我一直在等着案子开庭，并刻意避免跟任何人谈及此案。他们却说就在法庭外的走廊上，我向法警承认骗过了测谎仪！检方拒不承认测试结果，是因为它能证明我是清白的吗？法警的说法不合乎情理，根本没道理。

辩护律师回答完法官的话，转身看着我：“你要为自己做证吗？”

我看到法警得意地笑着从证人席走下来。我要为自己做证吗？他们就要判我死刑了，却没有一个人替我说话。但事实需要被记录下来。我的手腕被铐在了一起，用很重的链条与脚镣相连，我真想将这些铁链绕

---

1 “白色长袍”指的是三K党的标志性装束。三K党是19世纪后期形成的奉行白人至上主义的美国民间仇恨团体，同时也是一个恐怖组织。三K党党徒曾私自抓捕、绞死有色族裔人士，他们行动时身着白色长袍，头戴只露出眼睛的尖头罩。

在他们的脖子上！但我旋即松开紧握的拳头，双手合十，像在祈祷。我不是凶手，以前不是，将来也不会是。我看着陪审团，看着眼神中充满憎恨与傲慢的麦格雷戈，看着又急又烦的法官。我信仰上帝，在教堂中为上帝的恩典做见证，现在我要在法庭为自己做见证。

我对辩护律师点点头。“是的。”我说，嗓门不小。内心中的我其实在高声怒喝：“还用问？当然了！”我从椅子上站起来，铁链无意中撞到了桌子。

“法官大人，可否暂时将手铐拿掉？”

辩护律师终于做了点儿对的事，为我争辩了一句。我知道，与其说是在为我争辩，不如说是在为他自己挽回面子，得点儿好处。当他接手我的案子，知道只有一千美元诉讼费时，我听到他咕哝“一千美元只够我吃顿早餐”。他会走完程序，但绝不会认真帮我。他也许觉得我有罪，也许对审判结果根本无所谓。我的案子只是他众多待完结的案子之一。快两年了，他对我还是不了解，甚至一无所知。我曾期望向他敞开心扉，因为我的生命就握在他手上。无论如何，我需要他的帮助。这一点他知我知，所以我一直对他礼敬有加。时至今日，即使审判结果已铁板钉钉，我仍需要他的帮助。

我伸出手，法警打开手铐时又得意地笑了笑。我眼角的余光注意到妈妈坐在第二排，一边是莱斯特，另一边是姐姐多莉。邻居罗丝玛丽也来了。手铐解开的时候，我努力扭头看着她，她轻轻朝我挥了挥手。我又飞快地瞥了莱斯特一眼，他很快地点了下头。我们都在想最后时刻会怎样。

我走到证人席前，转过身，望向法庭的另一边。我很高兴能看见妈妈，能注视着她的双眼。她对我微笑着，我心痛得快要窒息。上帝啊，我是多么想念她！不管她的笑容有多灿烂，我知道她其实很害怕，所有这些法律上的专业词汇对她来说就像一门听不懂的外语。最后一次探视临走时，我说自己很快就会回家，星期天下午坐在餐桌旁吃她做的蛋糕。她听到这话开心地笑了。妈妈烤的蛋糕好吃到能让魔鬼忏悔罪过、乞求怜悯，以求吃上一口。深夜时分，闭上眼睛，我就会看到她做的红丝绒蛋糕和奶油糖霜。这场景如此清晰，我发誓，都可以闻到黄油和糖的香味了。这种想象力是福也是祸。它帮我度过了生命中的艰难困苦，也令我困惑，但所有的困惑都不及现在这个。

自从他们把我抓进来，我每天都在想象：*一定就是今天了。今天他们会知道我当时在上班。会找到真正的凶手。会有人相信我。*

这只是场噩梦，而我却无法从梦中醒来。

我微笑着看了眼妈妈，然后看向检察官麦格雷戈。他已经对我怒目而视了两个星期，这是他的惯用伎俩：盯着被告直到他屈服，告诉他谁是狼群老大。但是，我不是狼，也不会畏缩。内心里，我害怕得要命，我想家，我不想死。但表面上，我必须坚强，为了妈妈，为了朋友。马丁·路德·金曾经说过："你屈服，别人才能凌驾于你。"于是我挺直后背坐在法庭上，面对麦格雷戈，我抬头挺胸、直视着他的眼睛。他想凌驾于我，想杀死我。但不管自己的力量多么微乎其微，我绝不会让他或者他们任何一个轻易得逞。

"法官大人，"我的辩护律师张口说道，"我向法庭说明一下，辛顿先生请求出庭做证，但我不知道他能就何问题做证，所以无法对他进行发问。我认为他做不做证均无差别。"

他不知道我就何问题做证？这个问题就是法庭刚刚在没有任何证据的前提下，宣判我是两起命案的冷血杀人犯；这个问题就是我的辩护律师没有进行任何反驳，任凭他们判决我两项死刑罪名，而证据竟然是在第三起杀人未遂案发时我正在上班；这个问题就是我的辩护律师请了个快瞎眼的弹道学专家，此人在证人席上被驳斥得哑口无言；这个问题就是亚拉巴马州官方想把我绑在“黄妈妈”[1]上，将清白无罪的我谋杀；这个问题就是有人要谋杀我，而我在为求生而战。这就是我要做证的原因。

我深吸了一口气，闭上眼睛，默念着已经在脑海里祈祷了一千次的祷文：仁慈的主啊，让他们知道真相吧！让他们知我真人，找到真相。愿主保佑法官，保佑检察官，保佑痛苦的受害者家属。仁慈的主，请彰显正义吧，彰显真正的正义！

“首先，我没有杀人。受害者家人一定要知道这一点，这对我很重要。请相信，我不想让任何人夺走我所爱的人的生命。我甚至无法想象那种痛苦。我知道没有父亲、成长中缺失父爱的感觉，我绝不会让这种痛苦发生在任何人身上。上帝知道我没有杀人，终有一天，我可能不在了，但上帝会向大家昭示我没有杀人。我不能赐以生命，因此也无权夺走生命。”

我听见我的声音在微微颤抖，于是又深深地吸了一口气，目光望向约翰·戴维森的遗孀。“如果你……如果你们全家都觉得他们抓到了该抓的人，我真的很难过。但是，如果你真的希望杀人凶手被绳之以法，那么请真诚地向上帝祈祷早日抓到他，因为我没杀过人。”

我抬头看着加勒特法官。“你可以一意孤行处置我，但有一事确定无疑，就是处死我的时候，你的身上、手上会沾满无辜者的鲜血。我爱

1 “黄妈妈”是亚拉巴马州死刑电椅的别称。

所有的人，人们也没有歧视过我。我上过学，和同学相处和睦，从没打过架。我不是一个使用暴力的人。”

妈妈一直在点头，冲我微笑，好像这是学校的戏剧表演或朗诵会。我继续说下去：“我一直在为检察官、法官，尤其是为受害者向上帝祈祷。大家都要向主陈述自己今天的行为，我问心无愧，因而不用担心。我记得耶稣也曾被控告、被冤枉，而他所做的一切只是试图去爱和拯救这个世界，于是他献出了自己的生命，饱受痛苦。如果我只能含冤死去，除了接受，又能如何？但我的生命不归这个法官管，我的生命不归你们管，而是蒙主赐予。”

我告诉刚才在证人席上说谎的法警们，我会祈求上帝饶恕他们。原谅他们吧，因为他们对自己的所作所为一无所知。

“你们合力将一个无辜之人抓进监狱，关了两年。两年里我恳求你们用各种方法找到真相，麻醉药、催眠法，任何方法都证明我没有隐瞒任何实情。”

我看见检察官麦格雷戈摇了摇头，不以为然地哼了一声。

我盯着他。“此刻我正在为你祈祷，”我说道，“我祈祷上帝会宽恕你所做的一切，如果你还有些头脑，也该请求上帝宽恕你。人终有一死，你也一样。我可能会死在电椅上，可你们也一样逃不脱。只不过我死后会去天堂，而你们会去哪里呢？”我看着庭上的这些法官、法警、检察官和警察。“你们会去哪里呢？”我又问了一遍，“谎言在主的面前毫无立足之地。警察来抓我的时候，我不知道他们为什么要抓我。受害者的家人，你们想想，如果我杀了人，我会在妈妈的后院割草、等着警察来抓我吗？我问心无愧，因为我跟这些谋杀案毫无关系。”

辩护律师低头在便笺本上写着什么，我则急着要把心里想说的都说出来。只有上帝知道我是在做一件有意义的事情。

“自从进了监狱，我每天都读报，几乎每天都有人被绑架、胁迫进冷冻室的报道。类似的报道今后还会有，还会出命案。也许那时你们会意识到抓错了人。但我会向上帝祈祷，希望不要有这样的结局。我祈祷那些真正的罪人——希望上帝能让这些人心生愧疚，投案自首。不过，即使这些人真的来了，你们也一样不信他们的话。但上帝在我心中，我不会担忧你们的看法。我不想坐电椅，但只要是上帝的旨意，我就会勇敢前行。法庭上只有偏见，你们根本不求真相、不抓坏人，只想让我认罪。

“我从来没有使用暴力去做违法的事。是的，我做过错事，比如偷过东西、写过空头支票，这些我毫不隐瞒，全部如实交代，而且全部偿还。要还多久才能还完呢？我不想把案子重新陈述一遍，但我想你们每个人对此都有疑问。大家心里都有疑问。很遗憾我们没能生活在一个公正的世界里。《圣经》里说，每个人的膝盖都要因罪跪下，每个人的舌头都要因罪忏悔。”

堂上传来罗丝玛丽很响亮的一声“阿门”，我看见妈妈拍了拍她的手臂。

我直视着检察官麦格雷戈的眼睛。“某些人不在乎别人的清白。我是个黑人，这对你来说有更多的含义。我不知道上帝是何肤色，但我确信，他爱我就像爱你一样。你以为自己是这个世界上更优等的人，但你不是。我和这法庭上的每个人一样，有平等的生命。我不恨你，麦格雷戈先生，我不恨你。审讯期间有那么一刹那，我曾对你心生恨意。但感谢主让我意识到，如果恨一个人，我就无法进入天堂。”

我又听到一声“阿门”。

“我要感谢你。你可能觉得我疯了，对着一个把自己告上法庭、处以死刑的人说感谢，但是我真的感谢你。”

“阿门！”罗丝玛丽举着双手，好像我们是在教堂聆听一场感人的布道。我看到姐姐闭上了眼睛，妈妈还在微笑着点头，莱斯特则一脸严肃。

“要知道——这事没多少人知道——年轻时我在学校学过经济法，我特别喜欢这门课。我曾想过今后当一名法官，想着上完大学当一名地区检察官什么的。不过此刻，我很庆幸自己没有朝这个方向努力，因为我明白了我们根本无法判断一个人是清白还是有罪。是你让我认识到这一点。”

我闭上了眼睛。如果能与法官将心比心，他一定会知道案犯不是我，他一定会知道我从不使用暴力。我一直对谁都很热心肠，无论是白人还是黑人，哪怕皮肤是绿色、紫色的人，只要需要，我总是出手相助。我就是这样长大的，我就是这样一个人，一个明辨是非、知道对错的人。而法庭上发生的一切都是错的，大错特错。

“你们这些人就是以起诉我为乐。”我说道。

我不知道如何准确表达，但空气中确实有一种难掩的兴奋。在整个审讯期间，检察官麦格雷戈、警察、州政府请来的专家们，都一脸享受，好像夺走我性命是场令人激动的体育赛事。

“为我做证的人理应为事实做证，但你们宣上堂来的证人并非如此。他们一定会为此良心不安，相信我，善有善报，恶有恶报。我还为那十二个判我有罪的陪审员难过。我真的为他们难过，但我不生他们的气。日后请大家转告他们，我没有为他们的错误而气恼。我会一直祈祷，祈祷上帝原谅他们。上帝体贴而慈悲，这一点我坚信不疑。

“听上去有点儿不可思议，但我很幸福——即使戴着手铐、脚镣，我也很幸福。事实上，我的幸福并非来自俗世，俗世也无法将之剥夺。法官大人，我感谢你给我发言的机会。麦格雷戈先生，我一直在努力为你祈祷。自从我见到你的那天起，我就一直在为你祈祷，今后我还会为你祈祷。无论他们押我去哪里，上帝一定会听到我的祈祷。现在我只担心一件事，就是你们将我与上帝分开。但你们做不到。你们可以把我和家人分开，却无法将我与上帝分开。

“要知道，我为自己是黑人而骄傲。如果是白人，我也一样骄傲。令我难过的是，理应维护法律尊严的警方告诉我，我一定会被判有罪，因为我是黑人，陪审员都是白人，地方检察官也是白人。是的，令人难过，万分难过。大家日后见到道格·阿克警官，请转告他，我也会为他祈祷。

“此时，看着那边的小孩子，我无比悲伤，因为他们的父亲不一定哪天就有可能被杀。我知道这种痛苦，我知道。”

我又一次望向妈妈旁边的莱斯特。他会帮我照顾好妈妈，这让我得到少许安宁。但我又担心起来，如果不公能降临在我身上，也一样会降临在他身上，或是我的兄弟们身上，或是亚拉巴马州任何一个黑人身上。

“我唯一的罪过是长得像另一个人。你们总是说，我们这些黑人长得都一个样。这真可笑，我们都长得一个样！但案发时你们却能分得清谁是谁了。你们知道阿克警官对我说了什么吗？‘你就认了吧，这事不是你干的就是你兄弟中的一个干的，你们都是一伙的，所以就认了吧。’这话真令人难过。”

我停顿了一下，又深深地吸了一口气。

“最令人难过的是，你们已经打算结案了。案子就要结了，这位法官很开心。受害者的亲人回家时也会想着，坏人终于被绳之以法了。警察的案子结了，但上帝的案子还没结，上帝不会结，他会重新审判。也许是一年后，也许是明天，也许是今天，他一定会重新审判这个案子。”

莱斯特冲我点头，我也冲他致意。上帝一定会重新审判此案，莱斯特和我会尽己所能，助上帝一臂之力。

法官准备宣判我的命运，而这早在被抓的那一刻就板上钉钉了。终有一天他们会明白，我不是那个作恶之人。然后呢？你会对一个被冤枉的人说什么呢？他们又会怎么说？我把腰板挺得直直的，不会乞求他们饶我一命。

“我不怕电椅。你们可以判我上电椅，但你们夺不走我的生命。我的生命不属于你们。我的灵魂，你们无法触及。”

短暂休庭三个小时后，我最后一次被带回满是木质家具和白色面孔的法庭。辩护律师做了最后的申辩，他反对将我以两项死刑定罪，理由是这两个案件只是情况相似，但缺乏我涉案的证据。然而，亚拉巴马州规定可以将以往的多个案件合并，并与第三个关联案件一并判决，死刑判决已是板上钉钉。真是名副其实的“州政府的判决”[1]。

法官“砰”地敲了下木槌，清了清嗓子。

“经陪审团裁决，本庭宣判，被告安东尼·雷·辛顿，在上述几案中均罪名成立，判处死刑。依据亚拉巴马州上诉程序规则8-D（1）条，本庭裁定安东尼·雷·辛顿将在亚拉巴马州最高法院规定的日期被

1 原文为“capital offense”，意为“死刑”，其中“capital”一词又有“省会”一意，此处为双关用法。

施以电击死刑。

“亚拉巴马州杰斐逊县法院将被告安东尼·雷·辛顿移交亚拉巴马州惩教署押管。电刑会在适当的地点单独执行，行刑过程中高强度的电流会导致死亡，电流会一直电击安东尼·雷·辛顿的身体，直到他死亡。”

我无力地垂下了头，加勒特法官又敲了一下木槌，我的辩护律师嚷嚷着要上诉。我感到眩晕恶心，耳朵嗡嗡作响，就像有一群蜜蜂被放进了法庭。我隐约听到妈妈痛苦的哭喊声，我拼命地扭头去看，多莉和罗丝玛丽正用双臂抱着她。法警准备把我带出法庭的后门，我猛地转身试图向妈妈奔去。法警牢牢地架着我的肩膀，狠狠地抓住我的胳膊，手指掐到了我的肉里。我无法挣脱，无法拥抱妈妈给她最后的安慰。我知道再争斗下去法警就可以开枪打死我了。我不能让他们打死我。我一定要回到妈妈身边，妈妈也需要我回家。我是她的孩子。亲爱的上帝，我是她的孩子，我是清白无辜的。看着莱斯特和妈妈，泪水早已模糊了我的双眼，莱斯特也在流泪。他们强行将我拉出后门，妈妈拼命伸出手想要拉住我。我悲痛欲绝。

亲爱的上帝，请将真相昭示于世人。

亲爱的上帝，不要让我就这样死去。

亲爱的上帝，我清白无辜。

亲爱的上帝，请保护好妈妈。

我清白无辜。

我清白无辜。

他们押着我快速走过法庭外的走廊，我想起了作呈堂供述时莱斯特脸上严肃的表情。他和我都知道，每个在衙门口前苦苦求生的穷人都知道，看上去是检察官赢了，但他和法官可能都没意识到，他们判我死刑，实则是给了我能够证明自己清白的最后机会。被判死刑后，政府会指派专门的律师帮我上诉。但如果我被判监禁，就要自己花钱请律师。

活下去的最佳方法就是被判死刑，因为我没钱证明自己的清白。我要被押往霍尔曼监狱。“痛苦之地”“死人之地”“南方屠宰场”——这些恐怖的称号令人胆寒。但我知道，与不公做斗争的唯一方式便是深入虎穴。

愿主慈悲，佑我灵魂。

第二章

> 作为该陪审团的一员，你们的个人偏见和主观成见影响过自己的裁决吗？
>
> ——受人尊敬的詹姆斯·S. 加勒特法官

同为美国人

西杰斐逊高中，1974 年 5 月

屏蔽外界所有的声音，我跺了跺左脚，踩得更实些。尽管戴着头盔，5月的阳光一样炽热难耐，好像头顶快要被烧出个洞了。我挥了挥棒球杆，找找感觉，目光紧盯着投手。他也看着我，然后回头朝身后啐了一口。我身后的捕手不干不净地嘟囔着什么，裁判见状“哼”地笑了一声。对手爱说什么说什么，裁判爱嘲笑不嘲笑。以前有人骂我，以后也会有，但我从不接茬儿，就当这些难听的话只是些水滴，抖一抖就不沾身了。

我目不转睛地看着投手抬起左腿，右臂向后甩去，一切都像是电影中的慢镜头。我认识这个家伙。我们以前交过手，每个赛季都这样面对面地拼杀。他是个输不起的人，一输就扔手套或是帽子，要么就狠踢休息区的围栏。而我从小被告知遇事要冷静，不论输赢，都要冷静。各位不要误会，我当然想赢，棒球比赛里没人想输，但是妈妈经常教育我，如果在赛场上发脾气的话，对手就会看出你已气馁，那样就等于输了

两个比赛。“他们有时能赢，”她常说，“但不代表能打败你。无论是谁，都无法改变你，你就是你。我的孩子是不会在棒球场或其他任何地方乱发脾气的。”

我就那样盯着投手，毫不理会捕手和裁判，就当他们是被我抖落的水滴。跟这三个小丑比起来，妈妈令我更加敬畏。

我目不转睛地盯着球，真想一棒打得它远远的，但这是个失控的曲线球，偏离了本垒，被捕手接住。

“好球！”

我回头看着裁判。他这是傻了还是疯了？[1]

“比赛继续。”他说。

这次，捕手笑出了声。

我只能认了。

我抬头望了望看台，全是白色的面孔，没人关注刚才这一裁决有何不公。我又看了看教练席，可教练此时背对着我，正跟一垒手说着什么。当年县里终于同意白人、黑人学生混校时，我们被大巴车从普拉科中学拉来了这所白人学校。如今四年过去了，事情一直是这个样子——人们要么根本无视我们，要么等我们走过后小声地骂难听的话。白人男生成群结伙时胆子要大得多，但他们从来不敢当面骂我和莱斯特，因为我俩的大块头让他们害怕。他们竟然怕我们，这太可笑了，而莱斯特和我从小就害怕他们。坐车去西杰斐逊高中上学的前一天，妈妈跟我促膝长谈，让我一定不要跟任何白人女孩讲话，也千万不要看她们。她千叮

1　对方投手的这个球，按照棒球比赛规则，应为犯规的坏球，而裁判却判是有效的好球，明显是在偏袒对方。

咛万嘱咐："你就好好上课，低头管好自己，不要看别人。老师跟你讲话时，要有礼貌守规矩。每天按时去上学，放学就回家，不要耽搁。"

"好的，妈妈。"这些她以前就跟我讲过，我知道她一再重复的良苦用心。

"我这些关于白人女孩子的话可不是说着玩的，"她接着说，"你就假装她们根本不存在。"我点点头，但心里还是有点儿美滋滋的。妈妈真是聪明，她不仅知道女孩子是我的软肋，也知道我是她们的软肋。女生都喜欢我。成年女性也喜欢我。我快十八岁了，一直高高大大，从七年级起，普拉科以及教堂的女生们就老盯着我看，后来盯着我看的人越来越多，不过我可没打算招惹白人女孩子。她们有时在篮球场上，有时在棒球场上为我加油，但也就这样了。我在新学校学到的一点是：你在赛季里表现越好，别人越不会对你有偏见。

我很快就要毕业了，但莱斯特还有两年，我很担心他独自一人放学回家。从学校到家要走近五英里，我们的妈妈都不会开车。即使会，我们也买不起车。为了交上每月44.29美元的房租，妈妈终日辛劳。

比赛前我没见到莱斯特，但我知道他肯定在现场为我加油，等我一起回家。早上校车送我们到学校，放学后如果有体育训练，我们就只能自己走上半夜才到家。这一路我们担惊受怕、如临大敌，必须时刻保持警惕，准备自卫或找地方躲起来。两人一起走我们仍然提心吊胆，更别提一个人了，那简直是一脚踏进了恐怖电影的情节，只能等着被门后跳出来的杀手杀掉。回家的这条路上，我们一直相伴相助。

我环视了一圈老虎球场：这是一片褐色的泥土地，跟亚拉巴马州其他学校的球场真的没法比。场外休息区用厚厚的灰色水泥砌成，比赛场则是用铁网圈起来的，坐在那儿就像进了监牢。虽然是我们学校的棒球场，但它其实不在学校里，而在离学校好几英里远的地方。球场被称作“老虎们的家”。比赛的时候，还真会觉得自己有点儿像笼子里的老虎。

有人说佐治亚州州立大学的几个球探就在比赛现场。上次看完比赛找我的球探说我0.618的平均打击率很不错，但是他需要一个速度更快的球员。我击球力道大，而且看着球被打出老虎球场终获自由是最开心的事。我当然希望能靠打棒球获得奖学金，特别是奥本大学或者加州哪所大学的奖学金，南加州大学、加州大学洛杉矶分校、加州理工学院——坐在那些大学的海滩上得有多幸福——但是离毕业只有一个月了，能在球探面前展露才华的机会也已不多。我知道自己在州内高中棒球选手中不排前五，至少也能排前十。但是我家没人上过大学，我是家里十个孩子中最小的一个，除了两个姐姐，其他人高中毕业后都离开了糟糕的亚拉巴马州。好多人离开南方去了克利夫兰，我的哥哥姐姐们也不例外。那里的白人不会用炸弹炸教堂或黑人社区，而自从我出生，类似的事就一直在亚拉巴马州的伯明翰发生。对于白人来说，伯明翰是伯明翰；对于黑人来说，伯明翰是“爆炸翰”。从小到大，大人们一直警告我：这儿的人放任他们的狗去咬孩子；四个小女孩在一桩教堂爆炸案中丧生；近一千名孩子被抓进监牢；住在火药山[1]的人经常要躲进自家的浴缸，因为炸弹扔进了他们的房子里；如果你是黑人，进店都没人招呼你……想想就可悲。一直到几年前，我才敢在柜台点一份吉士堡和奶昔，坐在伯明翰的伍尔沃斯商场里享用。即使是现在，他们招呼我时也是窘迫、为难的样子。1974年跟1954年或1964年别无二致。

1 此处为地名。

马丁·路德·金被打入这个监牢时我七岁。记得那天教堂被炸了，妈妈让我们在家里躲了一整天。那是唯一一个没去教堂的周日。妈妈告诉我们，如果路上有白人男子开车过来，就要赶紧跑开。我们坐在山边的土地上眺望普拉科，想着如果他们找上来该怎么办，哥哥威利说他会反抗，姐姐达琳说她会跑进树林躲起来，莱斯特和我肩并肩地坐在一起，他才五岁，所以一般都是我罩着他。辛顿家和贝利家一共有十六个孩子，家里都没爸爸，所以我们自认为是一支小队伍，守卫着这座城镇。我们一直没想清楚，如果哪天被他们找上该如何是好。但是坐在山上，望着可以躲藏在漫山的苦栎和长叶松林里时，我们勇敢坚强，时刻准备着保卫家园。

普拉科的居民要么在煤矿上班，要么做其他与煤矿有关的工作。城镇属于煤矿公司，我们的房子也是。他们有一家商店——小卖部——我们从那儿购买日用品、衣服，以及任何需要的物品。房顶漏雨时，公司会派人来修理。普拉科也有教堂。实际上，除了上学，我们根本不需要离开这座城镇。爸爸一直在矿上上班，后来他的头被砸了，只能去福利院住，剩下妈妈一个人照管我们。她要付房租，还要让我们吃饱穿暖，维持着这个家。莱斯特的爸爸也走了，但是我一直没问他是因为什么，到底发生了什么。在普拉科，各家各户都差不多。黑人住在山上，白人住在山下平坦的地方，公司拥有一切。唯一不同的是，白人住的房子里有水暖设备、像样的卫生间和厨房。我们只有室外的茅厕，后院有个三号浴缸用来洗澡。我们的房子有四个房间，其中一间是厨房，是我们吃饭、做功课、看电视的地方。每个房间有一张大床，三四个孩子挤在一张床上，两个姐姐跟妈妈睡一张床。在普拉科的日子很快乐，吃妈妈做的美食，在外面玩到天黑才回家，每周都去教堂。大家都是一样的，所以没人觉得自己过得比其他人更好或更差。我们的邻里关系非常好，彼此相爱，就像一个大家庭。长教幼，幼尊长，友爱互助。若你在离家三条街外惹事了，还没等你到家，你妈妈就已经知道得一清二楚了。大人会谈论些大人之间的事情，如果有两个大人在谈话，你就必须离开。那时我们偶尔会躲起来听听他们谈什么，但大多数时候我们都在疯跑着玩，所以对镇外的局势并不了解，除了那些在电视里看到的报道。

然后他们就将黑人和白人的学校合并了。

这是我在高中的最后一年。在这一年里，每天都有人朝我大喊“黑鬼”——不管是走在路上、站在学校储物柜前，还是在棒球赛场上与全队一起打比赛。我就要毕业了，四年里我学到很多：生物、算术，以及人们仅仅因为肤色就可以无比憎恨你。人们会毫无缘由地伤害你，仅仅因为你的外貌、谈吐、生活与他们不同。可悲！我在白人学校确实受到了教育，只不过不是官员和律师幻想的那种教育。

“那是我儿子！”

我听到了妈妈的喊声，看到她站在铁栅栏外的露天看台旁。真不知道她是怎么从家赶到这儿的。妈妈靠给人打扫房子赚钱，但她没车也没时间来球场看我比赛。她挥舞着一块白色的手帕，高声为我助威。

“加油，儿子！那是我儿子！”

我笑了。别看我已经是个二百三十磅[1]的大块头，站在她面前就像座铁塔一样，但我仍旧是她的孩子。我永远都是她的孩子。我看了看投手，又试了一下自己手中的球棒。可能今天真有球探在场，但是除非他

1　1磅约为0.45千克。此处约104千克。

说“我会帮你付大学学费，开车送你去上学，然后再回来送你妈妈去商店，你不在家的时候我还帮她做家务”，否则我不会离开妈妈，我会在毕业后去矿上上班。

又一次，我用行动证明了全伯明翰甚至全亚拉巴马州最高打击率不是说着玩的。汉克·阿伦[1]来自亚拉巴马州，威利·梅斯[2]也是——他就是杰斐逊县本地人。从小到大，我都相信奇迹会发生。

我注意到投手摇了摇头，捕手应该是给了个建议，被他否定了。他们不想让我接到球，裁判也不打算公正裁决，但这些我都不担心。从会走路的那天起，我就开始打棒球了。我们总是到小卖部找些硬纸盒碎片和纸，把它们团成球，然后用黑色的电线一圈圈缠起来，直到尺寸和硬度和真棒球都差不多，这就是我们自制的棒球。球棒嘛，就是旧扫帚把。垒就是一只鞋、随便一件衬衫，或者还是用硬纸盒——如果还有多余的纸壳。所以，他们按规则比赛也好，按街头野路子出狠招儿也罢，我都不怕。无论怎样，我都会打到那个球。我一定会让妈妈骄傲。她走了这么远的路来看比赛，我一定不能让她失望。我当然在乎球探的看法，但更在乎妈妈的心情。

投手又啐了一口，开始挥臂准备投球。会是什么球呢？曲线球、快速球，还是不旋转球？我都能打到。不管球是出界、过低、界内，都没关系，街头野球从来都没这么讲究，虽然有规则，但细节就不计较了。只要投手的球离你还算近，你就要打，而且要狠狠地打。在普拉科的土地上玩的时候，我们从来都不会等完美的好球出现时才打。有球过来就

1　美国杰出棒球运动员。

2　美国杰出棒球运动员。

打，而且要打得棒棒的。

我胸有成竹。我能感觉到球棒在手中的分量，闻到它发出的松香味道。我检查了一下球棒，确保上面的“路易斯维尔·斯拉格”[1]字样朝正前方，因为只有这样，最佳击球点——木头纹理最结实的部位——是正对着投手的。此时投手已经完成挥臂，准备投球。我的视线跟着飞出的球，球棒在掌心微微颤动，呼喊的人群、妈妈的加油、吹黑哨的裁判、捕球手，全都消失了，世界中只有我、我的球棒，以及那个球。眼看着它越来越近，我将球棒略略后撤，以便使击打更有力。但是，突然间，我发现球正对着我的脸飞过来。我扔了球棒，以最快的速度仰身向后倒去，但还是被撞到了颧骨。我的左边屁股先着地，然后身体重重地摔到了地上。摔倒的一刹那，我用手撑了一下，从手腕到肩膀传来一阵剧痛。捕手开心地大笑着，转身去捡这个犯规球。我只希望裁判能公平些，裁定这个球是坏球。

“坏球！”他大声宣布。我爬起来，掸掉裤子上的土。我感到胳膊剧痛无比，但什么也没说。

“加油，儿子！”我听到妈妈的喊声。

我捡起球棒回到自己的位置，投手在得意扬扬地笑着。尽管得意尽管笑吧，只要球的落点在本垒附近，对方就别想再接住球。如果他还把球往我头上扔，我就还摔倒，但还会站起来。两种情况的结局相同。要么他打我，要么我打球——不管怎样，我都能上垒。

下一个球是变速球。球一出手我就知道了。大多数人会以为那是个快速球，但我看得出那是个变速球。我重心稍向后，没有急着挥棒。很

1 美国著名棒球棒品牌。

多人挥棒挥得太早了，就打不到球，结果自己挥着球棒原地转了一圈，成为全场观众的笑料。今天，我已经当够了笑料。等等，再等等，可以了。我聚集起全身的力气。我发誓我清楚看到球速变慢了，然后是为球队、为妈妈、为莱斯特、为每一个今天被骂过的普拉科孩子奋力一击。我听到了所有击球手都想听到的声音：球完美地被打到球棒上预想的位置，发出优美而清脆的一声“梆”。我梦到过这一击，又响又清晰，就像炎炎8月里的一道惊雷，将我惊醒。声响过后，我根本没看球往哪里飞，扔了球棒，低头拔腿就跑。

“儿子加油！儿子加油！”

安全到一垒，我瞥到兴奋地挥舞着双臂的妈妈。我一边向二垒跑去，一边抬头看看球。球飞得越来越高，已经越过了内野防守。这时我放慢速度。场外的白人观众都在为我加油，让我快跑。谁知道他们安的什么心，我可不能听他们的。我的脚触到二垒，又轻松地向三垒跑去。跑过游击手时，他嘴里嘟囔着什么，我没听清，也无所谓。我只知道我要竭尽所能地去追那个球。全场的欢呼声，孩子们对我喊着“本垒打”，我享受着这一刻。有时他们的欢呼会带着节奏：“本垒——打！本垒——打！”有一次篮球比赛，我们去古德霍普打客场，半场结束时我得了30分——这可是学校的最好纪录——我走下球场，观众大声齐呼着：“辛——顿！辛——顿！”真不明白古德霍普球迷怎么会知道我的名字。坐在长椅上，队友一脸的懊丧，没人跟我击掌庆祝。他们这是怎么了？

记得当时教练跑到中场冲着人群喊道：“够了！都闭嘴！”

我转身问坐在旁边的得分后卫：“他们喊什么呢？”他摇了摇头，没说话。我又问了他一遍：“他们喊什么呢？”

“伙计，他们喊的是‘黑——鬼！黑——鬼！’。”他说着低下了头。

原来人群喊的是这个，我还以为是“辛——顿！辛——顿！”瞬间，我的骄傲被击得粉碎，根本没人在为我破纪录的中场得分欢呼。比赛结束后，我们要坐一个小时的车才能到家。教练让我们都坐在大巴车中间的过道上，直到出了城才坐到座位上，因为如果你是黑人，坐在汽车窗户边上会非常不安全。

我跑到本垒，看见投手把手套狠狠地扔在地上。不知为何，看见他这个样子比听到人群高喊我的名字更开心。他们能赢过你，但是他们无法打败你。估计他妈妈没教过他这个道理，而我妈妈教过。

最终我们赢了比赛，7∶2，我打出了一个三垒打和一个本垒打。场上果真有位球探在看球，但他可能不想挑三垒手或大力击球手，因为妈妈离开前他并没来找我和妈妈。回到学校，我换好衣服从更衣室出来，莱斯特正在等我。天已经黑下来了，于是我们踏上了回普拉科的路。

“真是一场硬仗。”

我看了看莱斯特，点了点头。球队赢了，但对我来说这是场真正的硬仗。屁股又酸又疼，肩膀上的伤也开始越来越疼了。

莱斯特拍拍我的后背，我们走上回家的路。

平顶路是两车道，路的一侧是水沟，水沟的对面基本上就是树林了。莱斯特负责观察前面的情况，我负责后面，这样有车来的时候，我们就能在听到声音之前发现。如果是认识的人，可以搭个去普拉科的便车。如果不认识，我们就一头钻进路边的水沟，尽量藏严实。走路回家要一个半小时，我们一般要这样藏个四五次。

真盼着能有认识的人开车经过，好快点回家吃上妈妈做的饭菜。

走在路上我们不怎么说话，因为要仔细留意前后方的情况。如果聊天，就会走神，会被后面猛蹿上来的车吓一跳。一路上没有几户人家，如果遇到危险，不会有人帮忙。

还没看到车，我就听见它的声音了，它开近了，是辆艳红色的车。我们认识的人里没人开这个颜色的车。

“有车！”我喊了一声，莱斯特和我一起向右边的树丛跑去。然而，车开得太快了，我们只能一跃摔倒在路边的深沟里。我感觉踢到了莱斯特的头，但不管怎样，最后我俩都成功地掉进了沟里。我屏住呼吸，如果车要停的话，可以听到刹车的声音，所以要保持绝对的安静。我们一动不动，直到车开远了。

我的心还在咚咚地跳着。

“你没事吧？”我问莱斯特。

“没事。你呢？”

我想了想。我有事吗？这是我今天第二次跳进泥巴坑了。可能还得跳好几次才能到家。刚才这一次，一块锋利的石子硌到了我的后脑勺，胳膊也被什么带刺的植物划伤了——可能是魔鬼的手杖[1]或是长有长刺的牙疼树[2]。要是我有车就好了，就不会趴在泥巴沟里闭着眼睛认命，像只被主人训斥的狗，都快吓尿了。来年我就毕业了，莱斯特只能一个人回家，他怎么走得回去啊？我肯定有事。他也肯定有事。这种状况真的不对，但我们只能重新上路。

“你没发现有什么奇怪的吗？”我问莱斯特。

---

1 学名为“多刺楤木”（*Aralia spinosa*），生长于美国东南部，因其茎、叶均有刺，故又称“魔鬼的手杖”。

2 一种类似于花椒树的植物。

“刚才有人趴在咱俩旁边？”

“没错，是个看不见的魂儿。”

“在你脑袋边上？”

我咯咯地笑了：“对，就在我脑袋边上，在我那双大脚边上。”

“好吧好吧。到底是什么让你觉得奇怪？”

此时正是傍晚时分，我抬头看着天空，那是一种完美的渐变蓝色。我要是知道这种颜色叫什么就好了。这个时刻既是结束也是开始。不管叫什么，它总令我悲喜交加，就像大家在教堂唱《奇异恩典》那首歌一样。它让人振奋，又让人感到无助和卑微，渴望获得救赎。

“奇怪的是，一个人竟然什么都能适应。”

莱斯特“嗯嗯”两声，这是他用自己的方式表达赞同。他不是个爱说话的人。

“有些事不应该逼自己去适应。”我说道。

莱斯特转头看着我，下巴向上扬了扬表示赞同。这时我们又听到远处开过来一辆车，还要跳进泥巴里。

我深吸了一口气。我知道有其他选择。抬头望着上苍，我知道我可以发怒，也可以坚持自己的信仰。怎样都行。我可以动辄发火，也许那样会好受些。但这是上帝之国，我要热爱上苍呈现的任何一种蓝色。我把头转向右边，这次看到了好多好多种绿色，这比天空更真实，它让我明白，即使四脚朝天躺在地上，也一样能发现周围的美。我又深吸一口气，泥巴的味道闻起来有点儿像焦糖。我知道此刻妈妈正在家里等我，做好了燕麦面包和烤火鸡肉，还有一块脆皮水果馅饼。我刚打了一场好球，球探、教练、大学可能都对此漠不关心，但我知道自己是个无敌投手。想想吧，即使趴在泥巴里，也有最好的朋友陪着我；尽管生活不易，但并不糟糕。

我听到车开近了。引擎的声音轰鸣而低沉，应该是辆老卡车，不会是轿车。车从我们旁边开过去，我闭上了眼睛，没听到刹车的声音，也没有其他的车再开过来，只听到我和莱斯特的呼吸声。我要保护好他，保护好我自己，保护好妈妈、姐姐、哥哥，保护好任何一个在这条路上惊恐万分的人。亚拉巴马州的土地上洒满了我们这些人的汗水、泪水、鲜血以及恐惧。仅仅因为肤色，我们就会被人摁在地上。

我不想让自己对此习以为常。

这不是世界该有的样子。

“咱们接着走吧。”我说，然后我们从沟里爬了出来，又踏上漫漫回家路。

第三章

两年试驾

如果你能扔石块，说明你已经长大而且勇敢了，当有人抓住你说你偷了东西，你就不能把手藏在身后躲躲闪闪了。你要摊开双手给他们看，告诉他们你有没有偷东西。

——巴哈拉·辛顿

玛丽·李二号矿，1975年

到处都是血。我的脸上，鲜血如泉涌一般进入我的嘴里，流过下颌，染红了衬衫。我想把它吐出来，但嘴唇已不听使唤，我只好挣扎着转过头去，以免呛着。血有种黄铜味，甜甜的，让人作呕。伤口剧痛而灼热，就像整个头已经裂成了两半，嘴边像是有什么东西。我很想伸手抚平脸上的伤口，但我知道，玛丽·李矿上那有毒的病菌会通过手进入血液而要了我的命。

我从不相信自己最终会落得个在煤矿上干活儿的结局，但这是高中毕业后能找到的薪水最高的工作。毕业后，我没什么选择，没有奖学金，上不起大学。除了自己去争取，没有任何机会。真可悲！就连做高中毕业纪念戒指的10美元，家里也出不起。矿上是附近给钱最多的，虽然我之前发过誓永远不会去矿上找活儿干，但我不能拒绝这唯一给钱还算可以的工作。在矿上工作对我来说还有些优势，我家就在普拉科，爸爸在矿上工作过，我在高中时还认识几个白人，他们帮我跟主管说了几句好话。我懂得如何与白人相处，这也是加分项，而且我在学校和镇上从来没有惹过是非。

我负责安装长长的钢质螺栓，用来支撑矿洞洞顶，以防塌陷。如果洞顶塌了砸在矿工身上，或是螺栓之间的巨石落下，就会有人因此丧命，或者会被砸得失去知觉，像我爸爸一样成为植物人。任何一块松动的岩石都能把头砸扁，而那一片片从四十英尺高的地方像暴雨般落下的页岩，会如锋利的刀片一样将头削开。楔钉子——这是我们对这个工种的称呼——真不是个轻松的活儿。矿上的工作都不轻松。我们几乎每天都挤在不到四英尺高的竖井和隧道里劳作。先是乘电梯下到一英里深的地方，然后钻进摆渡车，在又黑又潮的地下行进好几英里，看不到一丝光、一点儿色彩。清早下矿时天还没亮，矿里也是漆黑一片，等到晚上从矿里出来时，天早已经黑了。操作机械固定螺栓也不是件容易的事，螺栓长四到八英尺不等，还要在坚硬的岩石上钻孔，再用钢板将螺栓固定好。这事总得有人做，要不准会死人。我总是祈祷洞顶不要塌陷。

每时每刻我都在痛恨这个工作。

我不想被塞到这么狭小的洞里，不想时刻弯腰屈膝，感觉四壁缓缓挤压过来而我毫无退路，根本没有能够沐浴阳光、自由呼吸的地方。我没上过大学，但我知道上帝创造我不是让我终日在地下生活、毫无自由，每天都像在往自己的坟墓里爬一样。有脑子的人怎么会愿意干这种活儿？以前我总幻想自己能生活在外面的世界——漫步在树林中，或是驱车驶过千里疆土。我买不起车，但热爱驾驶。坐着电梯下到矿井的时候，我总想象着是驾车驰骋在亚拉巴马和大西部的公路上。我会驾车经过田纳西和新墨西哥，一路开到太平洋。还会在田纳西向左转，经墨西哥去中美洲，跟洪都拉斯和巴拿马美丽的姑娘翩翩起舞。要不就是往北开，开到五大湖区，瞭望蒙大拿辽阔的天空，然后再开到加拿大。我一直拿不准往北开能开多远——是到格陵兰，还是到阿拉斯加或者北极？我不知道，也不想去那么冷的地方，所以想象中的这场旅行会以加拿大为终点。总有一天，我会开到缅因州吃黄油焗龙虾，要么是去佛罗里达州的基韦斯特游泳。我设想了无数的目的地，但没有一个是黑乎乎的矿坑。空气中充满了煤尘，这些由煤、岩石、土组成的浮尘会被吸入肺里，并在那里生根，再也呼不出来，仿佛是对我们惊扰它的惩罚。小时候，我身边有离开矿已经二十年的老人，他每次咳嗽、擤鼻涕、热天擦汗时，手帕都是黑的，甚至有些人还没等到退休就死了，我看着他们拼命想喘上一口气，可是肺因为不知名的病丧失了功能。我记得妈妈会做好汤和点心，拿去给丈夫死在矿上的女人。她做了好多汤、好多点心，有那么多失去丈夫的寡妇、没有爸爸的孩子。从小到大，每个月都有人从我的生活中消失，我记得自己总是把矿井口当成地底巨怪的大嘴，每当有人送上门来，这个妖怪就会把他嚼烂吐出来——我爸爸就是这样——或者把他整个吞掉、让他从此消失。我不想死在矿里，或一辈子拉煤，也不想吸一肚子煤尘最后憋死。但是当一个男孩子成年了要养活自己的时候，他能干些什么呢？在一家快餐店端盘子？工资少得可怜，白人顾客对你退避三舍，唯恐你的手碰了他的食物，我不想做这样的工作。令人悲伤的事实是，想在这个世界上站直了不被人看不起，我得先钻到地底下挖矿。越危险的工作，报酬越高。

救护车拉我去医院的事我记不太清了，但还记得他们把我抬出矿井时，姐姐在那儿等着我。看到我浑身是血，她哭得不能自已。我不明白救护人员为什么无法给我戴氧气面罩。我想跟他们讲讲地底巨怪的故事，讲讲它是怎样大嚼特嚼后又把我吐出来的，但我嘴里全是血，嘴唇也动弹不得，说不了话，所以索性闭上眼睛，想象我这是驾车从巴拿马回来了，一位穿着露肩红裙的美丽女子想跟我跳舞，然后我挽起她跳了起来，缓缓地转一圈，又一圈，又一圈，救护车的笛声就是我们的舞曲。

那天把我鼻子削下来的石头，是从二十英尺高的地方落下的。我很幸运，尽管重石砸得我脑震荡，锋利的边缘像切黄油一样切开了我的脸，但没造成永久性损伤，除了鼻子上有一道巨大的伤疤，当时缝了二十二针才把鼻子重新接回去。自那天之后，我再也不想下矿了，但别无他法，我只好在那个矿上又干了漫长的五年。

我离开煤矿也并非因为什么大事，只是有一天，我起晚了，屋外阳光明媚，鸟儿啁啾，天空出奇地明亮而蔚蓝。那一刻，我知道自己再也不会去那一片黑暗的地下了，我要沐浴阳光。二十四岁的我，满脑子想的都是女人，矿井里可没有机会认识女性。

高中毕业后，我曾经组织了一个自娱自乐性质的垒球联盟，莱斯特是其中的明星投手，但是后来大多数球员都按部就班地忙工作和生活，联盟就不了了之了。莱斯特也去了煤矿，但不是玛丽·李，而是较远的贝茜煤矿，并且近期内没打算放弃这个报酬不错的工作。我告诉他我宁愿在阳光下当个穷人，也不愿在黑暗中当个富人，而他只是摇了摇头。莱斯特认命了，对去矿上上班从不抱怨。这一点我很佩服他。但是我的生活要拐向另一个方向，我向往精彩的奇遇、美丽的女子，以及不用冒生命危险，只要努力工作就能养活自己的人生。我有过去法学院或商学院念书的想法：穿着笔挺的西服，当个CEO或在法庭上驳倒一众人等的律师，有时也想过当医生或消防员。我不想打棒球了，棒球给我的记忆过于痛苦。我知道，如果我生来是另一种人，就能得到奖学金去上大学，也许还能参军入伍。这样想的时候心里真是难受，还是不要想了。

办垒球联盟的那四年里，我曾经偷偷跟一对姐妹约会过，对手球队里一个叫雷吉的球员对此十分气恼。他想约这对姐妹其中一人出去的时候被对方拒绝了，女孩还承认了跟我偷偷约会的事。在公开场合我的约会对象是姐姐，而妹妹是秘密情人。雷吉满城跟人说他非要把我打趴下不可。这事我并不怎么担心，因为我比他至少高半英尺、重六十磅。雷吉是个小个子，一双贼眉鼠眼总盯着我。我们有不少共同的朋友，所以我知道他是怎么说我的，我知道一切。他就像一条时刻在我身后游走的蛇，但他只会"嗞嗞"地吓唬人，根本不敢真咬。

跟这对姐妹约会这件事并不让我自豪，如果妈妈知道了，她不把我屁股打烂才怪，但女人是我的软肋，是我唯一的恶习。我从不饮酒，也不抽烟，更不会碰毒品。但是似乎每一天，我都能对女人一见钟情或是喜新厌旧。最心动的就是有人对我有意，那我就一定会对她有情，不管她是否结婚、有没有男朋友，或是我已经在与她的姐妹约会。这也许是上天赐我的福气，也或许是诅咒，但我跟一个女孩子畅聊时，不管是一个小时还是一个晚上，我脑子里想的只有她一个。我不是在玩弄女性，也不知道怎么把自己真实的想法表达出来，但有一点是肯定的：令我心动和爱慕的女性绝对只有在我眼前的这一位。我最热衷做的事就是得知一位女孩子要退出联盟时，便会对她说道："给我五分钟。"真不是吹牛，任何女孩子听了我的甜言蜜语，都会乖乖俯首称臣，但我所有的话都是出于真情实意。因为我是真诚的，她们才会相信我。

但是她们一不在我眼前，我就"眼不见，心不念"了。

我说过，女人是我的软肋，是我的致命诱惑，是我的阿喀琉斯之踵[1]。不止一次我匆忙离开女子的房间，因为她的男朋友或丈夫马上就到家了。我真的觉得自己是个罪人，周日跟妈妈去教堂时我会祈祷主的宽恕，但到了周一，我的脑子里又全是这些女子了。我知道这是错的，但总觉得这是在用自己的方式关心、照顾她们每个人。

我工作及约会的最大障碍是交通。我们被迫迁出了普拉科，因为亚拉巴马州副产公司先是关了那家商店，然后给出官方通告，说公司今后不再提供住房。驱逐令于1981年圣诞节前下发，以致还住在那里的人无心过节。普拉科的煤矿好多年前就关闭了，尽管房子里一直没有水暖设备，但我们热爱普拉科，不想搬家。

我们把整个家装进一辆卡车，搬到不远处的伯恩威尔。我是家里最小的孩子，理应留在家中照料妈妈。除了两个姐姐，其他的哥哥姐姐都已离开亚拉巴马这个令人伤心之地。他们有人北上去了俄亥俄州，哥哥路易斯去了很远的加州。留下来陪妈妈我毫无怨言，而且特别幸福。这个世上我最爱的人就是她，我怎能留她一个人孤苦伶仃呢？她开心我就开心，我开心她就开心，以前是这样，以后也是这样。妈妈一直为我做饭，不管白天还是夜晚。这是饱含爱意的美食。

家不在普拉科，意味着我需要一辆车，因为新邻居没人愿意让我搭车。我在路上搭过便车，但每次都心里没底，不知道是否会有危险。我太需要一辆车了，因此有时会铤而走险，不再像以前一样见车就躲，而是立刻去拦。这很危险，因为这个世界对黑人来说仍不安全。我知道，

1 “阿喀琉斯之踵”（Achilles’heel）一语来自希腊神话，指“唯一的致命弱点”。阿喀琉斯出生时，母亲倒提着他浸入圣水，使其全身刀枪不入，唯母亲手握的脚后跟没能浸入圣水，所以是他唯一的弱点。后在特洛伊战争中被射中脚后跟而亡。

如果出事的话我能保护自己，我有躲藏的地方、有挣钱的去处、有要好的女子，但是如果没车就找不到工作，没有工作就买不起车。我进退两难，既不愿去矿上，也不愿因为没有车，且终日为了微薄的收入而绞尽脑汁、费尽心血。我从来都不怕辛苦，但总不能每天走十或十五英里去上班然后再走回来吧。我必须付出什么去换回一辆车。

一个周六，我准备去“付出”。早上醒来后，我穿上最好的衣服，跟妈妈一起吃完早饭，与她亲吻道别，然后搭上朋友的车去了维斯塔瓦山。我下了车，这地方离我看过的那个汽车卖场还有几个街区。我不想说接下来发生的一切是预谋好的，但确实就像是你看着自己做这做那，就像看电影一样。有时太想当另一个人了，你就真以为自己是那个想象中的人。那个周六，我不再是出身普拉科、连个稳定工作都找不到的穷小子——我是个大学毕业、刚刚在一家大公司就职的学生，要买辆崭新的车。我在一排排的车前走来走去，尽管之前总做梦，梦见自己开着一辆崭新的蒙特卡洛、别克君威或者庞蒂亚克格兰披治，但那天吸引我的是奥兹莫比尔。它是亮闪闪的天蓝色，两门，内饰柔软如云朵的蓝色天鹅绒座椅，四个前灯让它美丽的面容熠熠生辉，而这位天生丽质的美女正在冲我微笑。我半天也挪不开脚步，销售人员注意到了，于是过来谈生意了。

“它真美。”

我冲卖车的笑笑。他是个白人小伙子，留着大鬓角，棕色头发，头顶有些稀疏。

“是的，真的美。”我说。

“拥有一辆奥兹莫比尔，你就不想别的车了。”

他向我伸出手，我跟他握了握。

“想不想开着它兜一圈？”

我点点头：“想，我想试驾感觉一下。”

销售员笑了笑，觉得这笔买卖肯定做成了。我看着他走进一幢平房，然后拿着一串车钥匙回来了。

“这些钥匙你拿好。”

他伸手递给我，我觉得自己伸手接钥匙的动作是个慢镜头，是个我自己可以看到的慢镜头。

“上了公路一定要让它跑起来，它会让你惊艳的。”他打开车门，一直面带微笑，我坐了进去。他关上门，在车顶轻拍了两下。我把钥匙伸进点火开关，转动了一下。天鹅绒座椅就像一个新买的玩具、一根新球棒、一双新鞋，或者其他任何你心仪已久的宝贝。那味道就像圣诞节清晨、复活节周日、感恩节晚餐，或是我的生日。发动引擎的那一刻，我呼吸到了此生最甜蜜的芬芳。

我把车开出卖场，向右，在镇中心几条小道上开了二十分钟。那种有力而振奋的感觉，让我觉得自己无所不能。终于上匝道，进了主路，我脚踩油门，听着引擎的轰鸣声，一路向南，朝蒙哥马利方向开了一个多小时，然后掉头朝伯明翰驶去。车从通往卖场的路口驶向妈妈和家的方向时，我没觉得有什么不对的。妈妈等着我回家吃饭呢，我等不及给她看我的新车，告诉她我们的生活真的变好了。那一刻，我心花怒放，心脏都要跳出来了。我知道一切都将改变，我决定要让它真的跑起来，让它来改变世界。它真美，而且只属于我一个人。

那辆车开了两年。我尽己所能买了一套崭新的先锋音响系统装在车上，因为我要开着这辆车去家具店上班。我无微不至地照顾这辆车，每个周末都仔细清洗、打蜡。我开车载妈妈去商场、办各种事，她开心得不得了，抬头挺胸地坐在车上，笑得合不拢嘴。开着这辆用不光彩的手段得来的车载着妈妈，我并不自豪，但我从来没闯过黄灯、没发生过碰撞、没超速行驶过。

从卖场把它开出来已经两年了，我发誓它比那时的车况还好，但我心里越来越不是滋味。妈妈很信任我，每次开车带她出去，我都禁不住想：如果我们出了事故或在路上抛锚了，警察来了会怎样？对我的所作所为，妈妈会作何评判？我想把车还回去，但我不知道怎么跟她解释车突然不见了。我已深陷谎言之中，这谎言如此深重，竟然找不到走出来的路。

一个朋友告诉我警方正在到处找我，我知道自己不能再藏了，是时候向妈妈坦白了。

以前跟任何人讲任何事，我都没有这么害怕和紧张，但我不能再隐瞒了，我心里越来越难受。我尽可以继续自欺欺人，但心底的罪恶感越来越沉重，沉重到已经要把我心中的善良和美好尽数毁掉。我最不想做的就是让妈妈伤心。她此刻正站在水池边，我走过去，用胳膊环抱着她的肩膀。妈妈个子也不矮，但跟我比简直就是个袖珍人。

她抬起一只湿漉漉的手，轻轻地拍了拍我的胳膊。

“这次又怎么了？”她问道。

“我要告诉你件事，挺严重的事。”

她转过身来，在毛巾上擦干了手。“好吧，咱坐下来说。严重的事是不能站着说的。”

我在餐桌旁坐下，妈妈拿了两个杯子，还有冰箱里的一大罐甜茶。

“说严重的事时还得喝点儿东西。”她说着，倒了两杯茶，坐了下来，“好了，说说到底是什么事？”

“我干了件事，干了件错事。”

妈妈看着我的眼睛，喝了口茶，什么也没说。妈妈的沉默抵得过别人十分钟的滔滔大论。她一言不发，沉默地喝茶，然后冲我点了点头。我就把事情全盘供出了。从试驾、我多想当另外一种人、没付钱就把车开回家，到心里承受不了、不知如何是好，全向她讲了。

妈妈又喝了一口茶，然后看着我，眼神里充满了沉重的悲伤。

“你惭愧吗？”

“惭愧。”

“你准备纠正这个错误吗？”

“是的，准备好了，妈妈。”

“好，那就纠正它。去警察局把事情全部坦白，承担后果。我可没有教过你去拿别人的东西，但我教过你要勇于承认错误。你已经长大了，这种事妈妈是帮不了你的，你要自己承担责任，向警方坦白，还要向主坦白，主会原谅你的，我也会原谅你的。但是雷，你得想明白你是什么样的人，你得想明白自己以后要做个什么样的人。这些现在就要想好。我知道你会做个好人，我知道你一定会的。”

听得出，妈妈的话中带着沉痛与焦急，我无比羞愧。我不想做这样的人，我要做个好人，做个令妈妈骄傲的人。她抚摸着我的脸庞，摇了摇头。那一刻，就在厨房的餐桌旁，我立下誓言：今后绝不做任何让妈妈面带愁容、悲伤痛苦的事情！一辈子走着去上班，重新回矿上干活儿，这些都不算什么，无论多艰辛，我只走正路。我要对得起妈妈，对得起妈妈的养育。

莱斯特在上班，所以我让另外一个朋友开车带我去了警局。终于松了一口气。我坦白了自己的罪过，他们把我关进牢里时我毫无怨言。1983年9月我的案子开庭。我当庭认罪，被判监禁一年半。由于关进监狱等待出庭时的一天可抵刑期中的两天，因此最后我只需要参加几个月的劳动改造。后来我去了基尔比监狱，等待转到劳改的地方，但因为有了入狱记录，我的名字进了他们的名单。

劳改的最后一天，妈妈和一位邻居来伯明翰接我回家。一到家我就去找莱斯特。

“现在不干蠢事了吧？”他说。

我总是想起餐桌上妈妈的话。入狱对我来说是件好事。我知道了监狱不是我该待的地方。那儿真不是个好地方，食物难吃、臭气熏天，没有自由，这让我浑身难受。车、钱、工作、女人，什么都不值得我用自由去换取。接下来的一年半，一直到1985年8月，是假释期间。我不担心——即使是五十年的假释期我也不担心，因为我只关心也坚信，自己今后绝不会再做违法的事，我绝不会再干让自己丧失自由、让妈妈眼含痛苦的事情。劳改期的每个夜晚，远离家人，我一直想着那些生命中无比重要的人和事。

上帝无比重要。

莱斯特无比重要。

自由无比重要。

最重要的，是妈妈。

其他的事都是过眼云烟。

“我向上帝发誓。”我举起右手说道。

莱斯特鼻子哼了一下，不太相信。

“我是认真的，”我说，“我向上帝发誓，再也不会拿不属于我的东西了。”

莱斯特看着我，他还等着我揭秘脑筋急转弯呢。我也看着他，他看出了我的真诚与严肃，终于赞许地“嗯”了一声。

片刻后，我郑重地说道：“即使是辆最动人的克尔维特，即使上帝亲自来到人间对我说‘这辆车从此属于你’，我都承诺买车时会贷款，开支票时会确保账上有钱。有人递给我车钥匙时，如果这车不是我的，我会马上还给他。除非是你把你的车钥匙给我，或是哪位美丽的女子因为喝多了开不了车让我代驾。其他任何情况，我都郑重发誓，我，安东尼·雷·辛顿，绝不会再偷拿别人的东西。即使——”

莱斯特哈哈大笑打断了我的话：“一开始我就知道你是认真的。我可不想一整天都站在这儿听你唠叨，咱们今天有烧烤吃呢。”

第四章

冷库杀手

D船长[1]店出事后，本县每位警长和警员都知道，有史以来最冷血、最残忍的杀手正逍遥法外，在大街上游荡。

——道格·阿克警官

伯明翰，1985年2月25日

餐馆持枪抢劫案受伤员工已死亡

一家南区餐馆助理经理昨夜死亡，当日凌晨遭抢劫犯两枪爆头。

被害人约翰·戴维森，49岁，家住东北三区2249号，救治无效，于昨晚10点55分在东部医疗中心脑死亡。

除头部中枪外，戴维森死前亦曾遭毒打。[2]

我不记得约翰·戴维森被杀当晚，自己在哪里了。我每天奔波劳作，哪里想过记住这些来当作自己不在案发现场的证据呢？我从来没在南区温纳夫人炸鸡店吃过东西。2月23日那天，有人抢劫了这家店，并

1 “D船长”是美国一家以经营海鲜为主的连锁餐馆。

2 迈克·贝尼霍夫，《餐馆持枪抢劫案受伤员工已死亡》，刊载于《伯明翰邮政先驱报》，1985年2月26日。——作者注

胁迫约翰·戴维森进入冷库，对着他的头开了两枪，令其父母丧子、妻子丧夫。现场没有留下指纹、没有目击证人，也没有检测到DNA，谁都可能是凶手。凶手抢了2200美元。生命究竟价值几何？人为了多少钱可以出卖灵魂？我不知道。我想过凶手的动机，不知道是什么让他丧尽天良。在暗处等待时机去谋财害命时，他在想什么？做任何丧尽天良的事都有代价，但真没想到，会是我来为这个根本不知道是谁的杀人犯还债。约翰·戴维森被杀当晚我在哪里？我一点儿也不记得了。我在床上睡觉吗？跟莱斯特谈天说笑？和妈妈一起吃晚饭？在女性朋友家？我的生活里就这些，没什么特别的。每周有六天，我在店里组装、配送床，我谨守诺言，从不惹是生非。尽管说不准自己当晚在哪儿、在做什么，但我敢肯定自己没有打人、抢劫、谋杀。

我还清楚真正的杀人犯正逍遥法外。

伯明翰，1985 年 7 月 3 日

我在这家家具店干的时间不长，因为无法适应周六上班。周六是带着自家美食在教堂与大家分享的日子，是跟朋友出去野餐的日子，是陪妈妈去办各种事或带她钓鱼的日子，还是大学橄榄球赛的日子。而且教堂人手不够，周六那些洗车、修理房子的事经常需要我们这样的年轻人帮忙。我努力适应了六个月，但周六上班就是让我开心不起来，最后就成了这样：周一到周五，我准时上班、努力勤奋，拼命干活儿；一到周六，身体里就像有个开关似的，我开始糊弄老板，找各种借口不去上班，或是将某些事夸大其词。最终，我明白自己不适合这份工作。每逢周六，我都觉得自己是个差劲的员工。过完生日之后又过了几个星期，我辞职了。辞职时没什么难过的，我计划去一家叫“万宝盛华”的公司，他们提供在伯明翰附近打短工的机会。

我已经二十九岁了，坦白地说，我也不知道想干什么。有时生活更像是做减法，而不是在各个选项中做选择。我知道自己不想当矿工，不想进监牢，不想当拖船上的纤夫，不想沿着河来来回回地拉煤。我知道自己不想周六上班，不想留妈妈一个人在家。除此之外，我都不挑剔，只想找个工作养活自己，有辆好车，找个我爱的女人结婚生子，希望未来的妻子愿意跟我妈妈住在一起。不过也不用多想，船到桥头自然直。

万宝盛华给的薪水不高，但再少也是钱哪！而且我喜欢经常跳跳槽、换换工作，这可以帮我找到想做的事情。能遇到谁，擦出怎样的火花，真不知道。走出高中校门已经十年了，但我还是喜欢学习新东西，我喜欢跟不同的人谈话，喜欢去没去过的地方，看那里的人怎样工作和生活。我经商的头脑还不错，所以想开个小馆子，让大家都来尝尝我从小就喜欢的妈妈做的美食，并且妈妈已经把她做饭的手艺尽数传给我了。

她传手艺的时候总是说：“如果爱吃这道菜，你就要学会自己做。我看你一时半会儿也不打算找媳妇。”

妈妈总是有办法让我听她的。

她的话让我开心大笑、保持正道、坚持自我，而且任何事她都不催我。从记事起，妈妈就这样关爱着我——这是最纯粹、最无条件的爱。

餐馆经理中枪后死亡

昨日清晨，一位在D船长已工作5年的员工于伍德劳恩一家分店的冷冻室中被发现，身中两枪死亡，很明显是抢劫犯所为。

伯明翰警方证实，这位员工是托马斯·韦恩·维森，25岁，家住纽卡斯尔橡树街11号，死于头部中枪。现场没有打斗痕迹。保险柜里的钱被抢劫犯拿走，数目不详。

凶杀科C.M.奎恩中士认为，维森命案与2月温纳夫人炸鸡店一位助理经理被杀案有相似之处。但奎恩表示还不能确定这两宗命案有关联。[1]

7月4日国庆那天，我们像往年一样举行了庆祝活动——你能想象的最好吃的户外烧烤，和朋友一起去教堂，还有可以敞开怀喝的甜茶。国庆是亚拉巴马州最隆重的节日。走在街上，总有不认识的人盛情和你分享美食。烟火、西瓜、撒欢儿的孩子以及拿着水管向他们滋水的大人。一年中的其他时间，我们相隔甚远，但这个节日有种力量，能将街坊邻里聚到一起。我们不再是白人或黑人，而是美国人。我们一起开怀大笑、痛快玩耍，一起为花车游行鼓掌喝彩。每年只有这个时候，整个伯明翰才给人相亲相爱的感觉，1985年的国庆也不例外。套麻袋赛跑、扔鸡蛋大赛，还有你能想出的各种美食。妈妈戴着她那顶最漂亮的白帽子，穿着袖子镶了红边的蓝裙子。我和莱斯特坐在折叠椅上，看着妈妈跟教堂里认识的女士们开心地笑着，别提有多幸福了！再过几个月，假释期就满了，过去犯的错误将不再会影响我的生活。我正在认真地跟一个新结识的女孩子约会，她叫西尔维亚。我明天就去万宝盛华签约了，

1　凯瑟琳·M.约翰逊，迈克·贝尼霍夫，《餐馆经理中枪后死亡》，刊载于《伯明翰邮政先驱报》，1985年7月3日。——作者注

希望这份工作能越来越好。我转身对莱斯特说："这次国庆感觉就像是场效忠宣誓。"

"老兄，为什么这么说呢？"

于是我试着解释："就像是一个人人自由、公正的上帝之国，今天的一切都让人有这种感觉，充满希望，公正、自由等都是可以实现的。你明白吗？"

"明白了。虽然年年都有7月4日，但我明白你的意思。"

"不知道明年会是什么样。没准儿咱俩谁结婚了，没准儿我有孩子了。"我没再说下去，因为那一刻，我的心头涌上了浓浓的爱意，一时竟找不到合适的言语：我爱莱斯特，爱戴着手套和帽子的妈妈，爱亚拉巴马，爱这有令人神清气爽的甜茶的炎炎7月。

"你准备要娃了？"莱斯特笑着问。

"这事可说不准，"我边说边努力平复心头莫名的感动，"我就是觉得空气中充满了变数。"

"我不知道，"莱斯特边说边抬头看着阴沉的天空，笑了起来，"我觉得空气中充满了要打雷的变数。"

恩斯利，1985年7月25日—7月26日

晚上11：57，我打卡进了布鲁诺仓库，我不介意上夜班。半夜钟声响时，我正跟十几个临时工站在一起等着派活儿。布鲁诺仓库无比巨大，临时工都是先在外面的保安亭通过安检，然后向主管报到。他们盯得很紧，可能觉得我们是临时工会偷东西或偷懒，这点我一直想不通。

临时工其实最想要永久性的工作，因而会比正常的工人更卖力。

分给我的一般是叉车工作。通常，我会用叉车把空托板放到卡车上，其他工人往上装货，然后我再把载满货的托板叉到“高边”——这是我们给仓库里货架最高的那块地方起的名字，把托板在货架上安放好。这活儿不难，而且开叉车还挺好玩的。

7月26日，我从子夜开始当班。我们会先花十到十五分钟时间等着主管汤姆·达尔逐一检查，登记名字，再给我们派活儿。我的第一个活儿是用叉车叉着装满水桶、清洁用品和墩布的托板，把它们分发给那些等着清扫仓库的工人。大约十分钟后，我干完了，主管叫我去打扫卫生间，把地板上的口香糖都弄干净。真想不到一个白天的工夫，地板就能粘上那么多口香糖，也想不明白为什么都是成年人了，还要把口香糖吐到地板上，但我的工作可不是琢磨这些事。我的工作是把这些口香糖刮掉，然后把卫生间里外打扫干净并消毒。这不是我最喜欢干的工作，但它也是工作，而且我是个不管干什么都想干好的人。大约凌晨2点我干完活儿，经达尔主管同意后，休息了十五分钟。之后我到外面继续干活儿，把破了的托板挑出来，看看哪些还能修补一下接着用，哪些破得太厉害不值得花时间。那天夜里又闷又潮，看不到夜空中的星星，但是我很庆幸自己穿了件无袖衬衫，因为，尽管已是凌晨3点，气温还有约75华氏度[1]，像是要下雨。那个夜晚没有什么其他的新鲜事了。凌晨4点我吃了工作日的第二顿饭，在大垃圾桶那儿洗了洗脸，然后结束了一夜的工作。

1　75华氏度相当于23.9摄氏度。

伯明翰，1985年7月27日

开枪抢劫案恐与之前的谋杀案有关

警方正在调查，周五早晨针对贝瑟默一家餐馆经理的开枪抢劫案，是否与今年早些时候伯明翰两家餐馆经理的谋杀案有关。

这三起深夜餐馆抢劫案的三位受害经理均为头部中枪，但贝瑟默西南区第九大道1090号的昆西家庭牛排馆助理经理只是受伤，警方已就此案询问了他。

卡拉韦卫理公会医疗中心发言人称，家住胡艾镇贝里道3341号的西德尼·斯默尔泽曼周五凌晨被发现时状况良好。据警方介绍，受害人头部和手部各中一枪。

贝瑟默警察局J.R.佩斯上尉说，警方本来以为受害人“只有头部中弹，并且是致命伤”，但目前他们认为凶手有可能打了两枪。

佩斯上尉介绍，斯默尔泽曼胸部也有伤，但受伤来源尚不能确定。

三起抢劫案均发生于餐馆打烊之后，且经理都被挟持到餐馆后面，之后中弹。

2月，温纳夫人炸鸡店抢劫案发生后，警方一直在努力破案。这家店位于南区第29大道737号，家住中心区，现年49岁的约翰·戴维森头中两枪，尸体在餐馆里被发现。

由于在餐馆后面也发现了血迹，警方认为生前为餐馆助理经理的戴维森是被胁迫至冷冻室并遭枪杀的。

7月2日，托马斯·韦恩·维森，25岁，北区第一大道5901号D船长店的夜班经理，在员工开店准备营业时被发现死于餐馆冷冻室。

佩斯上尉不愿过多谈论贝瑟默案件，只是宣读了斯默尔泽曼向警方提交的口供。

根据斯默尔泽曼的口供以及其他贝瑟默警方提供的信息，周五凌晨发生的昆西餐馆案案发情况大致如下：

午夜12：30左右，昆西餐馆打烊，斯默尔泽曼及其他4人分别驾车离开。斯默尔泽曼的车是一辆1985年出厂的庞蒂亚克菲耶罗轿车，当时停在了路边的一家杂货店门前。

驶离杂货店后，斯默尔泽曼回忆，当他在第九大道和纪念道路口停下时，被后面一辆黑色的雪佛兰或别克追尾。

斯默尔泽曼下车查看车损情况，这时后车司机下车用枪指着他，逼他回到车上，并一同上了这辆车。

枪手命令斯默尔泽曼将车开到路边停好，之后两人下车，上了枪手的车。

枪手驾车，两人回到昆西餐馆，枪手胁迫斯默尔泽曼打开店门进入店内。

一进店，枪手便命令斯默尔泽曼打开保险柜，然后从垃圾筐上拽了一个垃圾袋，装了一袋子钱。

当时，枪手命令斯默尔泽曼进入冷冻室，但斯默尔泽曼坚称里面太冷不进去，枪手又命令他进储藏室。斯默尔泽曼只得顺从，之后枪手朝他开了枪。

斯默尔泽曼应声倒地，他故意躺着一动不动，直到枪手离开。之后他立刻到旁边的六号汽车旅馆求救。

据斯默尔泽曼向警方描述，杀手为黑人，5英尺11英寸高，190磅重，留着小胡子，身穿蓝色牛仔裤和红色方格衬衫。

佩斯上尉介绍，周五他的同事已与伯明翰警方就昆西餐馆案进行了沟通。“但这个案件我们还是自己单独调查。”他说。

负责调查D船长店维森案件的伯明翰警局凶杀科警长霍华德·米勒介绍，他周五上午与贝瑟默警局的一位探长交流过，“双方正在合力攻破贝瑟默案”。

斯默尔泽曼的女儿，家住亚特兰大的马尔蒂耶·汉密尔顿夫人介绍，父亲已在昆西餐馆工作3年，开始时是经理培训师。

汉密尔顿夫人周五晚间说父亲“身体和精神都特别好”。

“我们都觉得他真是幸运，还没到他离开我们的时间。”她说，“我们只希望能抓到他（那个枪手），不要让类似的事情再发生在其他人身上。”[1]

伯恩威尔，1985 年 7 月 31 日

即使阴云密布，7月的亚拉巴马也总是酷热难当，所以妈妈让我去草坪上割草时，我真不想去，一点儿都不想。我想过会儿去找心上人

1 佩吉·桑福德，凯·迪基，《开枪抢劫案恐与之前谋杀案有关》，刊载于《伯明翰新闻报》，1985年7月27日。——作者注

西尔维亚，我们商量好了一起参加教堂的布道活动，所以我真不想去割草，弄得自己燥热难当、一身臭汗再去赴约。我已经洗好了车，这是辆漂亮的红色尼桑，登记在西尔维亚的名下，因为我之前的错误影响了自己的信用。暑热难耐，我只想喝着冰水坐在阴凉的起居室里。

“我明天再割草吧。”我说着一屁股坐在起居室破旧的沙发上。

妈妈静静地看了我一眼，眼神相当严肃：“好吧，我倒要看看我让你现在去割草，你怎么能做到‘我明天再去割草’的。”

养大十个孩子，靠的可不是把事推到明天。我们这十个孩子都知道一旦妈妈让我们去干什么，基本不可能拖延。但嘴甜有时能做到，这个嘴甜的孩子就是我。

但今天嘴甜也不管用了。

我转动手柄，起动那架老旧的割草机，一边割草一边心中默念着《圣经》中的经文。过会儿到了教堂还得背一段祷文呢，在上帝和西尔维亚面前，我想表现得出众些。我来来回回地开着割草机，终于选中了一段最适合当天用的——《腓立比书》第2章第14—15节。我知道只要一念这篇的开头——“做任何事时都不要怨声载道、争辩不休”——妈妈就会会心一笑。

鬼使神差，我抬头看见屋后门廊处站着两个白人警察。他们正盯着我看，脸上没一丝笑容。我关了割草机，心中还在默念祷文的后面部分：“这样你才能证明自己是上帝无辜而清白的子民，周围尽是不辨是非、不明事理之人对你的责难之声，而你在他们之中就如这世界的明灯。”

“安东尼·雷·辛顿？”其中一位警察朝前走了一步，大声喊着我的名字。我注意到他们都把手放在了枪上。“我们是警察！”

不知道这两个警察来这儿干吗，但我一点儿也不害怕。一个人没做错事，就没必要害怕，更没必要逃跑。从牢里出来后我没做过任何错事，假释后也定期去报到，所以我没有任何可担心的事。

我朝他们走过去，走到车道处。

“我们得跟你谈谈。”说着他们一边一个包抄过来，然后推搡着我向停在一边的警车走去。我感到两侧肩胛骨隐隐作痛，胃里也不舒服，就像车速极快地翻过山头时一样。

“我要进牢房吗？”

他们把我按在车上，将我反手铐了起来。

“我没做任何事。”我说，没想到自己的声音这么响。一个警察打开车的后门。“到底是怎么回事？”我问道。

“到了贝瑟默警局他们会告诉你的。”

“我能进去跟妈妈说一下，告诉她我先去趟警局吗？”不管是为什么，我知道都会很快没事的，因为我没做任何错事。

他们押着我走到侧边门，我大声叫着妈妈。她开了门，我们三个进了屋。

“他们要抓我，把我关起来。别担心，我没做任何错事，所以千万别担心。”我说得特别快，因为我看到她一脸的迷惑不解，生怕她对着警察大喊大叫或是失声痛哭。然后他们又押我回到警车，其中一个介绍他是科尔警官，然后宣读了我的权利[1]。

“那是你的车吗？”另一个警察指着红尼桑问道。

---

1 即美国刑事诉讼中的“米兰达权利”，指的是犯罪嫌疑人、被告人在被讯问时，有保持沉默和拒绝回答的权利，具体内容一般为：“你有权保持沉默。如果你不保持沉默，那么你所说的一切都可能作为你的呈堂证供。你有权在受审时请一位律师。如果你付不起律师费，我们可以给你请一位。你是否完全了解你的上述权利？”

“是的，我女朋友帮我贷款买的，在她名下，但是我的车。”

“我们搜查一下这辆车行吗？还有你的卧室。”

我不介意，也许这样能让事情明朗些，还能摘了这副手铐，不用去警局了。“当然行。我希望你们搜查一下，两个地方都搜查一下。”他们快点搜完走人，我就可以快点把草割完去找西尔维亚了。我知道妈妈会带他们去搜查我的房间。不管是什么原因让我被铐起来坐在警车后座上，她都愿意协助警方解决问题。

我和科尔警官坐在车上，另一位安伯森警官搜查了我的车和卧室。他两手空空走回来，什么也没搜到。我想自己应该没事了。

这时妈妈也从后门出来，向我们走过来。

“上车走人！”

他们突然都跳上车，猛地关上车门，发动了车子。我看到妈妈走到车前，就像在球场上为我加油时一样，开始喊了起来。

“那是我的儿子！那是我的儿子！”

但她并不是在为我加油，她是在哭喊，喊声中带着颤抖。我双手被铐着，警车恰好从她身边拐出车道时，只好也大声对她喊：

“没事的，妈妈！不会有事的！”

他们把车开上了路，我扭头看到妈妈站在车道尽头，双臂伸向我，痛哭不已。有邻居出来了，我知道他们会去安慰她。

我感觉自己的心都碎了。

“没事的，”我还在喃喃自语，“不会有事的。”

我看着身边飞速后退的树木，听着车开到路尽头时下面火车的轰鸣声。一切都会水落石出，我没做任何错事。这是事实。事实会让我自由，会让我回到家里拥抱妈妈并安慰她。她不喜欢夜晚一个人在家，所以不管因为什么，希望他们花几个小时赶紧澄清，然后放我回家。

车继续向贝瑟默开去，我闭目养神。这两位警察什么都没说，没人告诉我是怎么回事，我也不会开口跟他们说什么。一旦他们告诉我是怎么回事，我会马上澄清事实，卸了手铐回家。

家。

我只想回家。

伯明翰，1985 年 8 月 2 日

持枪抢劫犯被控杀人

一级谋杀逮捕令昨日已签署，指控贝瑟默持枪抢劫案嫌疑人同为两宗伯明翰餐馆经理谋杀案嫌疑人。

安东尼·雷·辛顿，29岁，家住沃克县多拉附近的伯恩威尔，于昨日被关押并不得保释。他被控于2月23日及7月2日分别杀害了约翰·戴维森以及托马斯·韦恩·维森。

上述两人均为头部中弹后死在餐厅冷冻室内……

辛顿还因周日发生的昆西家庭牛排馆一案被押……

斯默尔泽曼逃过劫难，向警方提供了劫犯的特征，之后又指认辛顿为向他开枪之人……

伯明翰警局凶杀科C.M.奎恩警官说，警方还从辛顿家中搜出一支0.38口径的手枪，这把手枪就是杀害维森和戴维森以及打伤斯默尔泽曼的那把枪。

“我们之前进行过子弹比对，三起案件的子弹都是同样的，”奎恩警官说，“只是还未找到凶器。昨天我们找到了，之后直接进行了弹道检测。他们忙了大半个晚上终于得出了结论。”

嫌犯目前已从贝瑟默市监狱转至杰斐逊县监狱。[1]

1 尼克·帕特森，《持枪抢劫犯被控杀人》，刊载于《伯明翰邮政先驱报》，1985年8月3日。——作者注

第五章

> 公平与正义应予以所有人，无论他来自哪个州，无论他有何信仰。
>
> ——杰斐逊县法庭上所刻箴言

有预谋的犯罪

车开到了贝瑟默警局，我下来时什么也看不见，只有不停闪着的亮光。我低头躲闪，紧紧闭着眼，这些闪光灯、噪声、喊叫声令我迷惑不解、无所适从。我不知道是谁通知的记者，也不知道那人对他们说了什么，但我在电视上见过这样的场景，这就叫游街示众，而我就是那个罪犯。我开始烦躁，或者说是又烦躁又气愤。多丢脸啊！我想。不光我丢脸，警方发现他们抓错了人时也会一样丢脸。

他们把我带到警局的一个房间里，另外三位警官瓦萨、米勒和阿克警官都在里面，还有个一言不发的人，之后我知道他是伯明翰地区检察官大卫·巴伯。他们又宣读了我的权利。阿克警官将一张白纸放在我面前让我签上名。

“为什么签名？”我问道。

“签就是了，然后我们会在上面打印出“米兰达权利”条款，这样大家就知道我们已经向你宣读过你的权利了。”

“你们要知道，我是个诚实的人，所以如果有人问我——不管是法官、其他警官还是别的什么人——我会告诉他们你们已经向我宣读过我的权利了。”我说道。

阿克警官把笔往纸上一放，对我说：“我们会把手铐卸了，然后你签好名字喝口水，之后咱们一起快点把这些事捋清楚。”

我没做过错事，也不傻，肯定不会在一张白纸上签字的。我抬头看了看这一屋子的人：他们兴致勃勃、精神百倍，还有点儿神秘，就像心里藏了个巨大的秘密却不能跟别人说时的那种纠心。那一刻，我第一次感到害怕。他们为什么非让我在白纸上签字呢？这么做是不对的，一切都不对。

“我不会在这张纸上签字的。”

我口气很坚定，他们对望了一下，一位警探把纸收走了，我不太分得清他们谁是谁，然后问题就连珠炮似的来了。

“2月23号晚上你在哪儿？”

“我不知道。我为什么要记得当时在哪儿呢？”

“7月2号呢？7月2号晚上你在哪儿？”

我想了一下，3号晚上跟西尔维亚去了亚特兰大送我侄女。但我以性命起誓，我不记得前一天晚上自己干什么了。

“2号可能在家，我不记得当时有什么特别的事。2月的那天可能也是在家，都记不太清楚了，”我说道，“这两个晚上我应该是跟妈妈一起待在家里。”

“你能证明吗？”警官不动声色地追问，但我觉得脊梁骨涌起了一阵寒意。

“我没法证明。老兄，你能告诉我2月随便哪天你在哪儿吗？”

“在这儿挨审的又不是我。”

“好吧，但我也不该在这儿挨审。我没有做错什么。不管你们在调查什么，但你们肯定抓错人了。”我双手交叉放在胸前，想让自己看起来沉着冷静，但我能感到胸口怦怦直跳的心脏。

“7月25号晚上你在哪儿？”

我努力想着——我应该能想起一个星期前的事。我一天天倒着去想，然后想起来了，我绝对想起来25号那天我在哪里了。

“我在离家几英里的一个朋友家。那天是周四，对吧？”

其中一位警探在本子上写了些什么。

“你朋友的姓名？”

我把姓名告诉他们。

“你在她家的时候是几点？”

我回忆着那天晚上。我在家吃的晚饭，然后去的朋友家。

“我大概晚上8点到的，11：15离开的。”

“11：15之后你又去了哪里？”

“我开车去恩斯利上班了，之后整夜都在那里，我是夜班，布鲁诺仓库的夜班是半夜到第二天早上8点。不过有时活儿干完了也可以提早下班，那天大约6点下的班，是26号早上6点。”

我说完，屋子里一片沉默。

然后他们把我收监，我这才意识到今天晚上只能待在这里了。牢里的铺位对我来说太袖珍了，我几乎整夜都没睡着，第二天他们准备把我转到伯明翰县城的监牢。阿克警官负责押送。

“我到底是因为什么被抓的？那些警官说是抢劫。我抢了谁？”

“你想知道你是为什么被抓的？”

“是的，想知道。”

“你被抓是因为一级绑架、一级抢劫、一级谋杀未遂。”

“老兄，你们抓错人了。”

“你的事我们还没审完呢，你还有别的指控。”阿克转过头来看着我的眼睛，这是我告诉他自己25号在上班之后他第一次正眼看我，“你听好了，我才不在乎你干还是没干。说实话，我相信你没干。但这无关紧要。如果不是你干的，那就是你的一个兄弟干的，但是得让你来背黑锅。你知道为什么吗？”

我无语，只能摇摇头。

“我可以说出五个他们给你定罪的理由。你想知道吗？”

我摇了摇头。不，我不想听。但他继续说。

“第一，你是黑人。第二，一个白人说你开枪打了他。第三，你的地方检察官是个白人。第四，你的法官是个白人。第五，你的陪审团里全是白人。”他停下来冲我笑着说，“你知道他们会怎么说吗？”

我摇摇头，但是知道他的意思。在南方长大的人不会不明白他话中的含义。我整个身体都僵住了，就像严冬里被浇了一身的冰水。

“有罪、有罪、有罪、有罪、有罪。”他边说边数着左手的手指，然后把代表“五”的手掌举给我看。

我把头靠在椅背上，闭上了眼睛。从四岁开始，我就记得妈妈教育我们要尊重公权部门。她自己也是这样的——几乎到了盲目尊崇的地步。“讲实话，”她总是教导我们，“这样你就没什么可害怕的了。”之前遇到麻烦事，她也是这样开导我：“即使对你不利，你也要讲实话。藏于黑暗之中的真相终会大白于天下。”妈妈的世界里没有灰色的中间地带。有困难了，一定要找警察——绝不要躲警察，他们总是乐于助人，那也是我为什么允许他们搜查车和房间，为什么他们问的时候，我说妈妈有一支枪。警察面前，你要说实话，他们是乐于助人的，没什么可担心的。

高中毕业典礼之后，妈妈与我促膝长谈："听我说，会有人只是因为你的肤色就讨厌你，会有人因为你皮肤黑讨厌你，会有人因为你皮肤不够黑讨厌你。你会遇到那些出于自身原因而讨厌你的人。世界就是这样。但有一点你要知道，你要对自己如何待人负责，但不要因为别人如何待你而自责。明白吗？我才不在意别人说你什么呢——你比他们层次高多了。你对人要比他们对你好多了。你一直是这样的。"

想着妈妈此时独自在家，她一定在担惊受怕。他们没让我给家里打电话。希望邻居们会陪陪她。我知道菲比阿姨，就是莱斯特的妈妈，会一忙完就去陪她的。这会儿莱斯特应该也从矿里出来了，不知道他是不是已经听说了，他会照料好我妈妈的，就像我也会照料好他妈妈一样。这是唯一让我宽慰的事情。这一切都会水落石出。一级抢劫、绑架、谋杀未遂？去他的吧，我才是被绑架了的人。他们会明白我当时在上班，只需要跟我的朋友们了解一下就知道。其他两个晚上我忘了自己干什么了。怎么也想不起来了，但是我必须相信他们会相信我。我没做任何错事，不管他们调查什么，我越合作、越帮忙，就能越早回家。我才不管阿克说什么呢。没人能认定我有罪，因为那些事都不是我干的，我是清白的。明天一早这事就能明朗。

伯明翰监牢前面同样是一群记者，他们围着我，从外面一路跟到里面。有人再一次向我宣读了我的权利，收监的程序包括按手印、拍照，然后我被告知还有两起谋杀指控。那两起谋杀案，他们说已找到了证据，就是我家里的那把枪，而且用的就是那种子弹。他们找到了杀人凶器。有人在现场看到我了。案子已经结了。我一定要认罪。这都是什么话啊！我闭口不言，只想赶紧让脑子清醒过来，弄明白这到底是怎么回事。我得跟妈妈说说这事儿。他们让我换上绿白条纹的囚服，我昏昏沉沉的，直到被带到七层，也就是C区。他们给我一个薄薄的、窄得不能再窄的床垫，一把塑料刮胡刀、一个塑料杯、一把牙刷和一卷只属于我的手纸。我把这些都放在床上，只想躺下睡个七天七夜。

“出房间，背靠墙站好。”

我跟其他牢犯一起，按要求齐刷刷地站好，等待看守点名。他们一边点名，我一边在脑子里数着数，一共有24个人，我环顾一眼四周：大多数是黑人，有一些白人。

看守点完名，我转身想回自己的牢间。

“辛顿！”

我转身看着看守。

“白天不能回牢间，所有人都要待在公共区。”

公共区有固定在地板上的金属桌椅，所有桌椅都对着墙上一个黑乎乎的小电视。我只想给妈妈和莱斯特打个电话，看他们能不能帮我把这些事厘清。我还想闭上眼睛睡去，醒了之后发现睡在家里自己的床上，过去的二十四小时只是场噩梦。

我在一张冰冷的圆椅子上坐下，冲坐在对面的白人囚犯点了点头。他有一头明亮的红头发，冲我咧大嘴笑着，看着友善，却像个扮成小丑的连环杀手。

“欢迎来C区，”他说，“这里是所有杀人犯宝宝玩耍的地方。”

第六章

受试者在测谎仪测试中说的是真话这件事，其实是检测员的主观判断。

——克莱德·沃尔夫

全部真相

他们把我移送到基尔比监狱，我要在那里待上几个星期，服完假释刑期。这是有意拖延，我猜他们是想利用这几个星期搜集证据。我基本没法跟妈妈和莱斯特说上话，因为电话总是有人用，而且付费电话又太贵了。“他们把所有事都弄错了，”我终于跟他们通上了话，“事情会水落石出的。辩护律师一来，我就把所有事情跟他说清楚，他们会意识到抓错人了，会放我回家。”我这是在为妈妈和莱斯特打气，也是为自己打气。等到真相水落石出，我会彻底、永远自由。不再有什么假释，不再有每月的报到，不再有警察随意从家里把我抓走——仅仅因为我在他们那里有犯罪记录。在基尔比监狱待了几周之后，我又回到杰斐逊县等待开庭。

1985年11月8日，我被大陪审团起诉，照片上了当地所有的报纸。人们要求把我绞死或直接枪毙，为纳税人省点钱。这一切都发生在还没有上法庭接受审判时，发生在法庭还没给我指派辩护律师之前，甚至都还没提审让我有机会告诉他们“我无罪”。

1985年11月13日，我的案子被指派给一位名叫詹姆斯·S. 加勒特的法官办理。我见到了法庭指派的辩护律师——谢尔登·普海克斯。他只比我矮一点，不到六英尺，比我瘦，比我有肌肉，梳着大背头，像意大利的黑手党，也许更像拳击手。《洛奇》[1]的三部我都看过，第四部也快上映了。我被传讯的时候，他几乎都不看我一眼。他是法庭指派的，我听到他嘟囔着：“我上法学院可不是为了做公益。”

我清了清嗓子，他抬头第一次看了我一眼。即使戴着手铐脚镣，我还是努力伸出手去想跟他握个手。

“如果我跟你说我是清白的，对案子有帮助吗？”

“你听好了，你们这些人都是犯了事然后说自己是清白的。”

我伸到半空的手垂了下来。原来是这样，我知道他说的“你们这些人”并不是指犯过罪的人，也不是指从前的煤矿工人或双子座[2]的人，甚至都不是指受一级谋杀指控的人。

我需要他帮我，所以没有别的办法，只能不把他的话往心里去。我必须相信他是相信我的。他是我的意大利斗士，我的洛奇，而我就是阿波罗・克雷德[3]——不是第一部中的样子，是之后几部中他们结盟，甚至成了朋友时的样子。我只看过《洛奇4》的预告片，所以想着普海克斯也像预告片里一样，每天清晨起床训练跑步上法庭的台阶，边喝生鸡蛋边看一摞摞的卷宗，仔细核查，不放过任何线索。脑海中他的模样让我宽慰了不少——我假装他相信，在为我的生命拼搏中，他也会为自己赢得价值。

---

1 《洛奇》为讲述美国拳击比赛的系列电影，也是动作演员史泰龙的成名作。电影中的拳击手的名字是“洛奇”。

2 作者安东尼・雷・辛顿是双子座，意指“随便是谁都无所谓”。

3 阿波罗・克雷德为前世界拳击重量级冠军，在影片《洛奇》中与洛奇先是对手，后成为朋友。

直到十年之后我才有机会看《洛奇4》，所以我当时还不知道在这一部里阿波罗·克雷德死了，而洛奇只是在旁边看着。那时候不知道结局对我来说是件好事。

法官定了审讯日期：1986年3月6日。

在他们把我送回C区之前，我向普海克斯求救："给我做个测谎机器测试吧，还有吃吐真药、催眠什么的，不管什么方法都用上，好让他们知道我是在说真话。不管什么方式，我都愿意测试。这件事整个都错了，不管是什么测试都让我测一下，好向他们证明我是清白的。"

他只是瞪着我，然后在空中挥了一下手，好像要把苍蝇赶走一样。"我过两天就去监狱看你，那时我们好好谈谈你的案子。我保证。"

我就像一个快要淹死的人，紧紧地抓着他的话当救命稻草，以为他会救我一命。

保密文件

日期：1986-5-13

测试对象：安东尼·雷·辛顿

社会保险号码：×××-××-××××

谢尔登·普海克斯先生

律师

亚拉巴马州伯明翰市第二大道2026号

城市联邦大厦1414号房间

邮编：35203

根据你的申请，我们为安东尼·雷·辛顿进行了测谎仪测试，以确定他在所涉绑架、谋杀未遂、谋杀案件中是否诚实。测试按照标准程序执行。

结果：

在前置测试问询中，安东尼·雷·辛顿讲述他的住址为亚拉巴马州伯恩威尔×××号，于1956年6月1日出生于亚拉巴马州杰斐逊县。测试对象现年29岁，男性，身高6英尺2英寸，体重220磅，黑发，棕色眼睛。测试对象陈述自己的文化程度为高中毕业，单身，没有孩子。

测试对象陈述自己曾于1982年在亚拉巴马州贝瑟默因偷窃他人财产获罪，同年在亚拉巴马州贝瑟默因偷窃汽车获罪两次，三罪合并判处15个月监禁，缓期一年半执行。测试对象称自己在亚拉巴马州贝瑟默还因几桩数目不大的问题支票获罪，并称已偿还相应罚款。

测试对象接下去说自己没有开枪打过人，没有抢劫昆西餐馆、D船长店或者温纳夫人店。测试对象坚称自己与被问讯的犯罪行为没有任何关系，并且不知道作案者是谁。

之后测试对象被问了如下问题：

测试一

问题：你是打算在回答这些问题时说谎吗？

——不是。

问题：你是否已将关于此事的所有事实都对我讲了？

——是的。

问题：你使用武器抢劫过吗？

——没有。

问题：你用枪指着过别人吗？

——没有。

问题：你开枪打过人吗？

——没有。

问题：你现在是不是在努力隐瞒关于此事的一些事实？

——不是。

测试二

问题：你案发前知不知道温纳夫人店要被人持枪抢劫了？

——不知道。

问题：你有没有想过去持枪抢劫温纳夫人店？

——没有。

问题：你有没有在温纳夫人店拿枪指着别人？

——没有。

问题：你有没有在温纳夫人店开枪打人？

——没有。

问题：上述谈话中你讲的都是实话吗？

——是的。

问题：你在回答某个问题时有没有故意说谎？

——没有。

测试三

问题：你案发前知不知道温纳夫人店要被人持枪抢劫了？

——不知道。

问题：你有没有想过去持枪抢劫温纳夫人店？

——没有。

问题：你有没有在温纳夫人店拿枪指着别人？

——没有。

问题：你有没有在温纳夫人店开枪打人？

——没有。

问题：上述谈话中你讲的都是实话吗？

——是的。

问题：你在回答某个问题时有没有故意说谎？

——没有。

测试四

问题：你有没有想过去抢劫昆西餐馆？

——没有。

问题：你有没有让斯默尔泽曼先生把保险柜打开？

——没有。

问题：你有没有拿枪指着斯默尔泽曼先生？

——没有。

问题：你有没有在昆西餐馆开枪打人？

——没有。

问题：上述谈话中你讲的都是实话吗？

——是的。

问题：你在回答某个问题时有没有故意说谎？

——没有。

测试五

问题：你有没有想过去抢劫昆西餐馆？

——没有。

问题：你有没有让斯默尔泽曼先生把保险柜打开？

——没有。

问题：你有没有拿枪指着斯默尔泽曼先生？

——没有。

问题：你有没有在昆西餐馆开枪打人？

——没有。

问题：你有没有在昆西餐馆开枪打斯默尔泽曼先生？

——没有。

问题：上述谈话中你讲的都是实话吗？

——是的。

问题：你有没有在回答某个问题时故意说谎？

——没有。

测试六

问题：案发前你是不是知道D船长店要被抢劫了？

——不是。

问题：你有没有在D船长店拿枪指着别人？

——没有。

问题：你有没有抢劫D船长店？

——没有。

问题：你有没有在D船长店开枪打人？

——没有。

问题：上述谈话中你讲的都是实话吗？

——是的。

问题：你在回答某个问题时有没有故意说谎？

——没有。

测试七

问题：案发前你是不是就知道D船长店要被人抢劫了？

——不是。

问题：你有没有在D船长店拿枪指着别人？

——没有。

问题：你有没有抢劫D船长店？

——没有。

问题：你有没有在D船长店开枪打人？

——没有。

问题：上述谈话中你讲的都是实话吗？

——是的。

问题：你是在回答某个问题时有没有故意说谎？

——没有。

结论：

测试官的意见为：测试对象在测谎仪测试中讲的是真话。

测谎仪测试官：

克莱德·A.乌尔夫

我知道自己通过了测试。我被带回C区时我听到一位女警官问测试官："他测得如何？"

测试官对女警官说道："要是我说了算的话，他完全可以跟我一样自由了。他没有任何做假迹象。不是他干的，他对这些谋杀案一无所知，这点我敢向你保证。"

女警官"嗯"了一下表示赞同："要知道，我干这行已经二十七年了，见过的杀人犯不计其数，但他不是杀人犯。"

那晚入睡时，我又燃起了新的希望。我不知道妈妈是怎么凑够三百五十美元测试费的，但我知道自己重获自由开始工作后要先把这笔钱还上。每一天我都生活在噩梦之中，总盼着他们抓到真正的凶手。警察、法官、检察官，甚至我的辩护律师，他们只是在开一个很糟糕的玩笑，我一直等着他们告诉我这一切只是场恶作剧。

第二天看守把我叫出去，说有人来访。我以为是普海克斯终于来通知我可以离开这儿了，这简直就是《约翰福音》第8章第32节的翻版——"真相将予你自由"。入狱后，普海克斯只来过两次，不过他把电话号码留给我了，让我有事就给他打电话。这在只能等法庭指派律师的C区兄弟中可是个少有的待遇。普海克斯和鲍勃·麦格雷戈检察官有个协议，就是不管测试仪测试是什么状况，不管结论如何，双方都可以在案子中使用测试数据。如果我没有通过测试，麦格雷戈可以用测试结果告我有罪；如果通过了，普海克斯则可以用它来证明我的清白，斩钉截铁、干净利落地告诉他们抓错人了。我没有为协议担心——我知道结果一定是能通过。

“他们不认可测谎结果。鲍勃·麦格雷戈说话不算话……”

普海克斯还在说着什么，我只觉得他的声音就像一群蜜蜂在我脑袋里嗡嗡响。我听不见他到底在说什么，背叛就像侵入身体里的寒冰，把我冻得没了感觉，脑袋里的那群蜜蜂此刻也蹿入我的身体，四处叮咬。这一次我心头涌起了真正的恐惧。我想起和莱斯特晚上回家躲进路边沟里的场景，我一直以为那就是恐惧的感觉——心“扑通扑通”地跳着，呼吸也越来越快，但这次不一样，这是冰冷刺骨的恐惧，就像上千个锋利的刀片把我从里往外一刀刀地割着。我无法理解发生的一切：他们知道不是我干的还要告我有罪？他们心甘情愿让真凶逍遥法外而让我来背黑锅？

我让普海克斯再说一遍，这回慢点说。

两起谋杀案和昆西餐馆抢劫案中的子弹都与我妈妈的枪匹配。我知道这是不可能的，因为那把枪已经有二十五年没用过了。警察去妈妈那里取枪时邻居也在，她看到警察往枪里塞了块布再拽出来，说枪膛里全是灰尘，肯定很长时间没开过火了。

斯默尔泽曼在一群照片中把我挑了出来，说我就是那个抢劫了他又冲他开枪的家伙。事发时我在上班啊！进库房时我还签了名，真不明白他们怎么会忽略这一点。我不可能在刚上班的时候跑出去抢劫，周围都是一起上班的工友，而且主管整晚都在给我派活儿。

“我怎么能同时身处两地呢？”我问普海克斯，“他们想什么呢？那根本不可能。仓库有保安，进去和出来都要检查的！”

“他们会说你中间偷偷跑出来了，然后开车去了昆西餐馆抢劫。”普海克斯边说边用手揉搓头发。

“那是不可能的。开庭时，我们能不能要求法官允许陪审团半夜开车走一下那条路线，看看按照他们的说法时间赶得上吗？我不可能同时身处两地。你开车走过那条路线吗？几分钟的时间我根本不可能打卡进来还领了活儿，然后再开车去贝瑟默。去贝瑟默的话，开车要二十到二十五分钟。你能去走一下这条路线，或者找位专家开车去走一下那条路吗？记录一下时间，那样能证明。”我本不想大嗓门说话，但我必须让他明白这其中的逻辑。我不可能同时出现在两个地方。他们说我打卡进入仓库，十分钟之后，在距离仓库开车半小时的地方抢劫了人，这毫无道理。“我们可以让他们看看在那条路上还有个十五英尺长的栅栏，带他们去保安值守的地方，看看班上的每个人是怎样进去和出来的。”

“你还想说什么？现在你是律师，我是嫌疑犯了？”普海克斯慢条斯理地说着，意思再清楚不过：让他来处理吧，让他为我辩护和反击，我应该做的就是安安静静地坐好，别惹事。

不这样的话还能怎么样呢？

我笑了笑，但必须再说最后一件事：“我一直在看报，你看到报道说现在外面还在发生持枪抢劫了吗？又有其他店的经理在关门时被抢了，这些当然不可能是我干的，因为我一直被关在这里啊！”

“好的，我回去看一下。为你辩护他们只给了我一千美元。妈的！一千美元只够我吃顿早餐。”他笑了起来，但这一点儿都不好笑。

另一件麻烦事是要找一位弹道学专家，我们需要这样的专家研究那把枪和子弹，然后根据研究结果到法庭上为我做证。我知道检方在子弹和手枪的问题上没说实话，但是空口无凭，法官和陪审团是不会相信我的。

普海克斯说，只要有钱，我就能得到最好的辩护服务。他问我有没有亲戚朋友肯出这笔钱，一共是一万五千美元。没人有这么多钱，妈妈能凑够测谎费就已经非常不容易了。我说完这番话后，开始真诚地恳求他。

“我向你保证，只要能向法庭证明这些不是我干的、无罪释放我，我一定会把这笔钱付给你。我保证。我会没日没夜地干活儿，节假日也加班，一定会把这笔钱付给你。求你了！”我几乎是在乞求了，但他丝毫不为所动。

“安东尼，不是这个道理。我做的事哪件是你付的钱？你根本没钱雇我。而且，我是法庭指派的，你可请不起我。”

其实他一直在找弹道学专家，对于死刑案件，法庭只给五百美元的专家聘请费，然而开价到一千美元都没人来。直到8月他才找到一位专家，但事情还是不顺。

实际上，请一位好的专家需要一万五千美元。我的案子就靠子弹了，因为他们没有任何其他证据，没有指纹，没有DNA，没有目击证人。两起谋杀案发生当晚我没有不在场的证据——我想不起来自己当时在哪儿了——这一点以及那些子弹可以判定我有罪。他们甚至不打算就斯默尔泽曼一案对我提起公诉，只是用这个案子来证明我是另外两宗谋杀案的凶手，因为这个案子与另外两个的作案计划和设计相似。这种说法真是荒谬！但我每天都看报，伯明翰每个星期都有与此案相似的抢劫案发生。

普海克斯说得很明白，我唯一的指望就是找个能在法庭上反驳公诉方的专家。我很不想这样做，但还是给家在克利夫兰的大哥威利打了电话，向他借钱。

“如果请个专家，那个律师能保证把你弄出来吗？”

“我觉得他不能打保票。”

“好吧，那我得跟他谈谈。我得要个保证，保证钱出了这事就了了。我需要他给我个保证，保证我的钱不会打水漂。”

大哥威利没说借也没说不借，这让我心里很难受。

如果我和他的情况反过来，是我用钱去救他的话，我会二话不说就给钱的。我努力让自己不这样想。

普海克斯无法给出那样的保证。哪个脑子正常的人会做这样的保证啊？大哥受到的教育跟我一样——我们从小都认为警察、律师、法官是可以信任的。大哥是位正直的公民，从没惹过事也从不愿惹事。他不愿帮忙是因为他知道这些坏事不是我干的，他相信法庭会尽一切努力帮助我。我努力让自己这样想。但普海克斯告诉我大哥威利不愿意出钱时，我还是难过至极。如果大哥或是任何一个兄弟姐妹有同样的境遇，我会上天入地、尽一切努力帮他，因为我们是一家人，一家人就该鼎力相助。快三十年之后，我才能接受他当年见死不救这一事实，而在这期间我从没见过他或有过他的消息。我大哥一定是，至少在他心中有那么一点儿，相信我就是凶手。家人中有罪人也有圣人，但只要是家人都值得你去爱、去帮助，而且有罪之人比圣人更需要帮助。我真伤心，大哥没有帮我。我生命中美好的东西似乎都在一点点地被夺走：信念、家人、真相、忠诚、正义。不知道这一切都结束的时候我会成为一个什么样的人——我怎么可能还是原来的那个我啊？结案的那一天，我的生命中还会有美好留存吗？如果他们真判我有罪又该怎么办呢？怎么办？没人相信我，有时我觉得整个世界除了莱斯特和妈妈，都在跟我作对。夜深人静时，我躺在牢房里想着即将到来的庭审，想着陪审团会怎样，他们也会跟我作对吗？他们真的会公平公正、不偏袒吗？这些念头终日在脑海中萦绕，妄想与偏执就像无孔不入的毒气，侵害着我的大脑。我努力让自己想点儿别的，但希望总是被阴暗的情绪吞没，令我无法有片刻的安宁。

我知道自己最后的一线希望只能寄托在辩护律师身上了，他手握我的生杀大权。我已经明白，整件事根本不是抓错了人这么简单。他们的行为准确无误，就是要把一个清白之人打成死囚。为此他们何惧谎言！

再过几天，我一定要给普海克斯打个电话，告诉他我多么欣赏他，他做的一切多么伟大。他是唯一一个能替我发声的人，他的声音在法庭上一定要洪亮，一定要向陪审团讲清楚真相，一定要告诉他们安东尼·雷·辛顿是个什么样的人——是个热爱妈妈的人，是个街坊邻里都夸的人，是个一生中从没使用过暴力的人，是个有爱、有趣、善良、乐于助人的人。

不是躲在黑暗中伺机抢人钱财、夺人性命的人。

不是冷血杀手。

我不是那样的人。

我不是。

第七章

有罪，有罪，有罪

他披着无辜的外衣，让大家以为他是清白的，但亚拉巴马州检方会用如山铁证向各位证明，这一封封起诉书中所列的均为事实。

——检察官鲍勃·麦格雷戈

杰斐逊县法庭，1986年9月2日

金钱和报复心简直无所不能——它们可以让人面目全非，让人性之丑恶泛滥到上帝都不忍直视。我看着雷吉起身走到证人席，难以想象被女孩子拒绝竟能令一个大男人变得如此小心眼、如此刻薄。上帝做证，如果能回到过去，我一定不再脚踩两只船。雷吉就在昆西餐馆上班，他告诉斯默尔泽曼他认识一个人，这个人长得很像描述的抢劫犯。我至少现在明白了，为什么我的名字会跟这些乱七八糟的事挂上钩，而且也明白了在雷金纳德·佩恩·怀特[1]那里我的命值多少钱——五千美元——听说这就是他帮人锁定杀人犯获得的报酬。我想有钱赚对雷吉来说只是锦上添花，这条多年来一直在我身后吐芯子的毒蛇摆明了是要来害人的。

1 雷金纳德·佩恩·怀特是上文提到的“雷吉”的全名，“雷吉”为“雷金纳德”的昵称。

餐馆杀人案审讯工作即将进入辩护证词阶段

第一个指认辛顿为劫犯的人是昆西餐馆雇员雷金纳德·佩恩·怀特。怀特自1979年起与辛顿相识，据他说案发前两周，辛顿问过他昆西餐馆的生意如何，以及每天何时打烊等。[1]

陪审团进庭听证之前，庭上的律师们就雷吉是否应该出庭做证争了起来。我的律师败了。雷吉出庭做证时不敢看我，我告诉自己，这是因为他还有良心，如果他看着我就无法在庭上说谎了。他知道这些人是想要了我的命吗？他知道自己在说什么吗？他知道这件事比年轻时与女孩子约会要严重得多吗？也许他就像杰斐逊县那些贫穷的黑人小年轻一样，只是想从中牟些私利？我无法理解在他们那里，生命怎能贱如薄纸！我知道我们不是朋友，但直到那天我才知道我们竟是敌人。他坐在证人席上，感觉他自己是个重要人物，也许这是他平生第一次有这种感觉吧。

“请说一下你的姓名，怀特先生。”

“雷金纳德·佩恩·怀特。”

“你的住址？住在哪个县？”

“杰斐逊县的贝瑟默。”

“你在哪里工作？”

“昆西家庭牛排馆。”

“你在那里工作多长了？”

1 尼克·帕特森，《餐馆杀人案审讯工作即将进入辩护证词阶段》，刊载于《伯明翰新闻报》，1986年9月15日。——作者注

"九年。"

棒球联盟散伙后，我在昆西餐馆见过雷吉。妈妈和我偶尔会去昆西餐馆坐坐，一般我们只点沙拉。和我约会的两姐妹的哥哥也在昆西餐馆上班。自从被人发现约会两姐妹后，我已经好几年没去过那家店了，她们的哥哥说不想看见我，他们的妈妈也这样说。因为我，他们家一度吵翻了天，我为自己造成的伤害懊悔万分。后来我把这些都放下了，那一家人也与我尽释前嫌，但是雷吉一直不肯释怀。7月初，也就是我被抓的几周前，我们偶遇过一次，无关痛痒地聊了几句，雷吉就把这件事添油加醋，变成了他坐在这里所说的版本。我的胃翻江倒海，不知道有没有人在庭上吐过。

"请你努力回想一下1985年的7月，那月的某一天，你有没有跟一个叫安东尼·雷·辛顿的见面聊过？"

"是的，先生。"

"你今天在庭上看见安东尼·雷·辛顿了吗？"

"是的，先生。"

"他在哪里？"

"就在那儿。"他指着我，但是目光从我的头顶上掠过，没有看我。

"那个坐在左边椅子上的人，就是那个被告？"

"是的，先生。"

"你认识安东尼·雷·辛顿多长时间了？"

"大约六年了。"

他们开始问他那天是怎么遇到我的，我看着雷吉，他坐立不安。那天我正在等西尔维亚下班，他开车经过，停在我旁边。我们打了个招呼，问了问彼此现在的工作。他告诉我他还在昆西餐馆工作，我随嘴问了下那个哥哥和我认识的经理是否还在那儿上班，然后我们就忙自己的事去了。这只是次偶遇，只是一个炎热的夏天傍晚两个以前认识的人遇到了，聊了几句。而在法庭上，他竟然说我当时是在等他，而且算准了他会经过那儿。还说他看见我的时候怕得要死，都伸手去够放在车上的枪了。他还在说证词，而我的双腿开始颤抖。他完全是在编造谎言，他在上帝面前发过誓，现在却在这里信口开河！

“好的。之后呢？”

“之后他问我店里的事，我告诉他一切都正常，然后他就问我店里是不是还是原来那个时间打烊，我说‘是的’，我们还是平时10点、周末11点打烊。”

“他问过你昆西餐馆什么时候打烊是吗？”

“是的，先生。”

“你有没有跟他聊任何关于昆西餐馆员工的事情？”

“我跟他聊了斯默尔泽曼先生的事。我当时没提他的名字，我说我们那儿来了一位年长且善良的经理，他刚买了一辆新的菲耶罗。”

“你跟他说你们有一位什么？”

“一位年长且善良的经理，他刚买了一辆新的菲耶罗。”

“你告诉他车的牌子了？”

“是的，先生。”

好吧，竟然是这样。我利用雷吉探听到店打烊的时间，还有车的牌子。我看了看普海克斯。他听出其中的矛盾之处了吗？假设雷吉说的是真的，他告诉我店里11点打烊，然后我挑一个自己要在夜里12点上班的夜晚，在上班地点是用锋利的铁丝网围起来、有保安、大门随时都上锁的情况下，偷偷溜出去抢劫、杀人，然后再偷偷溜回到班上——这一切讲得通吗？他们以为我是终结者[1]吗？我为什么不挑个没班的夜去抢劫呢？由于没有费神为另外两起谋杀案找个人证，因此我没有案发时不在场的证明。这一切在我的脑海中翻腾着，我想在法庭上起身当自己的律师，为自己辩护，让陪审团认识到那些编造的故事根本不合逻辑。整件事情就像是他们先把我挑出来当那个杀人犯，再歪曲事实，好让我与他们编造的情节符合。我为什么不早点去等着斯默尔泽曼，等他一下班就下手呢？就像他们说的我在其他两个案子中干的那样？我为什么要跟着他走到杂货铺，再开车跟着，在路上劫了他的车，再回到店里抢劫？听起来我真不像那个逍遥法外、狡诈至极、冷血至极的杀手，而是世界上最愚蠢的罪犯。我是个即使对方脑袋就在枪口下都打不中他的人，却能神奇地做到翻越多个障碍、换车、以超声速行驶、翻过铁丝网、躲过保安、从锁着的门进去，还能把粘在卫生间地板上的口香糖清理干净。抢来的钱又在哪儿呢？那些溅上鲜血的衣服又在哪儿呢？我翻过十五英尺高的铁丝网时被刀片一样锋利的铁丝钩下来的衣服条又在哪儿呢？那辆笨重、深色的轿车又在哪儿呢？我用它拦劫斯默尔泽曼的车吗？我从哪儿弄来的车？又是什么时候换成了自己这辆小型红色尼桑？我是超级英雄，还是詹姆斯·邦德？我必须完成上述所有奇迹，还能跟班上的主管交流，然后在简易沐浴房里洗了澡下班。

不知道想的这些事情是不是表现在我的脸上了，不过普海克斯清了清嗓子，一只手放在我的肩膀上，站起身准备质问雷吉了。

“怀特先生，你好。”

“你好。”

1 “终结者”为同名电影中无所不能的机器人主人公，由施瓦辛格扮演。

"怀特先生，你认识我的委托人。你和他以前一起打过垒球，是吗？"

"是的，先生。"

"但不是一个队的，对吗？"

"对，不是一个队的，先生。"

"你认识他的另一个原因是你结识了一个叫昆顿·利思的人？"

"是的，先生。"

"有一大堆……昆顿有一大堆姐妹？"

"是的，先生。"

"我的委托人跟其中一个约会过，你当时想跟另一个约会？"

"是的，先生。"

"我们现在说的是1979年和1980年的事，对吗？"

"是的，先生。"

"你跟我的委托人当时和之后的关系都是很友好的，是吗？"

"是的，先生。"

"跟他偶尔遇到的时候，你会友好地跟他打招呼，是吗？"

"是的，先生。"

我听着这些，简直快要坐不住了。普海克斯接着就把话题从姐妹转到另一件事情了，可他根本就没把事情说清楚。我把雷吉的事全跟他讲了，包括以前发生的事情和怎么诋毁我。我还跟他说过雷吉说谎的动机，可他就像是在跟对方聊着无关痛痒的天气。

"好的，你跟他碰到时，是你告诉他谁在店里工作的，是吗？"

"是的，先生。"

"他当时没拿个笔和便笺本什么的把这些记下来吧？"

"没有，先生。"

普海克斯接下去问他是否已婚或打算结婚。我不知道他为什么问这个——这跟案子有什么关系？

“好的，你们谈话的内容就是这些，是吗？”

“是的，先生。”

“之后你就走了，忙自己的事去了？”

“是的，先生。”

“他是走路离开的吗？”

“是的，先生。”

“我要问的就这么多。”

就这么多？没有提悬赏金的问题，没有揭发他在法庭上说谎，没有告诉法庭他多年来对我怀恨在心……什么也没有，整个过程就像某个下午妈妈在门廊跟邻居聊天一样。

审讯结束后我重回牢房，之后的每一个夜晚我都在脑海中回想那一天。他们追查了所有的子弹——他们称其为“监管链”——受害者身上的、医院取出的、警方掌握的，以及检验室的结果。警方认为逮捕我是合法的。他们没提让我在白纸上签字的事，也没提他们当时说那把枪很久没用过。每一件不能构成我是杀人犯的事实证据都被他们隐瞒或篡改了。我现在唯一的希望是弹道学专家。普海克斯请的专家已经做了相关测试，结论是子弹与手枪并不匹配。我知道根本就不可能匹配，但州里的专家们非说匹配。他们要么是专业不行，要么是在说谎。真的很难相信这么多人都愿意为了要我一命而撒谎。我做了什么对不起他们的事了吗？为什么是我？这些问题令我彻夜难眠。我回忆着刚被抓时的情景，在脑海中一遍遍地重复着那个下午，如果知道后来发生的这一切，当时我还会往门廊走吗？也许我会逃跑？清白的人不会逃跑，但有时清白的人却不得不逃跑。亚拉巴马州是这样，其他地方也是。如果你是个没钱的黑人，有时最好逃跑，这也是唯一的机会。我想象自己跑进了后院旁的树林，或者沿着街跑到高速公路上，但最终往哪儿逃呢？我衷心热爱、念念不忘的一切都在这儿。他们会朝我开枪吗？可能会。有时我的脑子里就像是在放电影：我拼命跑，然后被后面的警察打中，妈妈哭喊着，莱斯特跑了过来，还有西尔维亚和邻居们，他们聚在我旁边，我咽下了最后一口气。逃跑是没有好下场的，但在有些夜晚，我觉得死在外面的路上比在法庭上证明自己的清白更容易些。本不该由我来证明自己的清白，应该是他们去证明我有罪，但这个法庭不是这样。

我多么想念妈妈和莱斯特，他们不得不坐在庭上听那些谎言，这令我气愤至极。大约一年前我就跟西尔维亚分手了——我告诉她忘了我，过好今后的日子，因为不知道这一大堆烂事到底还要多久才能搞清楚。西尔维亚是个好姑娘，我知道她的家人不会让她再跟我交往，除非罪名洗清。我不知道这场噩梦何时结束，不想让她陷入痛苦之中。我感觉自己要在这所县城监狱里待一辈子了，而且竟然没有想过如果被判有罪的话，会是什么下场。每次这样想的时候，大脑都会拒绝思考，只相信奇迹会发生了。上帝从不言败。从会走路时开始，妈妈不也是这样教育我的吗？上帝从不言败。他们一定会抓到那个真凶。弹道学专家一定会在证人席上证明妈妈那把旧枪根本没有伤害任何人。

那位专家是我唯一的希望。

1986年9月17日　星期三

地方检察官驳斥证人说枪杀案子弹并非出自辛顿家手枪一事

检方今天驳斥了一位辩方证人的证词，这位证人认为在

1985年两起餐馆经理被杀案以及另一起枪击案中的子弹，并非出自安东尼·雷·辛顿位于多拉附近的家中搜到的那把枪。

“他根本不明白自己在说什么。”地区副检察官史蒂夫·马洪在今天上午做最后发言时说道。

“安德鲁·佩恩，一位退休的陆军上校，会作为专业证人上庭，就几乎所有事情做证。”马洪说。

佩恩介绍自己是一位顾问专家，已经为大约1000宗案件提供证词，其中两宗涉及枪支鉴定。

马洪称佩恩的报告是“不负责任之最佳范例”。

枪支证据是检方提起的谋杀案诉讼中最为关键的证据。[1]

安德鲁·佩恩根本没有机会。

他与普海克斯一起把工作做得很细致，一步步让他们明白子弹根本无法与那把枪匹配。他是个真正的专家，尽管在人前有些紧张，对陪审团来说有点儿书呆子气，但他确实把工作做得很好。他的结论证明了我是清白的。有那么一分钟，我如释重负，转头向妈妈和莱斯特略略笑了一下。然后轮到检方盘问，马洪开始时很和气，甚至可以说是友好，但一切从开始就是设好的局。

“先生，您的证词里说您已经使用超过一千次的比较显微镜了？”

“我认为是的，先生，大约一千次了。”

“这么说您对耶茨先生的那台比较显微镜很熟悉了？”

1 凯西·罗，《地方检察官驳斥有证人说枪杀案子弹并非出自辛顿处手枪一事》，刊载于《伯明翰新闻报》，1986年9月17日。——作者注

“嗯，不能说很熟悉。这是我第一次使用或者说见过一台美国光学生产的仪器。”

“美国光学是个没有任何名气的牌子？”

“嗯，我不能说它是个没有任何名气的牌子，但是我确实从没用过这个牌子的仪器。”

“事实上，当您在法医部实验室里观察斯默尔泽曼子弹的抛物线时，您还得向耶茨先生请教怎样从比较显微镜中分离出光源的问题。是这样的吧？”

“好像是的。事实上，很可能是这样的，是的。”

“而且，当他告诉您怎么做时，您伸手就把您右边的一个电动刻字工具的开关给打开了，当时这个工具是放在显微镜旁边的。是这样的吧？”

“很可能是这样的，是的，先生。”

“您确实是这么操作的，没错吧？”

之后情况越来越糟。最后他被说成了找到光源后仍旧不知道怎么使用那台显微镜。他不知道显微镜有没有用来升降玻璃片的装置，不知道怎样切换镜头。他向州里的专家求教？他把子弹掉地上了？我抬头看着普海克斯——这是他的失误。他难道不知道这些事吗？他看上去一脸的惊讶。佩恩没有跟他沟通实验室的情况吗？

“好吧，让我这样问您：您是否说过，‘我好像根本看不见那颗子弹。我能看见镜片，也能看见我自己的手指’？”

“很有可能我这样说过。当你努力定位更高功率的玻片时是会出现这个问题，那也是我为什么想让他们帮一下。”

我倒吸了一口冷气。我的这位专家此时在证人席上抱怨起州里的专家都不帮他。后来当对方指出他播放的幻灯片中有一些完全是照搬他们手上拿着的那本枪支手册时，事情就更糟糕了。那是1956年的一本手册。马洪请佩恩把递到他手上的那本手册打开，翻到第六页。

“第六页？你是说第六页吗？”

“是的，先生。”

“翻到了。”

“那一页的最后一段，就是标题为‘江湖骗子’的那段。自从有了感光和塑料印模，江湖骗子也迎来了他们的全盛时期。法官几乎都不具备枪械知识，他们只是道听途说过一些令人大开眼界的科技进步。这个世界正在时刻准备着相信任何自称是有特点的，任何……”

“我觉得上面写的应该是‘科学的’，不是‘有特点的’。”

佩恩正帮检察官纠正阅读中的错误，这段文字可是将他称为江湖骗子的啊！我好像听到法庭上有人哄笑了一下。

“是的，先生，应该是‘科学的’。对不起。任何人都可以到法庭上作为专家做证。很多这样的专家根本没什么文化，有的只是想博眼球的愿望和一身的贼胆。一天五十美元，几天下来会有不少的钱，拿着这些钱，他们可以开开心心地上庭做任何证词。看起来像外卡尺，其实只是一个普通的手持放大镜和一个钢质量规仪，这就是你们拿在手上的第三件时髦的工具——”

“我觉得上面写的是‘钢质刻度尺’，如果你仔细看一下。”

“那您7月29日用过的钢质刻度尺，今天带过来了吧？”

“是的，当然了。”

“请您举起来给陪审团看一下。”

我看着佩恩举起了那把刚刚被检察官描述为江湖骗子标志工具之一的尺子。他有没有脑子啊？法庭上的人都看出来了，他难道看不出来吗？

“没问题。你知道，这个场合我不会开玩笑，因为这是个非常严肃的场合，所以我要郑重地告诉大家，我的这把尺子比那本书上说的那把至少要好两倍，因为我这把是1964年制造的。”

马洪没讥讽他的这番话，而是继续念着：“他们会兴致勃勃地断送掉一个清白无辜者的性命，也会为凶残至极的罪犯开脱，让他们继续逍遥法外、为非作歹。”

“念得没错。”

“佩恩先生，您的视力有问题吗？”

“你看出来了吗？是有点儿问题。”

“您有几只眼睛呢？”

“一只。”

“我的发言完毕。”

我彻底绝望了，低着头把脸埋在胳膊里哭了起来。在那一刻我知道，我会被判有罪，可我是清白的。而那位承认自己只有一只眼的专家刚才已经向检察官双手奉上了我的有罪判决。

我已无力回天。

陪审团花了两个小时来决定判我有罪，又花了四十五分钟来决定使用何种刑罚。

死刑。

那一刻，我感觉整个人生被彻底粉碎，世界破败不堪，任何美好荡然无存。

两个月后，就在加勒特法官确认并大声宣读完正式的死刑判决之后，我告诉他们我的希望——我希望上帝会重审这个案子，如果他不重审，那就让他们夺走我的生命吧，但他们永远不可能夺走我的灵魂。

第八章

死人不会告密。

——检察官鲍勃·麦格雷戈的结案陈词

闭上你的嘴

伯明翰，1986年12月17日

真奇怪，生命能同时逝去得很快又很慢。我没法说清楚在法官宣判死刑与他们来把我带走之间的二十四小时里，到底发生了什么。我已经被正式宣判有罪，没有一个看守、一个牢友愿意看我一眼，死刑判决像是传染病，大家都怕从我这儿染上似的。我还没从极度震惊中缓过神来，还能感觉到心中那即将喷涌而出的愤怒。我现在已经是恶人中的恶人了，一个不配活着的人，一个被判死刑的上帝之子。我无法理解牢里那些人的行为。我怎么就成了最危险的人了？

过去的一年半我一直住在县监狱的牢房里。C区有钱的人似乎比我这样的穷人能更早被放出去。如果律师是法庭指定的，就像普海克斯，案子就会经常被拖延，审讯日期往后排，听证会也被推迟。比我晚进来的在押犯有已经审讯完毕的，有去霍尔曼监狱死囚房等候执行死刑的，有被判监禁的，几乎没有无罪释放的。接死囚犯的车周一和周四来，所以我应该是在下周一离开这里。我想跟妈妈和莱斯特聊一聊。当庭宣判后一直没法打电话，我想确保妈妈没事，还要告诉她我也没事，这样她就不会担心了。

但是，我并不好。下法庭已经三十六个小时了，我反复回想着审讯和判决中的每一句话。我睡不着、吃不下，也不跟任何人说话。普海克斯告诉法官和公检人员他在办公室和家里都接到过电话，打电话的人说自己才是杀人犯，但是没人追查这件事。我们与陪审团在庭外也讨论过，但是没人关注，没人愿意费心去查那个人是谁。麦格雷戈对陪审团说，之所以要把这些人杀了，是因为知道如果再次被抓，由于之前偷了汽车，我一定会被判处终身监禁且不得保释。我不是邪恶之人，不是冷血杀手，不是他编造出来的任何一个样子。每当想到他，我心中沸腾的怒火便熊熊燃起，无法熄灭。他为什么要选我来垫背？他晚上睡得着吗？我想象他跟其他地区检察官击掌庆祝胜利的情景，包括法官，也许还有我的辩护律师——“我们又把一个黑鬼从街上抓走了，兄弟们，而且要把他处死！”他们是不是全都参与了这件事？他们怎么能让别人为此说谎呢？法警说了谎。雷吉说了谎。克拉克·海耶斯，一个我根本不认识的杂货店店员也说了谎，说看见我在美食天地尾随斯默尔泽曼。州里的枪械专家——希金斯和耶茨，说了谎，要不就是他们真的算错了——那些子弹不可能与妈妈的手枪匹配。我想着可怜的佩恩——他在证人席上被攻击、羞辱、嘲笑，被当作骗子。一遍一遍又一遍，审讯的一幕幕在我的脑海中重放。普海克斯为什么不让我妈妈、莱斯特以及邻居和教友们上庭告诉陪审团我是什么样的人、有什么样的梦想？未经任何辩论，也没有任何我方证人的证词，他就让陪审团宣判了我的死刑。我不明白。我希望普海克斯能在上诉中表现得好些，我是清白的，我确信他知道这一点，测谎测试也证明了这一点。也许莱斯特和妈妈能在他们带走我之前来看看我，到时我们可以商量一下后面怎么办。我不能想死囚的事——我根本不敢想那会是什么样子。我想回家，想去帮妈妈割草，想和她一起坐在夕阳下。我想带她去钓鱼，老天，她那么喜欢钓鱼，我怎么就没多带她去几次呢？她以后怎么出门办事呢？谁会帮她打理房子？莱斯特会，但那不一样，应该是我去做这一切，那是我的分内之事。我多么想念西尔维亚，想念她甜蜜的吻，想念她散发着春日雨后花香的皮肤。一年半以来，我没闻到过什么好味道，只有几个星期都不能换衣服的臭汗味。我想要雨水流淌在脖颈上，阳光照耀到脸上，我想在日出时分散散步，我想打棒球和篮球，我想喝甜茶，想吃妈妈做的粗玉米粉……还有，上帝啊，还有她做的脆皮水果馅饼。我已经有很长一段时间没吃过真正的食物了。我想要简单的生活重新回来。我想要自己的床，想要洗热水澡，想要能把脸埋进去的软枕头。我想让自己的双脚能触到地毯、青草，任何软的东西。上帝啊，我多么想念柔软的东西，那些甜甜的、软软的东西。我想开着我的小车去向往过的所有地方，想看看亚拉巴马州之外的世界。我到过的最远的地方离家只有几小时车程。我想去看看西海岸，去夏威夷，去英国，去南美洲。我想要结婚生子，让他们感受到我从小得到的爱。我想要回到可以开怀大笑、相互打趣的日子。我想要生活回到原来的样子。我想回普拉科。我想重获自由。我不想被当成疯狗关在笼子里，我不想被人吆喝着去吃饭，不想洗澡、如厕都有人盯着。我想要我的自尊，想要我的自由，我就是想在自家的后院割草，没有警察冒出来把我拖走。我想要公正。

我想杀了麦格雷戈。

这个念头就像狠狠打在我肚子上的拳头，把积压在内心的想法都掀了起来。这个想杀人的念头吓着我了。我想以其人之道还治其人之身。

我没杀过人，但我知道如果他走进我的牢房，我会扭住他的脖子，满心欢喜地看着他干瞪着那双谎话连篇的眼睛慢慢死去。我想象着这一刻，夜晚，我紧握拳头想象着他的脖子被我的双手扼住的感觉。他会说什么呢？会哭着喊着求我饶他一命，就像他想让我哭着喊着求他饶我一命一样吗？他会承认自己编造的谎言、犯下的罪过，自己毫无善心却请求别人的宽恕吗？

我感觉自己扼住了他的脖子，黑暗中，双手开始用力，他的骨头断裂的咯吱声。我越发用力，直到他的双眼突出、舌头外伸、面色泛青。我狠狠地掐、狠狠地掐，直到把他那个谎话连篇、令人憎恶、种族歧视的臭皮囊里的最后一点生命掐出来。我要掐到他动弹不了为止。我就这样掐着，让他无法再去伤害别人。我就这样掐着，把他编的每一句谎话都跟他一样掐死。

他们说我是杀人犯，把我关进大牢，既然他们这么说我，那么我就该当个杀人犯。

“辛顿，准备上路！辛顿，准备上路！”

对讲装置传来的声音吓得我瞬间从床上坐了起来，随即双脚落地站好。我听到自动锁打开的声音，牢门打开了。“准备上路”的意思是把所有东西都拿好。我无法相信他们这么快就来押送我了，大概早上4点。我还没准备好要去霍尔曼监狱。我还没跟妈妈聊过呢。对讲装置又喊了起来。

“辛顿，准备上路！快点！”

我把一些法律文件和照片放进包里，不知道还得带些什么才好。最后，我把配发的日用品留在了原处，让用得着的人用吧。其他牢友起床后会冲进我的牢房，像秃鹰一样把留下的东西抢得一点儿不剩。让他们拿去吧，让他们都拿去。

“走吧，辛顿。”

我走过娱乐室，拿着自己的东西站在外边的门那儿。我理应把床垫卷好带上，还有床单、毛毯，但我把它们都留在那儿了，我不打算再按规则行事，我以前循规蹈矩，但看看现在得到怎样的下场。既然我是恶人中的恶人，也许现在就该开始这么做。

他们把我带到临时拘押室，给了早饭：蛋羹、硬饼干和果冻。我把这些放到嘴里，什么味道也没有。食物怎么会什么味道都没有呢？我脱光了衣服让他们检查，还要弯腰把屁股撅起来，看守高兴地开着玩笑。他们在我的腰部缠上特别重的链子，再跟手铐脚镣连在一起，以致我都迈不动腿了。我想知道是谁站着说话不腰疼想出这个主意：我得发明一个能把人像动物一样拴起来的东西，拴人的链子一定要沉得让他抬不动胳膊、伸不动腿。我想知道这个王八蛋是谁，因为我也恨死他了。押我出去上车的看守想聊几句，但我默不作声。他们惴惴不安。从来这儿的第一天起，我一直对他们和颜悦色、言听计从，但今后别想了。凭什么我要配合他们的工作，让他们的日子轻松点儿？他们努力把我的腿抬上车子的第一个台阶，我假装站不稳，二百多磅重的身体就势压在了他们身上。让他们把我抬上去吧，让他们把我运去受死时感受一下我的重量。我也是个人，是个活生生的人。让他们感受感受吧。

他们费力地想把我抬上去，我也并没有好受些，最终还是自己爬上了车，然后一寸一寸地挪到后座的椅子上坐下。我一言不发。我不会再跟他们或者任何其他人说话了。当没人相信你说的话时，最好一句也不要再跟他们说。

车开了大约三个小时。我从来没往南走这么远，好像是在往世界尽头驶去一样。走之前他们不让我给任何人打电话，我猜这样做是为了防止我跟对方商议如何逃跑。我想跟妈妈和莱斯特道别，但他们不让我这么做，我更恨他们了。两名看守坐在前面，我们之间有一道铁丝网隔开，车窗户也装有铁丝网，但我能看到外面。看守在前面座位上说着玩笑话，窗外我深爱的土地飞速后退。我还能摸一摸这些小草吗？我一直认为这片土地是上帝的，但是上帝现在在哪儿呢？我被人用铁链子五花大绑，像个被押去拍卖的奴隶。我只是货物，配不上当人。我想起每逢邻里间有喜事时，妈妈总说："上帝赐福给了这一家人。上帝为我们的邻居做了这一切。我们为上帝如此照料他的子民而感激。"如果上帝赐福给人们的话，他是不是也会惩罚人呢？我想知道为什么上帝要惩罚我？为什么上帝赐福给那个真凶，却让我被铁链子绑起来押上运囚车？我对上帝有过任何不敬吗？

我想象车子在半路上出事故，一路翻滚，然后身上的链子开了，我立刻爬出囚车。我跑啊跑啊，一直跑到没有死刑，我也不是罪犯的地方。我会一直跑出亚拉巴马，跑到真正自由、真正尊重生命的地方。

车又开了一个小时，我一直看着窗外。我已经很久没有见过汽车、行人、宽敞的大路、辽阔的天空。我试图捕捉到更多的画面。那儿有一个小男孩坐在旅行车的后座上，百无聊赖。那个开着蓝色小车的女孩真漂亮。那边有一家餐馆，门口挂着"打烊"的牌子。那辆车里的一家人笑得多开心啊！红色车副驾驶位置上坐着的女子，穿着短裙，裸露的腿一闪而过。整个世界都在享受着他们的周三早晨，谁也不害怕。他们想做什么就可以做什么，我不知道他们是否珍惜这种自由。我看见一个黑人，年纪与我相仿，开着一辆别克。"一定要小心，"我嘴里嘟哝着，"他们也会找上你的。"

“嘿！”我冲看守喊着。

“怎么了？”

“我要上厕所。”

一名看守嘟囔了句什么，我没听清，然后另一名看守哈哈大笑起来。

终于，我们拐进一家前面有加油站的商店。在边上停好后，一名看守带我去上厕所，另一名则去加油。几个黑人孩子在商店外面盯着我看，好像我是动物园里某种奇怪的动物。让他们看吧，让他们看看一个从头到脚被铁链绑起来的黑人是什么模样，让他们记住这个样子。

车开到霍尔曼监狱时，有牢犯在放风。一道铁丝网隔开了牢犯与停车的地方，再往那边就是大路了。两名看守将一扇大门打开，我们开了进去。他们带着我又进了一堵沉重的门，将铁链除去，但没有摘手铐。

“他归你们了。”县监狱看守说着，让我转身朝向一名狱警。他又矮又胖，留着络腮胡子，两鬓的头发留得很长绕过头顶，想要遮挡住秃顶。他们让我坐在一把椅子上问我姓甚名谁。我一言不发。

“报一下你的社会保险号码！”

我只是耸了耸肩。

看守照着张纸念了出来：“是你的社保号码吗？”

我点点头。我不打算跟他们说话，也不打算给他们好脸色。

“现在送你去医务室做检查，真正的体检以后会安排。穿上白色衣服，会有人带你去你的牢房。”

我一言不发。

我换上白色连身囚服，背面印着亚拉巴马州惩教署的字样。我的囚犯号码是Z-468。医务室的人让我称了体重，问我是否在服用任何药物，是否在使用毒品，如果有任何病痛，必须告诉他们。他们问什么我都摇头，反正我是不会开口说话的。

出了医务室，我被带到下面的大厅。大厅里也有些囚犯，但他们此时都按要求脸冲墙站好。走过去时，我能感到看守有些紧张。不知道这些囚犯为什么要这么站着，不过有一个家伙从墙那儿抬起头看了我一眼，我看到了他目光中的恐惧。

看守开始向这些囚犯喊话："不许看！你们不许看！跪下！跪下！手放头后，鼻子贴墙！所有人！"

我不明白发生了什么，看守为什么会有这样的反应。看守年纪与我相仿，白人，可能他们以为我会打人。有死囚犯的时候，要保证普通囚犯的安全。我现在是这个监狱里最可怕的人了。

我被带去见另一名看守，是看守们的队长。他告诉我他负责死囚犯。

"我没请你来这儿，但是我的工作只有一个，就是让你待在这儿。只要待在霍尔曼监狱一天，你就会看到这些穿着蓝制服的人，就必须尊重他们，你必须遵守监狱的规章制度，这些穿蓝制服的人让你干吗就干吗。明白了吗？"

我点了点头。

"好，你可以让自己的日子好过点，也可以让日子不好过，随你的便。你有九十天的缓刑期。只要出牢房，你都要戴手铐。如果不惹乱子，洗澡和放风时我们可以摘了手铐。你每天可以在院子的一个笼子里放风十五分钟，其他时间只能待在自己的牢房。不要惹麻烦，明白吗？"

我看着地面，点了点头。

"中士，带他去牢房。"

我们沿着很长的过道走到写着"死囚"两个字的门边。我们又上了一段楼梯，看守开始喊囚犯号。最后他停在八号牢房前。

“8号！”他喊道。

有人应声也喊了个“8号”，一阵“咣啷咣啷”之后，门开了。里面有一张又小又窄的床，床上有一层薄薄的塑料床垫。另一名看守进去，把床单、毯子、毛巾、浴巾放在床上，他还把我从县监狱带来的棕色袋子也放在那里，里面装着我的《圣经》、几封信，还有审讯时用到的一些法律文件。我听见有人在喊叫，囚犯从各自牢房里伸出小镜子来看看发生了什么、看守把谁带来了。远一些的地方，有个男人在尖叫，有个人在高声笑着，还有个人一直在喊：“嘿！嘿！嘿！”一遍又一遍。

我走进牢房，看守退了出去。

“门关上后，从这儿伸出手，我们把手铐给你卸了。”我仍旧一言不发，看守看着我，可能以为我脑子有毛病，“今年赶不上预订圣诞节礼包了，也许明年能赶上。”

圣诞节？我哪里想过圣诞节！我不想订什么圣诞节礼包，不想庆祝耶稣的生日。

门“咣”地关上了，声音还在我的脑袋里回响。嘴里涌上一股金属味道，我很想吐，胃里翻江倒海的，双腿也开始颤抖。我把手从牢门上的开口处伸出去，让看守把手铐卸下。然后我轻轻转着手腕，我转身看看牢房。牢房大约五英尺宽、七英尺长，有个金属马桶，马桶上方是个水槽，一个架子，一张床。这就是我的牢房了。

我在床边坐下，打开袋子，拿出那本《圣经》。

我的上帝已不复存在了。他抛弃了我，他只会惩罚，他辜负了我，让我一个人无助地死去。对上帝来说我是无用之人。原谅我吧，妈妈，我这样想着，把《圣经》扔到了床底下。我再也用不到它了，那上面说的都是假话。

我没铺床，直接躺到上面闭上眼睛。直到他们从牢门上的开口处往里递晚饭时，我才起身。我不想再跟任何人说话，也不想接受任何人的恩惠。

我只有我自己。

我心中的深仇大恨，又岂是这小小牢房能装下的?

我一定要找办法逃出去，一定要找到办法让一切不再颠倒黑白。我一定要证明自己的清白，我一定要报仇。

我在床上躺了很久，最后迷迷糊糊地睡着了，睁开眼时，周围一片黑暗，只有牢房外面有光透进来。

黑暗中一片寂静，只有某个死囚的尖叫声不绝于耳。

“不，不，不，不，不——！”

我用枕头捂住耳朵，但尖叫声仍刺穿枕头，永不休止。

第九章

上诉

受理死刑案件不同于其他案件，因为当事人的性命完全取决于律师的努力。对于死刑案件，律师以及其他所有相关人员都必须绝对细致、绝对公正、绝对负责。

——《亚拉巴马州死刑定罪后手册》，第四版

被宣判后不可能有上述说明书之类的小册子来告诉你如何上诉。没人会拉你坐下，细心地说明你需要准备什么材料、在什么期限内提交。你可以直接向州法院上诉——刑事上诉法院和亚拉巴马州最高法院上诉，但也就知道这些了。亚拉巴马州政府不想让你轻松就能上诉，对于死刑犯他们不提供任何这方面的帮助。判决不公？审讯中有偏见？强迫认罪？侵犯了宪法中规定的权利？你的辩护律师太差劲？那只有祝你好运了。一旦被宣判，州政府不会再提供任何定罪后的帮助。你只有靠自己，州政府做的就是让上诉更加困难——只有一年的诉讼时效，制定法律的总检察长全程负责并有权阻止后续的联邦审查，以及许多其他晦涩难懂的程序和规则。一旦法院做出裁决，这些程序和规则就会阻止你重审任何事情。而且在亚拉巴马，法官的选举是基于他宣判死刑的数量，而非宣告无罪释放的数量。

我一有机会就给普海克斯打电话，他的秘书非常肯定地告诉我，普海克斯一直在忙上诉事宜，秘书承诺一定会转告他我打过电话。每个星期我差不多都能读到一桩伯明翰抢劫案的报道，案情与昆西餐馆、温纳

夫人店、D船长店的一样。冷血杀手丝毫没有降低作案的频率，而且每一次有目击者给出嫌疑犯特征时，都与斯默尔泽曼的证词一样——黑人男子，五英尺十一英寸高，一百八十磅重。可我是六英尺高、二百三十磅重，这点他们才不关心。可类似案件发生的时候我被关在牢里呀，这点他们也不关心。那些受害者的家人呢，他们看报吗？他们注意到案件的相似性了吗？他们是否想过州政府冤枉了好人？我记录下每一桩看到的案件报道并邮寄给普海克斯。“我只是想帮忙，”我在信上写道，“万分感谢！”

我想知道他夜里能否睡得安宁。知道我即将含冤赴死，他会怎么样呢？他是个有感情的人吗？我当时还不知道妈妈已经开始给普海克斯写信，恳求、乞求他救我的命，请求他保护她的孩子。法庭上他们对我的言论让她很难过。我是她的孩子，听着别人用谎言来加害她的孩子令她痛苦万分。九十天缓刑期结束后可以探视了，邻居卫斯理·梅女士陪妈妈来霍尔曼看我。这两位老人从没开过这么远的车，但她们就那样独自上路了，在往阿特莫尔的路上还迷了路。她们在一个周五的晚上终于抵达，但已经过了探视时间两个小时——典狱长看她们穿着最好的衣服一路辛苦奔波的样子，颇为感动，破例给了二十分钟的探视时间。

我久久地拥抱着妈妈——这本也是探视时不允许的。她闻起来有股洗衣皂和玫瑰水的味道，但一脸疲惫，眼睛四周全是黑眼圈，嘴边也比几个月前多了些许皱纹。“上帝会还你清白的，”她嘴里一直在说着，“上帝无所不能，上帝绝不会辜负你，孩子。上帝一定会还你清白的。”

“是的，妈妈。”看守听见我说话，一脸的诧异。我不忍心告诉她我已经不相信上帝了。在这种地方，上帝不存在。如果这里的上帝觉得让我过着人间地狱一般的生活没什么大不了，那好吧，这个上帝我将不再信仰！不再信仰，绝不！

“下次你跟莱斯特一块儿来，我不想让你们两人独自开车走这么远的路。记住了，妈妈？”

“你还好吗，孩子？”妈妈伸手抚摩我的脸颊。不只她，我的脸上也布满了皱纹，眼睛四周也已经有黑眼圈。我看到妈妈的眼中充满了泪水。

“我还好，妈妈。你不用担心我，这个地方还不错，他们对我真的不错。”我知道对妈妈说谎不对，但我相信那些为了减轻痛苦、保护所爱之人的谎言是必须说的。她空荡荡的家里已经没有我了，按照亚拉巴马州的规定，直到被执行死刑，妈妈和我都不会再有单独团聚的时光。我一定要多安慰安慰她，即便说上无数的谎。“妈妈，我们只有几分钟的时间，别哭了，我一切都好，我多想尝尝你的拿手好菜啊，现在就想吃个香得流汁的汉堡。”

妈妈笑了，我努力把她的笑声铭记在心中。我会用她的笑声度过日日夜夜，而不是死囚们永无休止的惨叫声。

“你的辩护律师给我寄了几封信，他准备帮你重获自由。他真的很上心。”

妈妈小心翼翼地打开随身带的两封信，信是写给她的。我一直没联系上普海克斯，上次打电话时，秘书说他又接了一个案子。

我看了眼第一封信。日期是我被宣判之前的几个星期。

“妈妈，这封信是我来这儿之前写的。”

“是这样的，我一直在给他写信，好让他了解你是什么样的人。我想告诉他，他们审讯你时说的那些都是假话。他们说假话侮辱你的人品，我儿子绝不是杀人犯。”她边说边用一块白色的手帕拭着眼角。

“没事的，没事的，”我拍拍她的手，“我看看这封。”信的顶端写着谢尔登·普海克斯律师事务所，下面是妈妈的地址。

1986年11月25日

回复

亲爱的辛顿女士：

感谢您在1986年11月7日的来信。您放心，我会继续尽一切所能保护您的儿子。他的案子即将被提起公诉，但我认为我可以赢得这场诉讼。诉讼可能会持续几年，之后，我们可能不得不再次审理他的案子。下次再审的时候，我们会采取一些不同的方法。我仍旧认为他很有可能被判无罪。

我会继续尽力而为。

诚挚的问候

谢尔登·普海克斯

我不想在死囚牢里等上几年，想让他现在就帮我让我从这儿出去，但我无能为力。他下次会采取一些不同的方法，帮我找个有两只眼睛的专家怎么样？每每想起那位专家在证人席上被刁难时，我都无比羞愧。如果重审，他们能在请专家的时候多出点钱吗？好像没钱，就只能被判有罪。我又拿起了第二封信。时间是一个月前。

1987年3月2日

回复

亲爱的辛顿女士：

我会继续尽全力保护您的儿子。案件正在上诉，需要些时间。我认为上诉阶段我们胜诉的把握很大。如果胜诉，案件就会重新审理，那时我会请一位新专家就子弹问题做证。

我也认为您的儿子没有杀人。我会继续尽力去保护他。很遗憾您那天致电时我不在，感谢您在信中提及此事。今后有任何事您都可以随时联系我。

诚挚的问候

谢尔登·普海克斯

读着这些信，我的心都快要碎了——妈妈给他打电话、写信，请求他保护我。后来我才知道，妈妈每写一封信都会同时寄给他二十五美元的汇票，恳请他帮助我。“这是我所有的钱了——救救我的儿子。”收到这点小钱时他是不是嗤之以鼻？二十五美元对一个花一千美元吃早餐的人来说什么都不是。可是对妈妈来说，这二十五美元等于十万美元。普海克斯不知道二十五美元对于穷人的意义。这是穷人家一个月的花销。如果有突发事情花掉十美元，意味着这个家庭这个月没水或者没电，也许不止一个月，因为下次交水电费时还要多交一份恢复使用的费用。我知道妈妈为什么每次都不告诉我钱的事——我绝不会让她那么做的，这点钱解决不了任何问题，只能是给自己一丝安慰，因为她已经竭尽全力去救儿子的命。她怕我会把她心中的这一丝安慰也夺走。

我知道妈妈多么无助。

我们都万般无助。

那个时候，我不愿意将自己的辩护律师想象成一个靠着我们的无助占便宜的人。我不能这样想，他是我唯一的机会。我没告诉妈妈，他其实已经跟我说，接下来会让上诉自动走流程，就不再管我的案子了。似乎他已经觉得这场官司会输。我一直盼着他能回心转意，盼着那个在审讯期间打电话说自己才是杀人犯的家伙再次联系他。我盼望奇迹的发生，同时又在琢磨如何逃跑。

我又拥抱了妈妈，然后跟她和梅女士道别。妈妈保证她下次一定会跟莱斯特一块儿来，我觉得梅女士听到这话会如释重负。起初，探视日是每周五，后来改成死囚犯只能每月一次，但都不在周末。他们不想让死囚犯的亲朋好友有好日子过。莱斯特只能请假，只要被批准，他每个探视周五都会来，来回要开七个小时的车。有时他周四是夜班，但周五一大早还是会开上一天的车来看我。我一直担心他会开着车睡着了，但他每次都是第一个到，等着开门探视。他妈妈和我妈妈也会一起来，他们是我暗无天日的生活中唯一的一缕阳光。

我不太记得最早探视时的情况了，我那时心中充满了愤怒，一心想着报复，妈妈他们来探视时，我只能微笑着聊几句天。他们也许注意到了我有哪里不对，但谁也没有挑明。不过时不时地，我能感觉到莱斯特在认真地盯着我看。他比其他人更了解我，但这一次他不可能知道我在想什么。我的内心从没这么黑暗过，我已无法自拔，每一天的每一分钟，我都在想象要怎样杀死麦格雷戈。不论白天还是夜晚，我都在眼观六路、耳听八方。即使他们来探视了，我也会暗暗记着看守换岗的时间。总能找到逃出去的时机。那一刻，我会偷偷翻过铁丝网，躲在哪辆汽车后面，然后趁机跑掉。我的想法没有逻辑，也毫无计划——但我一丝不苟地观察着周围，等待机会，一定会有逃出去的方法，必须有！

逃跑时被杀死，难道不比被绑在电椅上杀死好得多吗？让我下不了决心的是担心一跑，别人会认为我真的杀了人。我做梦都盼着证明自己的清白，我没有杀人，可现在却想去杀人。既然在世人眼中我是个杀人狂魔，那就真的去当个杀人狂魔吧。我担心莱斯特和妈妈会看出我的想法，所以撒了谎，说一切都好，吃得挺好的，看守人都不错，这儿的犯人都很安静、不惹事。每次探视，我都说谎，说我睡得还可以，我需要什么这里都有。谎言，谎言，全是谎言。

事实是，我们每天凌晨3点吃早饭，上午10点吃午饭，下午2点吃晚饭。每天夜里，我都饿得要死；每天白天，也饿得要死。刚来时我的体重是二百二十磅，在县监狱时轻了十磅，来这里后轻得就更多了。早饭是粉末状的鸡蛋、一块硬得掉在地上都能弹起来的饼干，还有一小勺所谓的果冻。他们要给一整个监狱开饭，所以死囚犯必须一大早就吃早饭。半夜2：45，看守们就开始叫了："吃早饭！吃早饭！吃早饭！"如果头一晚很幸运能睡着一会儿的话，听到这个叫声也会在黑暗中噌地一下就站起来，觉得好像有人要攻击我。午饭是不知道用什么肉做的肉饼，味同嚼蜡。听说是马肉，真希望这只是个玩笑。晚饭也是这种莫名其妙的肉饼，但名字改了，叫炸肉饼。周五会吃黏糊糊的炸鱼片，还有各种泡在液体里的豆子罐头或是其他蔬菜罐头，罐头里的液体闻起来有股铁皮和发霉的味，尝起来是带金属味的苦味，还有速食土豆泥，一样味同嚼蜡。每天我都饿得要死。这是一种生理上的饥饿，也是精神上的饥饿。我的内心无比空虚，我渴望家、自己的床、我的家人、我的教堂，还有那些可以一起欢笑、一起聊天的朋友。每天我独自一人忍受着无边的饥饿，饿得马上就要摔倒了，但身边没有任何事物可以倚靠。这就像你坐在椅子上往后翘，但翘得太厉害了，只能惊慌地奋力挣扎，不要仰面摔倒。每天我都在经历这种快要摔倒的恐慌。我渴望自由，渴望尊严，渴望重新被当作人。我不想他们叫我Z-468号犯人，我的名字是安东尼·雷·辛顿，大家都叫我雷。我以前爱笑、有名字、有自己的生活、有家。我魂牵梦萦地只想重新拥有这一切。监牢里的生活是在要我的命，最终将彻底掏空我，把我变成无足轻重的东西，从这个世界消失。他们都想杀死我。我一定要逃出去。我别无选择。

普海克斯向法院提起重新审议案件的请求直到1987年7月31日才被受理，推迟了六个月，而且被拒绝了。此时距离我被抓的那天整两年。

按照亚拉巴马州那时的规定，你有四十二天时间提出上诉申请，之后还有二十八天时间提交辩护状。这是到死囚牢看我，跟我一起探讨上诉策略的普海克斯告诉我的吗？不。这是我听其他死刑犯谈论他们的上诉时学来的。

我整天都在听这样的法律课，还是一言不发，不过我开始关注其他犯人说些什么了。

“老兄，你得给布莱恩·史蒂文森打电话。他会给你找个律师。”

“布莱恩·史蒂文森给我找的律师是从俄亥俄州来的。还有一位老兄的律师是从华盛顿来的。”

“你必须找他，给他看一下你的庭审记录，看看他们是不是有意误导陪审团了。”

“告诉他那个说谎的家伙对你做了什么。”

每天他们都说着这些话，还有的犯人援引《案例法》来讨论自己的上诉。从他们那里我了解到，亚拉巴马州在中断十八年后于1983年重启电椅死刑。犯人们现在都担心找不到辩护律师帮自己上诉，那样的话，州政府就会马上宣布死刑执行日期。

“他有好多律师帮他呢，就像一个资源中心。”

“我听说他对每一个死刑犯都很关照——跟踪每一个人的案件。他就是圣诞老人，而且他知道你是犯了还是没犯事。”

每天我听到的名字都是布莱恩·史蒂文森，但我才不管谁是布莱恩·史蒂文森。案子是普海克斯负责的，我只关注他。我有辩护律师，这一点上，我很感恩。其他好多犯人好像都在等着这个叫布莱恩·史蒂文森的律师帮他们神奇地变一个律师出来。我不相信上帝，也不相信圣诞老人。我在这里从不打听事，因为我从审讯中学到了一点：如果你开口说了什么，就会有人将其改头换面，用来操纵案件的审理。我不信任牢里的犯人，不信任看守，甚至不信任普海克斯，但有他帮忙总比没有好。如果要向看守要什么东西，我会在犯人文具室那里写张纸条递给看守。我不知道他们会不会以为我哑巴，但他们知道探视的时候我是会说话的。我不说话他们应该很开心，这样就可以少管一个犯人了。

每隔一天看守会带我去洗澡，有时是晚上6点，有时是半夜，时间不固定。洗澡的时候一个看守在我前面溜达，一个在后面。头三个月我一直是戴着手铐，之后就可以不戴手铐洗澡了。洗澡时毫无隐私可言，一般是两个犯人一起洗，同时有两名看守监视。洗澡水要么滚烫，要么冰凉——这要看天气如何，或者看守的心情。你只能浑身打上肥皂后，快速地冲两分钟就出来。看守全程都盯着我们，连女看守也不例外。真不想让女人看我光着身子的样子，这简直是在羞辱我。我们就像农场里被成群赶出牲口棚的牲口。每天一次，我们会被带到外面，在院子里一个个隔开的笼子里面活动一下、走一走。这种被看守称为“放风”的安排并非必须参加，因此很多犯人会待在自己的牢房不出去。他们不想动、不想洗澡、不想散步。而我总是珍惜这十五到二十分钟在外面的时间，时刻寻找逃跑的机会。从散步的笼子里，我可以看到监狱停车场和那条离开霍尔曼的车道。我只需跑到那条道上就行了。每时每刻，我都在观察监控系统有无漏洞——检察官说我有这本事，但我哪里翻得了十五英尺高的铁丝网啊！更何况还有经过专门训练、荷枪实弹的看守。我也动过挖隧道的念头。靠近牢房屋顶处有个洞，老鼠和蟑螂经常从那里钻进钻出。如果它们能从那里钻进来，我觉得我也能从那里钻出去。每天我盯着那个小洞，总看到有东西潜伏在那儿——要么露出一根触角，要么冒出一丝胡须。到了夜里，就能听到老鼠在地板上抓挠、跑动的声音。我想象着蟑螂夜晚趴在墙上、白天躲在洞里偷偷看我的样子。我才是被关进来的蝼蚁，这些蟑螂比我自由多了。夜晚的声音让人以为正在看恐怖电影——不明物体在你周围爬来爬去，有人痛苦呻吟，有人尖声喊叫，还有人放声痛哭。一到晚上，每个关在这里的人都会哭。一个哭完了，另一个又会开始。这是你唯一可以痛快地哭一场又不会被人发现的时候。我不去听这些哭声，我才不关心别人的眼泪或哭喊。这里有时也会有笑声——疯狂的笑声——令人毛骨悚然。死囚牢里从来就没有过真正的笑声。那些能睡着的人会突然从睡梦中尖叫起来，好像在被人追赶。有时候他们会大声咒骂。在头几年里，我夜里一觉都睡不过十五分钟。总睡不着觉会让人发疯，让人陷入没有光亮、没有希望、没有梦想、没有救赎的地方，让人只想着阴影、魔鬼、死亡、报仇，以及在自己被杀之前去杀人。

这里充满了死亡与鬼魂——死囚牢里游荡着被电椅电死的人，还有那些不愿被杀而自杀的人。他们的血流进水泥地板的裂缝中，像一条缓缓的小河，然后干成血嘎巴。夜里有东西从上面爬过时，这些血嘎巴会碎裂成粉末。蟑螂身上沾着它，爬过一个又一个牢房。老鼠也啃着这些血嘎巴，还收集起来带回墙洞里。于是它们飘浮在空气中，如深色的灰尘，落得人满身都是。在死牢里上吊自杀可不容易，但是你可以用头使劲去撞水泥墙，不停地撞，直到溅出的血染红了牢房，脑浆填满了地上的裂缝。这些东西干硬之后会像腻子一样紧贴在那里，永远都清理不掉。死囚牢里游荡着悔恨与无奈，还有所有遭坏人杀害的人，杀他们的凶手有的已经定罪，有的还逍遥法外，让清白者蒙冤。他们一定也渴望公正、渴望早日抓到真凶。自由也在死囚牢里游荡着，所有人都盼望着它来临。但更多时候令我们无法放下的是无法重活一遍、无法改变的过去。失落、悲伤、难以言表的残忍和疯狂，飘浮在这一片污秽之中，沾染每一个人。如果地狱真的存在，按着这个地址和名称你就能找到。

死囚牢，霍尔曼监狱。

在这里，爱与希望荡然无存。

1988年，刑事上诉法院维持了判决。消息并非来自普海克斯，而是来自我收到的上诉复印件以及法院的回复。普海克斯在上诉中提出，案子在五个方面有问题。他说加勒特法官不同意分开审讯的提议，并且将两宗死刑案件合并审讯是不对的。他说案子还有其他两个问题，是关于测试子弹没有被当作呈堂证供，还说法庭从来没有证明我与两宗谋杀案有关，因为没有我在现场的直接证据。最后一个问题是，应该允许我们提交测谎仪测试结果作为证据。刑事上诉法院将五个问题尽数驳回。普海克斯在1989年4月给我写了一封信，当时他正在就我的案子向亚拉巴马州最高法院提起上诉。此时我在死囚牢里已经待了两年多。

1989年4月11日

亚拉巴马州阿特莫尔霍尔曼37区

安东尼·雷·辛顿，Z-468号

邮编：36505

回复：你的案子

亲爱的安东尼：

我昨天就你的案子与亚拉巴马州最高法院进行了口头辩论。我的观点似乎吸引了他们，我们很有希望能够推翻之前的判决，重新立案。法院已经要求过后提供辩护状，大约需要两周，之后他们会重新考虑案子。我无法确定他们给出意见的确切日期，但我对此相当乐观。如果原判被推翻，我们就必须着手准备重新审理的相关事宜，还要准备昆西餐馆案。关于这些我都有了新的头绪。所有这些案子仍旧存在严重的法律问题，我一定会充分利用每一个法律途径去赢得你的案子。

有一件事情我们必须做，就是聘请另一位专家。尽管原来那位专家愿意帮我们，但我不认为陪审团会买他的账。我认为佩恩先生在法庭上所做的陈述非常不错，只是在盘问环节中表现欠佳。除了找一位新专家，我们还有很多其他事情要做。

如果最高法院不同意重新开庭审理你的案子，我们也应该有机会向美国最高法院提起上诉。这样的话，费用不再是州政府这边出，你们家必须有人出律师费。你的案子非常特别，我相信美国最高法院会认真听取上诉。我真的认为或早或迟，我们一定会打赢这场官司。

如有任何问题，随时联系我。

真挚的问候
谢尔登·普海克斯

我把这封信读了至少五遍。我有一个实实在在的疑惑：他为什么不在第一次审讯时把所有“其他事情”做好呢？我的清白呢？上诉中为什么不提他们抓错了人？美国最高法院？这是疯了吧？而且他知道我们家没人出得起律师费。我只能寄希望于亚拉巴马州最高法院能够很快做出判决，下令重新审判。我还没找到逃出去的办法，也不想死在这里。

我想证明自己的清白。

但不知道自己还能忍受多久。

我一定要离开这个地方——不管用什么办法。

第十章

> 我可能不在场，但记住我的话：上帝会向你们昭示，不是我杀的人。
>
> ——安东尼·雷·辛顿

死刑行刑队

我一直没有发现韦恩·瑞特已经被执行死刑，直到闻到他被烤焦时的肉味。我不认识瑞特——我那时谁都不认识，在1987年8月28日的半夜时分，我听到发电机“砰”地开始工作，然后一阵嗞嗞声和噼啪声传来，牢房外过道上的灯明明灭灭。之后于黑暗中，那股味道就传过来了。很难说清死亡的味道是什么样的，它烧灼着我的鼻腔、刺痛我的喉咙，令我双眼疼得流泪、胃里翻江倒海。第二天我一直在干呕，不停地恶心、抽搐。牢里上上下下，都能听到有人在擤鼻子，试图清除掉这种味道。牢里没有专门的通风或是空气循环系统，所以这种死亡的味道混合着粪便、腐烂的垃圾、呕吐物的恶臭，弥漫在根本无法逃脱的空间里，好像就长在了头发里、嘴里和喉咙里。我使劲地揉着眼睛，直到双眼被揉得通红。我听到有一个犯人在向看守抱怨。

“你会习惯的，”看守边说边笑，“明年或者哪一天，就该轮到别人闻你的味儿了。你觉得你的味儿会好闻吗？肯定不好闻。”

看守说着又笑了起来，我的胃里一阵翻滚，我连忙向马桶跑过去。每呼吸一次，就吞进去一部分韦恩·瑞特的气息，这让我身为死囚的噩梦变得更加可怕。

我想问问他来了多久？他们每周都会送人上电椅吗？还是每月？瑞特是否知道自己上电椅被行刑的日子？但我还是跟谁都不说话。不知道他们什么时候会把我押走。他们会在上诉期就押我去行刑吗？如果普海克斯输了案子，他们会不会直接过来把我带走？——半夜把我从牢房里拽出去，绑在椅子上开始通电，直到屎尿齐流、心脏停止跳动，烧焦的皮肉和内脏散发出的味道飘散到整个牢房，提醒着死囚们他们恐怖的未来。我禁不住去想坐在那把椅子上会是什么感觉。恐惧像成吨重的砖头压迫着胸口，让我不能呼吸。身体里的每个部位都想逃走，但是无路可逃。就像在梦中张着大嘴想要尖叫，却什么声音也发不出来，只能站在那里，无助地张着嘴，任凭危险降临。我想着能不能在去洗澡的路上抢看守的枪，然后夺路而逃被击毙。那样的死法是不是比死在那张电椅上只留下恶心的味道要好些呢？

接下来的几个月里我一直在想韦恩·瑞特。不知道他当时哭了吗？求他们饶命了吗？不知道他是真有罪还是清白无辜。在被关进死牢之前，我几乎没想过死刑的事。我的世界离它很远。审讯时，麦格雷戈问我，对于在这些案子中犯下滔天罪行的人，什么样的量刑合适，我说死刑。但真的是死刑最合适吗？我是谁，竟能决定一个人的生死？我或者其他任何人又怎能知道他是有罪还是无辜？韦恩·瑞特被行刑，对我来说像是被谋杀。因为他杀了人就把他杀了的逻辑真的合理吗？某次行刑后有个犯人说，这些人的死亡证明上写的死亡原因是自杀。我不知道他说的是不是真的。怎么能是真的？这些想法在脑海中挥之不去，同时我也在等待：看守下一个会去押谁呢？

下一次行刑之前的几个月，他们就开始练习了。他们称自己为“执行分队”，但大家都知道他们真正的身份——死刑行刑队。行刑队会排好队，一共十二个人，然后沿着牢房行进，神情严肃。一个看守假装是犯人，其他人会把他带到临时拘押室等候行刑。死刑室离我的牢房只有大约三十英尺，我在楼上一层，他们管这层叫“八上”，意思就是“八个在上一层的”。下面住着的家伙比我小几岁，我从没跟他说过话，但知道他的名字：迈克尔·林德赛。下一个被执行死刑的就是他。

还有一个月就要行刑了，他每天都在哭，在院子里的时候也在哭。我从来没见人哭成这样，但还是一言不发。行刑队列队走过他的牢房时，他在哭；他们走进死刑室，打开发电机测试“黄妈妈”时，他也在哭；灯忽明忽暗，他在哭；夜晚灯熄了，一片漆黑中，他还在哭。看守们每天练习着杀死他的仪式，同时还不忘问问他今天过得怎么样、需要什么——好像他们并不是在排练如何杀死他一样。这一切令人毛骨悚然，迈克尔·林德赛的恐惧也与日俱增。行刑之前的周一，我听见他哀求一个叫杰西的人。杰西刚开始策划了一个叫“希望工程”的项目，想从霍尔曼监狱内部开始抵制死刑。但杰西没有这个能力，因为他也是名死刑犯。迈克尔·林德赛就在那儿乞求杰西救他一命。这个场景令人悲伤心碎、痛苦不堪。

快到行刑日的时候，死刑犯每天都能接受探视。可以拥抱家人、拉着他们的手——这是正常探视时不允许的。在死囚牢里关了快八年，从没有人来看过迈克尔·林德赛。1989年5月，死刑行刑队押他走的时候，他只有二十八岁。他因杀害了一名女子并抢劫了她的圣诞礼物被判入狱。我想着他在最后的日子里哭着乞求别人救他一命——如果知道没人能救他，他会是什么感觉？突然间，向来友好的看守转脸就要把他绑上电椅、剃光头，然后在他头上罩一个黑色袋子——这样在现场享受行刑这一幕的人便不会看到他眼中的恐惧。他只比我小五岁，身体健康。陪审团建议判他终身监禁，但是法官推翻了建议，判他死刑。在亚拉巴马州，法官有这个权力。林德赛在死囚牢里待了差不多八年。这是道令人痛苦的算术题——但有人被行刑时，所有的死囚都会做这道算术题——将被行刑人在牢里待的时间与自己的比较。听说他们会在行刑日期前大约一个月通知你。你有一个月的时间去体味恐惧，去哭诉、乞求别人救你一命。我不想让自己在世的最后一个月只会哭诉、乞求别人救命，更不想数着天数算自己的死期。不知道行刑队何时会来押你，这让人痛苦万分，但知道这一天，只会更加痛苦。

迈克尔·林德赛没有遗言。周四晚上他们押他去行刑室时，我听到了哭声。我们都听到了。死之前也没人来看他，真的是孤单一人。半夜时分，他已经被绑在那把椅子上了，我们突然按捺不住。上层和下层牢房里，囚犯们开始敲打自己牢房的门，有人在对着看守喊“刽子手！”——之前我们从没这样过。有人在尖叫，有人在喊迈克尔的名字，还有人只是像野兽一样怒吼、咆哮着。我握紧拳头，狠狠捶向牢房的铁门，声音越响越好，就这样一直捶——直到手发红、破皮。监牢里的声响大得惊人，连普通牢房那边也传来了喊叫声。我不认识迈克尔·林德赛，但是想让他知道他不孤单。我想让他知道我看到他了，我认识他，有人关心他的生与死。我们就这样喊着，直到灯不再闪烁，给电椅供电的发电机也被关闭了。我用手捶着铁门，直到迈克尔·林德赛的味道传了过来。我跳上床铺，用毯子裹紧头，哭了起来。我为一个只能孤单死去的人哭泣，为下一个被执行死刑的人哭泣。我不想再看到更多的死亡，不想明天再看到那些看守，想着他们中哪个是亲手断送了迈克尔的性命来给我递饭的人。我不想住在死刑室旁边，但又无处可去。我不会跟他们说话的，直到重获自由。我开始想是什么原因让迈克尔去抢圣诞礼物，然后想到了我的家。过节时我们没有多少圣诞礼物，但我从不觉得自己欠缺什么。圣诞节的意义在于爱以及庆祝基督的诞生，还有家、好吃的，以及欢声笑语。家里尽管挤满了人，但一切都那么快乐幸福、那么自由自在。我只想回到孩提时在普拉科的家，每天打棒球，要么就跟莱斯特在山上和树林里疯跑。我想重回开阔的天地，闻到刚割过的绿草的清香。我想知道在这个世界的某个地方，无论怎样，都会有灿烂的阳光，死亡不会在半夜来临，不会用袋子把你的头套上。

我闭上眼睛努力睡去，但一直都能听到迈克尔·林德赛在哀求谁来救他一命。

林德赛行刑之后的几周，另一个犯人贺拉斯·邓肯斯，被告知了行刑日期。我听到他们的交谈，邓肯斯也只有二十八岁。大家都知道他有点儿“迟钝”，但谁也没想到会轮到他。亚拉巴马州这是在赶时间，因为有两名囚犯也被告知了行刑日期。邓肯斯是1989年7月，赫伯特·理查森是8月。看起来他们现在每个月都要处决一个人，牢里一片沉寂，气氛紧张至极。就在迈克尔·林德赛被行刑后，牢里像开了暖气，一天比一天热。没有空气循环系统，白天、黑夜我们都像坐在桑拿房里一样。我的手指湿得起皱了，就像在水里泡久了一样——牢里就是这么潮湿。真想在凉爽的水里游游泳。我正想象自己坐在凉爽的小溪中时，一名看守走了过来，打开我的牢房门。

“468号！”

我愣愣地看着他。

"468号……你有封信。"

我没有应声。我不是个号码，也不打算跟他说话。

"还是不说话？你不是哑巴，上次探视时我看见你跟家里人说话了。"

我垂着眼，一言不发。

"你想不想要这封信？是封法律信件。"他说，"想要的话，就张嘴说想要。"

我看了眼他手上那封信，上面有谢尔登·普海克斯律师事务所的字样，这可能是我一直在等的亚拉巴马州最高法院的回复。我要自由了！我感到希望在心头重新燃起。也许他们抓到了真凶，也许他们准备重新聘请专家，然后审理我的案子，也许他们意识到了我不可能同时身处两地，也许雷吉承认自己说了谎……心中的希望竟如此强烈，我着实吓了一跳。我冲看守笑了。我不想的，但就是笑了。

"嗯，笑笑也行。在这儿得学会合作，才能好受些。"他说，"你最好态度再好点，才能有更多的方便。"

我不想要更多的方便，我只想出去，远离这些今天给我饭吃，明天就要我命的人。我必须逃离死亡的味道，逃离一天二十三小时待在其中的闷热而狭小的牢间。再不出去我会发疯的。

我深深地吸了一口气，伸出手去。看守和我都知道对于法律文件，他必须直接交给我，而不能自行先读。

"拿去吧，"他把信递给我，"今天晚上洗个澡，你浑身臭死了。"

我又垂下眼，直到他出去，牢门关上。他本可以从开口处把信递进来的，但他就是想找我麻烦，所以才开了牢门给我送信。我在床边坐下，把信举到眼前，双手在颤抖。

1989年6月19日

安东尼·雷·辛顿，Z-468号

亚拉巴马阿特莫尔

霍尔曼37区

邮编：36506

回复：你向亚拉巴马州最高法院提起的上诉

亲爱的安东尼：

尽管还没有收到法院的意见，但事务所周五下午接到了一位州最高法院工作人员的电话。他通知事务所，我们申请案件重新审理的上诉被驳回。由于整个州最高法院都已经聆听了上诉申辩，所以我们现在必须果断决定，立刻行动，一定要快。我对本案的上诉仍有信心，而且认为对你的审判存在不公。你还有另一个上诉机会：我们可以向美国最高法院申请复审。最高法院第20条规定，要求签发复审令的申请需要在判决生效后60天内提出，这样才能重审亚拉巴马州最高法院的裁决。我可以找合适的理由申请额外的30天延期。这意味着必须马上做决定、马上采取行动。

从此刻开始，我将不再担任你的法庭指派辩护律师。为了能向美国最高法院提请复审，你需要自己聘请律师。没有规定要求你聘请我，也没有规定要求联邦政府为你指派一位律师。能够从此刻起担任你的律师、代表你向美国最高法院提起上诉，我将不胜荣幸，但是此项业务的律师费是15000美元。费用的支付要求比较严格，需要立即全款支付，以便我即刻展开上诉程序。请立即与家人联系商议，并将决定即刻告知我。

诚挚的问候

谢尔登·普海克斯

接下来的二十四小时我可能一动也没动。他们让我去洗澡，但我没有反应，也无法从床上起来，最后他们只能作罢去叫下一个人。钱，又一次成了问题。普海克斯这是在折磨我、折磨我的家人吗？真见鬼，我被关进死囚牢就是因为有人觉得我谋财害命——他觉得我能到哪儿去弄到一万五千美元？我给他的办公室打电话，秘书接了。“你妈妈不能把她的房子抵押了去贷款吗？”她问，“他认为这是唯一的办法了。”

“请转告他，我感谢他做的一切。”我说。

“那就这样了？”她问。

“就这样吧。如果没钱就不能继续的话，就到此为止。我没钱，家里人也没钱，我不会让妈妈把房子抵押出去的。”

我听到她叹了口气，说会转告普海克斯，普海克斯会通知监狱或者亲自过来跟我面谈。

我知道他不会来的。

那个周五妈妈和莱斯特来探视时，我找个借口把莱斯特拉到一边，好让妈妈听不到我们的谈话。

“是这样的，”我说，“我长话短说。普海克斯没指望了，上诉也没指望了。如果普海克斯打电话，不管他说什么，都不要让他打妈妈的主意。他想让妈妈把房子抵押出去，其实还是在想方设法骗我们的钱。就这样吧。”

莱斯特摇摇头：“不会没指望的，总该会有——”

“听着，”我打断他，“他们通知我具体行刑日期的时候，我不想让你或者任何人看着我死。你把他们带过来看我一下，然后晚上在附近的旅馆住一晚。”

莱斯特摇着头，但是我们俩可以单独谈话的时间不多了，他必须知道这些。

“我死的时候应该是刚过半夜，不要把她叫醒，等早上再说，你告诉她：‘他已经死了，他说他爱你。’”

莱斯特用手捂着脸，难过地说：“我不能跟她说你死了。我不能。”

“你必须说，我真的很抱歉，真的。”我深吸一口气，“你要提醒她她常说的一句话：‘人会活着，也终有一死。’你一定要提醒她，要一直跟她说这句话。你要告诉她我爱她，告诉她我不怕死，告诉她我们所有人有一天都会离开这个世界，只不过我的这一天到了。告诉她等她的那一天来临时，我会准备好她最爱吃的食物等着她，还会帮她找个好住处，我会等着她……”

莱斯特哭了起来，抹着眼睛。

“你要把她说过的话讲给她听，一遍遍地讲，只有那样才能帮她。你明白吗？你跟她讲她常说的那些话。告诉她上帝从不出错，每件事情的发生都有原因。你就这样一直讲，不管她怎么哭、怎么闹。告诉她，上帝来取他之所有，有生就有死。她是这样教我的，她自己也一定要记得。”

“为什么让我来做这一切？你的姐姐或哥哥们不行吗？”莱斯特露

出前所未有的痛苦神情。这都是因为我，我心如刀绞。

“你就是我的兄弟，莱斯特。你是我最好的兄弟，最亲近的家人。探视日你见过我的哥哥姐姐们排队等着看我吗？这件事只有你能做，而且她会听你的。答应我一定要照顾她、安慰她。她一定会痛不欲生，但是你要告诉她上帝需要我、要带我回家，告诉她人有生就有死。一定要告诉她。告诉她只不过是我的那一刻到了，告诉她我死的时候一点儿也不害怕，反而充满了快乐，我有上帝一直陪在身边。”

我抓住莱斯特的胳膊：“莱斯特，不要跟她说实话，直到她平静下来。你明白吗？”

“我不会让他们害死你的。”

“你要向我保证。”

“我们会有办法让你离开这儿的，我会去找其他人帮忙，不会再找普海克斯。”

“一定不能让他去妈妈家找她，知道吗？”

莱斯特点点头，脸上带着一种执拗，这种执拗从童年起我就熟悉。

“人有生就有死，”我说，“真的。”

“从现在开始我就要改变它。”

“现在也是一样的，莱斯特。在这种地方，这话永远是真理。”

7月14日，他们处决了贺拉斯·邓肯斯。我用拳头猛敲牢门，灯一明一灭，完了之后，大家安静了下来。但是十分钟之后，发电机又启动了，灯也开始忽明忽灭。操作失误，他们说。十九分钟之内他要坐两次电椅，因为看守连接电线时搞错了。赫伯特·理查森一个月之后被处决。他是一个为国当过兵、打过仗的人，现在这个国家却认为该把这样的人杀了。他要求进死刑室前把眼睛蒙住，这样就看不见死刑室的样子，也看不见那些观看他行刑的人，什么都看不见。我们用拳头敲着牢门，让邓肯斯和理查森知道他们并不孤单。

后来我发现理查森并不孤单。一位年轻的律师布莱恩·史蒂文森整天都陪着他，直到最后一刻，还努力为他延迟行刑时间而奔走。这是其他犯人讲的。我又一次在想：这家伙是谁呢？眼睁睁地看着自己的客户被电死是种什么感觉？

白天，我总是在等待，等待他们来通知我的死期。夜晚，我在脑海中一遍遍地重放审讯过程中的所有环节。我想着本该说的那些话，想着普海克斯本该要求出庭做证的证人。他为什么不让我的家人上庭，告诉陪审团他们不能杀我？为什么不让莱斯特出庭做证？还有教堂的教友、我的邻居？我想着麦格雷戈，但是怨恨已经成了淡淡的冷漠。他是个魔鬼，我是谁呢？我教训得了这个魔鬼吗？那本《圣经》已经被扔到床底下快三年了。我跟谁都不说话，狱友、看守，除了听他们说话时了解一些，其余一个都不认识。我孑然一身，连普海克斯这个小人也不见了。我即将以清白之身受死，没人知道，只有我、莱斯特，还有妈妈知道。

“辛顿！”看守叫着我的名字，我猛地从床上站了起来。

牢门打开了。他们是来通知我，还是要把我直接带到拘押室？我的死期到了？

我握紧了拳头。我不会乖乖让他们带去死刑室的。我没有犯罪，不该坐电椅。没人应该坐电椅，没人应该那样死去。我们都是上帝之子。我想把床下的《圣经》捡起来。我为什么要离开上帝？为什么对他给予我的安慰置之不理？我现在需要他。我的头发会被剃光，脸会被袋子蒙起来，谁也看不见，谁也不知道我死的时候是个清白无辜之人。

我站起身，是时候反抗了。我会上前去抢他的枪，死也要以自由之身死去。我要自己决定自己的死法。我的大脑在连轴转着，心怦怦地跳着，肾上腺素令我血脉偾张。一定要有所行动，是时候了。我不会像待宰杀的羔羊任人摆布。不会。上帝不会这样对我，我的一生也不该这样结束。这一切都是错的，我一定要为自己死得有尊严而奋斗到最后一刻。我想要回家，我好想回家，我只要回家。

“辛顿！律师探视！”看守站在那儿盯着我，手已经放在了枪那儿。他从我的表情中看出什么来了？我正准备下一刻就扑向他。

我跟着他上楼，来到探视区，房间里没有其他犯人。一个形单影只的白人女子，年龄与我相仿，留着棕色短发，坐在一张椅子上。

她站起身冲我粲然一笑，然后伸出手想跟我握手。

而我只是站在那里愣愣地看着她。

“辛顿先生，我是桑莎·索南伯格，从华盛顿来。我是你的新律师。”

我握了握她的手，但脸上一定还是流露出怀疑和不解的神情。

她把头歪向一边，又对我粲然一笑。

“辛顿先生，请坐。”

我坐了下来。

“我准备向美国最高法院提交你的案子的复审令申请。”

“我没钱。”

她神情严肃地看着我：“我没跟你要钱。没人会跟你要钱。”

“但是我的律师说提交复审令要一万五千美元。他想让我妈妈把房子抵押出去换钱。这绝不可以。我死就算了。”

桑莎呼呼地喘了口气：“好吧，我们一点一点来。没有钱的问题。

我会提交申请，而且说实话，美国最高法院不太可能有作为，一般他们都不管事。复审令申请基本上只是请最高法院审查一下下级法院的裁决有无问题。他们不会轻易就同意复审，不过请他们复审的申请不难准备。我们会在要求的期限内提交，然后开始调查，回杰斐逊县监狱巡回法院展开第32号条款申请的工作。”

我一直愣愣地看着她。这些我没太听懂，但是确实有个人在这里说她要去调查，要提出新的证据。

“我想让你知道我是清白的。我没杀人，希望你能相信我。”

“我相信你。”她深深地吸了一口气。

“在庭审记录上，你会看到普海克斯接到过一个电话，打电话的人说他是那个杀人犯。我妈妈也接到过这样一个电话。你得想办法追踪那个电话号码。还没人找到他。他给的是假名字。我们得找到他。你得找到他。”

桑莎点着头，好像这一切她都知道。“每件事情我们都会调查的。但是，首先我要问你很多问题——关于你的生活、家人、成长经历，审讯的事情，还有各种人际关系，总之与案子有关的每一件事情都会问。我会仔细复查审讯记录和普海克斯的记录。我会把所有的证据都捋一遍，然后来看看怎么办，好吗？你一定要坚强。你在这里还行吗？”

“开展调查和上诉期间，他们会对我执行死刑吗？”我屏住了呼吸。

“不会的，辛顿先生。案子还在审理期间，他们是不能对你执行死刑的。”

我把额头抵在桌子上，喘了几口气。然后抬起头，我知道自己眼中已噙满泪水，但是桑莎仍旧平静地说着。

“我需要你的帮助，我们要一起努力才行。你同意我代表你打这个官司吗？”她目不转睛地看着我，“辛顿先生，你没事吧？”

我冲她微笑着：“没事，我同意，以后叫我雷吧。”

“好的，雷。那我们就开始了。”

“还有一件事，”我说，“你怎么会成为我的律师的呢？是莱斯特联系的你？”

她摇了摇头：“不是，我不知道谁是莱斯特。”

“那你怎么会来这儿？”我问，“你怎么知道我的？”

桑莎·索南伯格又笑了起来：“布莱恩·史蒂文森派我来的。他知道这里的每一个人。”

第十一章

我没有坏心肠，也从不顶撞任何人。

——赫伯特·理查森的遗言

等待死亡

1989年11月13日，美国最高法院驳回了我的复审请求，没有附任何意见。

四天之后，亚瑟·朱利叶斯被处死。

半夜，我跟其他犯人一起狠狠敲打着牢门，一直敲了十分钟，看守气急败坏地让我们安静下来。“他听见了，”其中一个看守说，“他们都听见了。”

亚瑟·朱利叶斯被判强奸并杀害了他表妹。强奸和谋杀案正好发生在他获准临时出狱的期间。我不知道他生前干了什么，竟能如此无可救药，心肠坏到要去强奸、杀人。我不认识他，也不知道这是不是他干的，就暂且相信是他干的。我不会天真地幻想死囚牢里的人都是无辜的，但也不是这里每个人都犯了罪。我并非唯一一个被一群白人冤枉等死的人。这些白人有些也像3K党一样穿着袍子。

我知道桑莎在忙我的案子，但还是跟谁也不说话。尽管他们不会在半夜把我拽出去绑在那把电椅上，但恐惧和担忧仍旧无时不在。除了莱斯特和两位妈妈的探视，我就一直躺在床铺上瞪着天花板。乌云笼罩着我，我根本打不起精神去吃饭、说话、打扫牢房。有什么用呢？地狱难道能变成家吗？我不想让他们觉得把我关到这里是对的。我总是看到麦格雷戈的脸在眼前晃，还能听到他在说话。他叫我“溜号先生”“抢劫犯先生”“刽子手先生”。我想着开庭之前在牢里待的那一年半。在那段时间里，每次上庭之前的预审听证会上，麦格雷戈都只是坐在法庭上瞪着我，让手下的律师们处理具体事务。为什么是我？他为什么选中我去实现他的使命？为此不合逻辑、不合常识地歪曲事实？我想要问问他，为什么是我？还是任何一个黑人都行？被抓进大牢后的每一个时刻、审讯过程中的每一个时刻，一直萦绕在脑海里，挥之不去。我不能不想，我担心自己等不到下次开庭就会疯了。麦格雷戈诬陷我是这是那，他自己才是呢。他是刽子手、说谎的人、溜号的人，是抢劫犯，因为他抢走了我的生命。他在庭上对陪审团说的话在我脑海中一遍遍地回响着。“请大家看看这些证据，花些时间好好看看，”他对他们说，“然后我想请大家找到真相，找到本案的真相。请看看这些证据，想想堂上的证词。各位找到真相了，正义就能得到伸张。”

这些话就像单曲循环，在我的脑海里不停地从头到尾播放着。这里面也许有什么很重要，但是半夜睁着眼躺在床上，听着那些像死人发出的阴森的声音在牢房里回响时，我没有发现是什么这么重要。该死的是麦格雷戈，而不是我。他才是有罪之人，他才是杀人犯。每次去洗澡，每次走在凶手逍遥法外、游荡其中的街道上，每次闻到死人的味道，他都该觉得害怕。他应该被处死，因为他有罪。

第一次听到那个抽泣声是一个后半夜。牢里总有人喊叫、呻吟、痛哭——每天夜里都有。那天却出奇地安静了二十分钟，所以抽泣声一出现时，我吓了一跳。我早已经习惯了死囚牢里永无休止的痛哭声，那些只不过是这里的背景音乐，与我无关。

但是我第一次听到抽泣声。

这是一种低沉的、从喉咙里发出的声音，不像哭声，更像低吼。有个看守走过牢房，走廊上的灯光把他的腿的影子映在了墙上。又是一声呜咽，然后停了一下，好像在努力控制自己不再抽泣。声音离我很近。这人可能就在隔壁，或者只隔一个牢房。我不能确定。抽泣声大了起来，我尽量不去听，还是想麦格雷戈、雷吉、普海克斯，还有加勒特法官吧。他们应该更尽本分一些，去抓那个给普海克斯打电话的杀人犯。找真凶太麻烦了，所以他们就拿我当垫背的，然后就可以结案了，受害人家属就好过了。那个打电话的家伙是谁？他真的是凶手，还是只是个想参与一下报纸上大肆宣传的案子的怪人？他给我妈妈还有普海克斯的家里和办公室都打过电话。如果不是真的，这么做也太麻烦了点。我敢说他一定很吃惊，竟然没人关心抓错了人，也一定为我难过。我想着他来监狱或是去媒体那里自首，然后接替我被关在死牢里。他会愿意拯救自己的灵魂。我想象着这一幕——那个家伙找到了上帝，他需要坦白和忏悔——也许他下次会给麦格雷戈或是法官打电话……

“噢，我的上帝……请帮帮我。我受不了了。我再也受不了了。”

所有的想象瞬间无影无踪，我听着这个人哭。他没有再说话，但是呜咽声更低沉、更沉重了。他真的相信上帝会帮他吗？这个地方没有上帝，唯一的选择就是默默忍受，直到忍无可忍或是他们处死你。上帝可能坐在高处，却不往下瞧。他没有看到牢里的我们。这个黑暗的地方没有光亮、没有上帝、没有救助、没有希望。

我在大脑里自言自语，哭声还是不绝于耳。我试着再去想麦格雷戈，但这人的哭声又低又沉，似乎能直接撞到我的胸口，就像有人把音响的低音调大了一样。他的事与我无关，牢里的犯人都是各顾各的，而且我谁也不相信。我再也不会相信任何人了。人们只会说谎，只会为了钱出卖你，谁又会关心真相是什么呢？所以我也不会去关心他们，我关心的只有那些每周来探望我的人。

我从床上起身，开始在只有几英尺长的囚笼里踱起了步子，只能从马桶走到牢房门。

一步。

两步。

三步。

四步。

五步。

脑袋里数着数，然后转身，继续在黑暗中默数着，往回走到牢房后面，然后再转身。等他哭够了就不会再哭了，到时我也能回到床上，但现在他像个爪子被夹子夹到的动物哭个不停，我根本无法躺下。

“上帝救救我。噢，上帝……我受不了了，受不了了，受不了了，受不了了……”那个人边哭边发出一声声的哀鸣，我只好数数、迈步、转身，再数数、迈步、转身，一遍又一遍。

一步。

两步。

三步。

四步。

五步。

我想到了妈妈。那天给她打电话，我们聊了一会儿，她正在给莱斯特做丰盛的晚餐。他们在举办庆祝晚宴。

“你们庆祝什么呢？”我问。

“莱斯特结婚了。”

“妈妈，你疯了吧。”我跟她开着玩笑。如果莱斯特要结婚了，他会告诉我的。除非他认识这个姑娘还不到一周，他上星期来探视时没说起过，谁也没有提及此事。

“是真的，”妈妈说，“他跟西尔维亚结婚了——你知道，那个在教堂见过的好姑娘，丈夫在火灾中死了的那个。”

“妈妈，你不能这么八卦下去了。你根本不知道自己在说什么。”我笑出了声。这不可能是真的，如果是真的话，莱斯特会告诉我的。

“儿子，我知道自己在说什么。莱斯特、菲比还有西尔维亚一会儿就来吃晚餐。你觉得我会傻到没事做顿庆祝晚宴吗？你脑子才有问题呢。”她笑了起来，我把话题转到下次探视上。

“下次你偷偷给我带点儿馅饼。多带点儿给看守，带桃子馅饼贿赂他们。”每次我这么说她都会哈哈大笑，她总说只要一违法自己就会长出两个脑袋，“好了，妈妈，我得挂了，付费电话太贵了。周五见，我爱你。”

“我爱你，孩子。”

我挂了电话，把莱斯特结婚这事扔在脑后。但是现在，只能踱着步子听另一个人的悲鸣时，不得不承认我确实感觉受伤了。他没有亲口告诉我，我很伤心，但理解他，理解他为什么不想跟我谈约会、恋爱、结婚这些事，因为我被关在死囚牢里。真正令我心如刀割的，是忽然意识到我死之前可能再也没有机会约会了，没有机会恋爱，没有机会结婚。我想着我的西尔维亚，我不得不放手的西尔维亚。现在莱斯特也有了他的西尔维亚。莱斯特的生活一直在继续，生活就该这样。世事难料，人生多变——谁会想到凌晨3点吃早饭，上午10点吃午饭，下午2点吃晚饭呢；谁又会想到每天都是在一个小盒子般的牢房里度过，做着跟昨天一模一样的事情，而明天也不会有丝毫改变。我知道莱斯特为什么不告诉我他要结婚的事——他不想让我想起自己失去的东西。

我已经遭了这么多罪，他不想让我再受伤害了。

没人能明白自由的意义，直到你真的不再拥有自由。这就像每天从早到晚都穿着紧身衣，你不能选择自己怎么活。老天，让我用什么去换都行，只要能再一次拥有选择的权利——选什么都行。我想现在去散散步，而不是上床睡觉；我想晚餐吃鸡肉；想开车去兜兜风，开到哪儿算哪儿。我不忌妒莱斯特的生活和选择权，我为他高兴，真心盼望他能幸福快乐。我参加不了婚礼，也没法站在旁边当他的伴郎，这是多么遗憾和难过的事。我一定要逃出这个鬼地方，如果不逃出死囚牢的话，我连孩子都不可能有。我想要个儿子，我想有一天能跟我的儿子一起打棒球。还有棒球比赛，我想带他去奥本看比赛，让他知道亚拉巴马哪个队最厉害。我想带他去看树林、小河，还有乡下宁静而美丽的夜晚。我想教他钓鱼、教他游泳，想告诉他在这个世界上只要有信仰，万事皆有可能。

我忽然停了步子，连喘气都忘了。

信仰——如果我自己没有信仰，又怎能教给别人什么是信仰?

“噢，上帝。救救我吧，上帝……”哭声变得时断时续，我意识到哭声一停，我就会屏住呼吸等着它再次开始。我不知道哪个更糟糕——哭声还是寂静。这个牢里总有人自杀。我又开始踱步，这又不关我什么事。

一步。

两步。

三步。

四步。

五步。

我为莱斯特高兴，但会等他亲口告诉我结婚的事。我不想让他因为我为此不开心而不开心，真正的朋友就该这样。人与人的关系就该如此。你希望对方跟你一样幸福，或者比你还幸福。莱斯特应该拥有爱情。其实，人人都应该拥有爱情。

那个人又开始哭了，我发现自己也在哭。我坐在床边，为一个根本不认识的人默默地流着泪。他很可能杀了人，在黑暗中哭泣，独自一人在亚拉巴马州阿特莫尔的囚牢里哭泣。孤独不只是死牢里的产物，全世界各个地方，此刻都有人坐在自己的床边哭泣。很多时候世界就是疯狂无比、不讲道理。我坐了几分钟，听着那个人的哭声。

莱斯特有选择的权利，我很高兴他正在行使这一权利。我又开始想那些无法选择的事情、无法拥有的自由，这时那个人的哭声突然停了，这死一般的寂静比任何噪声都让人心急。如果这个人今天晚上自杀，那我就在一旁见死不救？这难道不也是一种选择吗？

被关进死牢不是我自己的选择，但三年来天天想着杀死麦格雷戈，或是想如何自杀来聊以度日，却是我的选择——绝望是我的选择，怨恨是我的选择，愤怒是我的选择。我还是有选择的权利，这个想法令我醍醐灌顶。我的可选项可能没有莱斯特的多，但也不少了。我可以选择是半途而废还是努力前行。希望是一种选择，信念是一种选择。最重要的是，爱也是一种选择，积极的心态也是一种选择。

"嘿！"我走到牢房门口，冲着那个人喊着，"你还好吗？"

没有任何回音，四下一片寂静，可能问得太晚了。

“嘿，你还好吗？”我又问了一遍。

“不好。”他终于出声了。

“怎么了？要不要帮你叫看守？”

“不用了，他刚走。”

“好。”

我站在牢门旁，不知道接下去该说或该做什么，听到自己的声音在牢里响起，觉得很怪异，我只在探视时才会开口说话。听到我说话，不知道那人会不会跟我一样惊讶。我猜他不想谈自己的事。我数着步子往床的方向走去，但忽然想起他呜咽时说的“请帮帮我，我受不了了”。

我重又走回门边：“嘿，兄弟。不管怎么了，都会好起来的，会没事的。”

我等着回音，大约五分钟过去了。

“我……我刚刚知道……我妈妈去世了。”

听得出他边说边在努力控制自己不哭出来。

我无法用语言准确地描述一颗心打开时的样子，但就在那一刻，我的心灵打开了，如此开阔，我不再是死囚牢里的杀人犯，我是来自普拉科的安东尼·雷·辛顿，是我妈妈的好儿子。

“我很难过，老兄。真的很难过。”

他什么也没说，另一个声音从下面的牢房传出来：“我也为你失去亲人难过。”之后又有一个声音从左边响起来：“我很难过，老兄。愿她安息。”

之前没人出过声，但他们应该也跟我一样，一直在听着。你怎么能听不到他的哭声呢？不用去想全世界那些坐在床边哭泣的人，就想想我身边这近二百号人吧，他们都夜不能寐，跟我一样。他们心里都害怕得要死，跟我一样。他们跟我们所有人一样会哭，会觉得孤单、害怕、无助。

我可以选择伸手去帮他们，也可以继续独自生活在黑暗中。我走回床铺，跪在床边，在床底的灰尘和垃圾中摸来摸去，指尖终于扫到了我的《圣经》。它被扔在床底下太久了。这个人没有了妈妈，但我还有，即使把《圣经》扔在床底落灰，她也不会说我。即使在死囚牢里，我也一样可以做自己。

我又走到牢门旁。

"听着！"我冲他喊着，"上帝可能高高在上，但是他会关照其下。他心里装着世人。他虽高高在上，但他关照其下。你一定要记着这个。"我也一定要记着。

我听到有人说了一句"阿门"。

"没有了妈妈很痛苦，但是她还会在天堂照看着你的。"

"我知道了，谢谢。"

我让他跟我说说他妈妈是怎样的一个人，然后他一个故事接一个故事地说了两个小时，我听了两个小时。他妈妈跟我妈妈很像：很坚强，充满了爱。

他最后讲了个妈妈怎么用桌布和两个丝制枕套给他妹妹做了件裙子，好让她能穿着去参加学校舞会的故事。"那件裙子漂亮极了，"他说，"我妹妹是舞会上最好看的一个，因为穿着妈妈用勤劳和巧手做出的裙子。什么事都难不倒妈妈，老兄，什么事都难不倒她……"

他又开始哭了，但情绪比刚开始时缓和了许多。

我不知道为什么另一个人的哭泣——不管是婴儿、悲伤的妇女还是痛苦的男人——总能不经意地触动我们。我那天晚上没想到自己会为他伤心，没想到会打破自己三年不说话的沉默。这是上帝的旨意，让我意识到死囚牢里自己并非孤独一人。我们都一样，生来就拥有上帝的赐福——那种想去帮助他人减轻痛苦的劲头。这是一种天赋，我们每个人都可以选择用还是不用。

我并不了解他，不知道他做过什么，有什么地方跟我不一样——我连他是黑人还是白人都不知道。但在牢里，黑人或白人这点并不重要。你要努力活下去时，那些肤浅的事情便不再重要。你已命悬一线，伸过来帮你的手是黑是白还重要吗？我知道他很爱他妈妈，就像我很爱我妈妈一样。我能理解他的痛苦。

“我很难过你没有了妈妈，但是兄弟，你得从另一个方面看这个问题——现在天堂上有人为你在上帝面前伸张正义了。”

周围安静了好一会儿，之后最不可思议的事情发生了。在这个漆黑的夜晚，在这个地球上我认为最凄凉、最没有人性的地方，有人放声大笑起来。这是真正的开怀大笑。这笑声让我知道，亚拉巴马州能夺走我的未来和自由，但他们无法夺走我的灵魂和人性，更无法夺走我的乐观。我想念家人，想念莱斯特。但有时一个人在哪里就该以哪里为家，否则只能孤单死去。我还不想死，我不会让他们轻易得逞。我要用另一种方式度过我的时光，不管这时光有多么短暂。

我终于明白，每件事都可以有选择。

但是，终日等待死亡，不是我的选择。

第十二章

英格兰女王

为了让你们清楚地知道我的立场，我现在必须告诉你们，如果辛顿的第 20 条规定的申请没有在约定日期内提交，我将别无选择，只能向亚拉巴马州最高法院申请确定行刑日期。

——首席检察官助理肯尼思·S. 那勒雷，

1990 年 5 月 1 日

相同的时间在监牢里有着不同的节奏。有时它过得很慢，一小时感觉像三小时，一天像一个月，一个月像一年，一年像十年。对普通犯人来说，时间的意义是倒计时，直到刑满释放那一天。每划掉一天，很开心又一天过去了，脱离苦海的日子近了——重归自由。但对死囚来说是不同的，能倒数的只有死刑行刑日期，一旦知道了这个日期，时间便飞驰而过，就像有人按了快进键，一天像一小时，一小时像一分钟，一分钟像一秒钟。监牢里的时间像一种奇怪的、会流动的物体，死囚牢里的时间就更令人匪夷所思了。

每个人都知道只有两个办法能走出死囚室——躺上拉尸体的床或是被依法释放。我不想躺在那张床上离开，所以夜里开始为新律师祈祷，为真相有一天能大白于天下祈祷。我不为自己能被释放而祈祷，不能只是被释放，我要真相大白于天下，要让人们知道我是无辜的，要让麦格雷戈为此道歉，要让陪审团知道他们弄错了，要让其他的陪审团以此为鉴。只有重获清白，这一切才能实现。能重获清白吗？我还是有些怀疑。从小到大，我听过太多故事，讲的都是某人为某事祈祷，因为用词太宽泛，结果遭到了报应，上帝只是按照字面意思回应了他的祈祷。我知道一个在县监狱的家伙，每天都祈祷着自己能离开C区。大家都知道在审讯前他不可能离开，但他说他一直在为此祈祷，上帝一定会听到并回应他的。第二天，看守在他抽烟时搜查他的牢房，发现了一件用餐盘上的破塑料制成的凶器。他确实离开C区了，只不过是被带去单独拘禁了。

我祈祷时会格外小心。我为莱斯特和两位妈妈祈祷，为莱斯特的新婚妻子祈祷，为教堂里的教友祈祷，为邻居、我的哥哥姐姐和他们的孩子祈祷。我为西德尼·斯默尔泽曼祈祷，为约翰·戴维森的家人，还有托马斯·韦恩·维森祈祷。但我更多地是为真相祈祷。“真相”这个词太大、太宽泛了，但我知道没有可以折中的词，我的祈祷一定不会被误解。我祈祷上帝将真相昭示于世人——也许是证明我无罪，也许是抓到了真凶，也许是雷吉坦白他撒了谎，什么方式都可以。真相会让我重获自由。《约翰福音》第8章第32节：“你们必晓得真理，真理必叫你们得以自由。”

我还反复吟诵《马可福音》第11章第24节：“凡你们祷告祈求的，无论是什么，只要信是得着的，就必得着。”我一遍遍地吟诵着这一节，从中寻找适应我的推理。如果上帝真的不会令人失望，那么真相大白之时，我就会重获自由。如果我相信它，它就会发生。它一定会发生。

我收到了几封桑莎·索南伯格的信，知道她在做各种调查。她，还有一位叫劳拉的女士，一直在给妈妈和我的朋友们打电话了解事情。我跟桑莎通话时，她总是说抱歉，因为无法再来探视我，但她正在忙着准备第20条规定的申请，这是一份申请免除死刑判决和定罪的请愿书。我不知道她待在华盛顿怎么做调查，也没有问。有她在帮我，不用坐电椅，我已非常感激。我一定要为她祈祷，相信她。

亚拉巴马州首席检察官助理是一个叫肯尼思·S.那勒雷的人，现在是我的定罪后上诉的检方代表。桑莎说他直到8月才通知她提交申请，还说之后会转给我一份申请副本。每周我们可以去法律图书室看一个小时的书，过去三年我一直拒绝离开牢房，但是现在每周都去图书室。我们不能把书拿回牢房——牢房里只能有《圣经》或其他宗教典籍——所以每周只有一个小时，我可以阅读亚拉巴马州的法律。我明白了什么是死刑定罪，还读到关于加重和减轻罪行的内容。当初审判时我并不知道，即使陪审团裁定终身监禁，亚拉巴马州的法官也可以推翻陪审团，把人送上电椅。这被称为“司法否决”，但对我来说，这似乎是另一种将无辜之人处死的方式。

我不明白，如果法官可以自己说了算，还要陪审团干什么呢？那样还能叫公平正义吗？我不知道。亚拉巴马州为什么如此执迷于用各种方式置人于死地呢？在法律图书室读了一个小时的书后，我又回到牢房。一个小时只能读到这么多内容，而我还有一肚子的问题。

“你们谁听说过司法否决这回事？”我冲外喊道。

“那个就是放屁。”

我不知道说这话的是谁。我刚开始开口跟看守和其他犯人说话，感觉自己有点儿像刚入校的学生，还分不清谁是谁。

又有几个声音在附和着。

“如果法官可以说了算，还设陪审团干吗呢？”我说，“好像我倒霉还没倒够似的。”

“去给他们上一课，老兄！”另一个声音喊着。

更多的人笑了起来。

“下周我得再去看看书，把这个弄明白。”我说，“你们也该看看。”

一个从来没听到过的声音喊着：“我被关在这儿就是因为那个法官否决了陪审团，结果判我终身监禁。”

“我也是，”另一个声音喊道，“因为那些法官想被选上，就是这个原因。他们判的死刑越多，得的选票就越多。”

我站在牢房门前。这种讨论很怪异：谁也看不见谁，谁也不知道是谁在说，除非说话的人就在你旁边的牢房里。我开始试着用说话声来分辨，根据他们的口音，有人口音不重，有人相反——只能听出这些了。

“警察骗人，说我抢了1美元。”说话的是第一个人，“就因为这1美元，案子成了死刑案件。我不想说我干了什么，也不想说这事不是我干的，只想说他们说谎骗人，说我拿了人家1美元。1美元，案子就成了死刑案件。后来陪审团说‘终身监禁’，法官说‘不行……必须是死刑’。”

他的声音有点儿断断续续，可能是边哭边说。

“你叫什么，老兄？”我喊着。

他沉默了好一会儿，没有说自己的名字，牢里莫名地安静了下来。即使旁边的人知道名字，也该由他自己选择告不告诉大家。在死囚牢里，你不会跟所有人都说话，而且从来都不会有人称呼他们的名字。

“我的名字是雷，”我开口说道，“安东尼·雷·辛顿，家人和朋友都叫我雷。”

还是一片寂静。我使劲昂起头，把左边脸贴在牢门的金属网上，等着他说。牢里能做的事就是等。他的声音有些特别，让人觉得他只有自己，没有任何家人、朋友。

“我来自普拉科，”我继续说，“而且很自豪我是巴哈拉·辛顿的儿子，她是上帝派到人间的最好的妈妈，她能像天使一样做好吃的馅饼，但是如果你想偷吃的话，她能像魔鬼一样扇你耳刮子。”

有几个人笑了起来，不知道我等着名字的那个人笑没笑。

“我妈妈也会做好吃的馅饼。”他终于开口了，“我的名字是亨利。”

亨利没有说自己姓什么，我也不想问。看守叫我们时都用代号或者姓，几乎没人叫我们的名字。我不会问他姓什么，也不会问他为什么被关到这里。有些事是不应该问的。如果有人想告诉你或者聊到这个，那是另一回事，但从来都不应该主动去打听。说实话，问这些有什么用呢？我们都小心谨慎地在保护好自己的同时才会去帮助别人。不然又怎样呢？

“很高兴认识你，亨利。希望有一天我们能在热闹的独立日一起坐在树荫下喝甜茶，妈妈们在旁边比着赛，看谁做的馅饼最好吃。不知道你妈妈是什么性格，但我妈妈啥事也不服输。”

亨利笑了起来：“那可就有好戏看了，雷，谁赢还真说不准。真的有好戏看了。”

“你的案子我听了很难受，亨利，”我说，“那样做不对，根本就不对。下周我打算再研究研究司法否决的事，你也应该研究一下。”

他没有说话，我也就不再提了。

“要知道，他们可不愿意咱们读书长知识，”我喊着，“但我们就学会了认字，为此，一直让南方各政府不高兴。”

“去给他们上一课，兄弟！”

“是你吗，杰西？”我大声喊着。

“是我。上次查号时我在，现在还在。你还在吗，华莱士？”

“我还在！”

整个死囚牢里，人们都在互相喊着对方，一个牢房接着一个牢房。有时他们喊名字，有时他们只是冲着所有的人："你还在吗？"然后另一个声音回答："我还在。"

这样喊的人越来越多，真是越来越有意思了。我笑出了声。每当有一个人应声喊着"我还在"，我就笑得更厉害了。我们都被关在囚牢里呢，怎么还能这么有意思？但确实如此。

"我们都还在呢！"我大声喊完这句，仰面躺在床上。能找到一点乐趣的一天，是多么美好啊。

那天我没再听到亨利的声音，没必要给他压力。也许他和我能成为朋友，也许不能。

我想着华莱士。他一直又叫又笑。大家都知道他还有不到两周就要行刑了，这让我的胃又翻腾起来。华莱士和杰西开始了"希望工程"——一个旨在反对死刑的囚犯自发组织。我看不出这个工程能改变什么，但知道它能让你有种自己在采取行动的感觉。他们已经获得许可，可以小范围开会，我敢肯定有人不是正经去开会，只是想有个走出牢房的机会。我们每天还是只有不到一个小时的时间可以待在牢房外面。除此之外，只有探视和去法律图书室读书的时间。典狱长只允许"希望工程"召集很少的人开会，我希望他们可别惹什么乱子，如果死囚牢里有人惹事了，大家都会遭殃。典狱长要么是毫不犹豫地把我们全都关一天，要么是取消所有人的探视。我一直不是个惹事的，但绝不会让某个傻瓜把探视时间搞没。莱斯特每周都来，风雨无阻。除了跟他和妈妈们待在一起的六个小时，什么都无法让我安心。我又开始阅读《圣经》，但一个人不可能只读《圣经》，就像晚餐只吃牛排一样。你可能特别爱吃牛排，但是如果每天都吃、连吃一星期，肯定会吐的。

1990年7月13日，华莱士被行刑前，我正在读《圣经》。

他在身上系一条紫色的带子，上面写着“处死的是正义，而非人”。

我们狠狠敲打着牢门，为了华莱士·诺莱尔·托马斯，有些人是为了抗议死刑，有些人只是为了找点事干或发泄一下。我是想让他知道有人关心他，他并非孤单一人。归根结底，那才是我们所有人的期望：知道有人关心我们，不管是谁。有妈妈、莱斯特、菲比关心我，我比这里的很多家伙都幸运得多。很多犯人来这里后直到行刑，都没有一个人来探视过，他们很多人都没有爱他们的父母。

华莱士被行刑之后又过了几个星期，我收到桑莎的信，是封手写的短信，这真是少见。

1990年8月6日，星期一

辛顿先生：

抱歉告知晚了，而且用的还是这种不正式的便笺。如前所述，我正在准备第20条规定的申请，已完成一半。今早与布莱恩·史蒂文森会面，关于你的案子，我们有很多想法。

很遗憾今天无法去探望你，这只是因为我想尽全力写好你的申请书。

你要坚强，常联系！下周我会寄一份申请副本给你。

谨致美好祝愿。

桑莎

我一遍又一遍地读着这封信。她用红笔将家里的电话号码写在了信背面的右下角，我很感激她留了电话，也很期待看到申请书。这意味着上诉已经启动了，而且又有了新的可以读的东西——读什么都行，能让我的大脑活动就好。

不明白为什么牢房里不能有书。我想着华莱士和他的小团体。要是我也组织一个团体呢？干什么呢？什么能帮这些狱友不那么孤单？什么能帮我们所有人有些许脱离苦海的感觉？

我回想起刚到矿上干活儿的时候。如果能回到矿上，干什么我都愿意。可我还是无比痛恨矿上的工作，所以离开也好，可以远离那里的悲惨与痛苦。我的思绪开始天马行空起来。

我闭上眼睛，想着如果能离开死牢会去哪里——

从监狱大门走出去，有一架飞机停在那里等我，就停在两道围栏中间的停车场上，是一架私人飞机，白色的，里面有柔软的奶油色皮椅。我坐下，马上有一位美丽的空姐出现了。她有着深色的皮肤和红红的嘴唇，笑容如此美丽，让我觉得幸福得死了都行。

“辛顿先生，您喝点什么？香槟可以吗？”

“可以，谢谢。”

扬声器里传来飞行员的声音：“请系好您的安全带，我们马上就要起飞了。飞行时间大约为八小时。辛顿先生，飞机后部为您准备了床，您可以在飞行途中休息一下。”

我看着空姐。

“我们要去哪里？”

“我们要去伦敦。英格兰女王正等着接见您。”

“原来是这样，谢谢。”等到飞机起飞，我起身走到机舱后部。这里放着一张特大号的床，上面有天鹅绒被子，以及妈妈在我还是小婴儿时为我做的毯子。床上到处都是软软的，我爬上床，四周是刚割过的青草的芳香以及木兰花的香味。

飞机着陆了，我下了飞机，上了一辆正在等着的豪华轿车，车边站着白金汉宫的护卫。其中一名护卫向我敬了礼，然后打开车门。我上了车。

我穿着奶油色西装，领带是英国皇室常用的深蓝色。车开到白金汉宫，一个团的卫兵——全都戴着高高的黑色毛帽子——立正站好。我被指引着通过一个无比宽敞的大厅，来到有两名仆人等在外面的大宴会厅。他们向我微微一鞠躬，打开了双扇门。我走了进去，女王就在那里。英格兰女王！她身穿蓝色裙子，跟我的蓝领带很搭，头戴用黄金打造、镶满宝石的王冠。

“辛顿先生。”女王伸出手。我深深地鞠了一躬，亲吻了一下女王的手背。

“女王陛下。”

“请跟我一起喝茶吧，辛顿先生。见到你很荣幸。”

“我更是无比荣幸。请叫我雷就可以了。”

女王笑了。进来很多仆人，端着小块的三明治、蛋糕、蛋挞，服侍我们喝茶。茶喝起来有牛奶、蜂蜜和家的味道。

“我能帮你什么呢，辛顿先生，我是说雷？”女王问道，“你不该被关进死囚牢。你一定要让我帮你。”

“能来这里见您已经是很大的帮助了。”我回答。

“你一定要有空就来看我。我们一起想办法，让你回家。每个人都想回家。”

“我们会找到办法的，”我说，“我知道我一定能回家。我肯定能。我每天祈祷、相信上帝，我一定能回家。”

“你一定能。”她说，“现在，让我陪你参观这座城堡、花园，还有王宫里那些神秘的房间。”

我跟随女王在王宫里转了好几个小时。我们打了棒球，又喝了茶。她带我参观了国王从前就寝的地方，我们谈论着治理国家有多么不易，以及女王对每一个人的责任。

能被尊重，被称作“辛顿先生”而不是只有“辛顿”两个字，感觉棒极了。

“辛顿！辛顿！”

这声音从哪儿来的？女王和我都吃了一惊。我才不去理它，但声音越来越大，王宫侍卫冲了进来围在女王身边，似乎有人要袭击女王。

“我必须走了，陛下，但我还会回来的。”我说。

“辛顿，快醒醒！辛顿，快醒醒！”

我的眼睛眨啊眨啊，终于又能聚焦了，然后看到看守正在冲我喊，而我正坐在自己的床上。

“有人来看你，你去不去？”

我有点儿糊涂了。周五才到探视日，今天是周三。

“你说什么呢？我的律师来了吗？”

“不是，是正常的亲属探视。你去不去？你这几天一直挺怪的。”

“我当然去了。请给我一分钟时间穿好衣服。”

“只有一分钟。”

我拿出一套囚服。我们发了两套囚服，我把其中一套专门留出来探视的时候穿，平时会把它叠好压在床垫下面，好让它平整些。刚刚的梦让我还是有点儿找不到北。不过如果看守想给我一次额外的探视，当然举双手欢迎。

走到探视区，他们真的在那儿：莱斯特、两位妈妈，还有西尔维亚——莱斯特的新婚妻子。我开心地笑了。

"你们怎么获得额外探视权的？"我问。看到他们我很高兴，但还是不太明白。

"你忙糊涂了吧？"莱斯特笑了起来。

"这是正常探视，孩子。你怎么了？"妈妈上下打量着我，微微皱着眉头。

我坐下来，看着他们四个。

"今天是周几？"我问。

"周五啊。你生病了？"

我朝四周看了看。其他犯人也都出来跟家人团聚了。这是一个早晨，是周五，可我入睡时还是周三呢，怎么就成周五了？我竟然把周四整个跳过去了。

"饿死了。你们谁带了钱帮我在自动售货机那儿买点吃的？"

莱斯特看了看我，站起了身。他朝售货机走去，没走几步却转身对着我："你去什么地方了吗，老兄？"

"我要是告诉你，你是不会相信的。"我说。

他耸了耸肩，冲我笑着。

我不是很确定到底发生了什么。

原以为只有两种方法能够离开死囚牢。

但刚刚又发现了一种。这是第三种方法。此刻是我这么多年来感觉最好的时刻，我跳起来拥抱着妈妈，即使看守大声斥责让我坐下，我还是抱紧了她，开心地笑了。

时间是个有趣、奇怪、流动的东西，我准备去驾驭它、重塑它，让它不再是我的敌人。终有一天我会走出这里，但是在那之前，我要用自己的大脑去环游世界。我想去的地方太多了，还想看看各种人、学习各种事情。

“你真的没事？”妈妈还是有些担心。

“肯定没事。”我说。

“好吧。你什么时候回家，孩子？他们什么时候能把你从这儿放了？”她总是问这个让我难过的问题。今天也一样。

“快了，妈妈，”我说，“我真的很快就能回家。”

探视结束后，看守把我带回牢房。我换上平时穿的囚服，仔细地把刚才那套叠好，压在床垫下面，然后坐在床边，闭上了眼睛……

妈妈在家门口新种了一些花，紫色的、白色的，还有粉红色的，我轻轻地触摸着这些花。我走到房子的一侧，草坪该修剪了。我打开工具棚的门，从里面把割草机拖了出来。让我来帮她把草坪修剪好，然后进屋去喝茶，听她说教堂和镇上的各种八卦。

“是你吗，孩子？”她从篱笆门伸出头。

“是我，妈妈。是我。”她开心地笑着，双手激动地合在一起。

“我跟你说过我很快就会回家的，我说过。”

第十三章

我们不是魔鬼

> 辛顿先生在其案件的有罪／无罪判决以及上诉阶段，没有得到法律顾问的有效协助，这违反了亚拉巴马州相关法律和宪法，以及美国宪法第 6、第 8 和第 14 条修正案赋予他的权利。
>
> ——桑莎·索南伯格，《减免刑申请》，1990 年

桑莎在截止日期前一天提交了申请。申请中，她列出了31个原因，认为我的案子理应重审——检察官行为不当和种族歧视、法律顾问协助不到位、不允许聘请真正的专家等都在其中。我一遍又一遍地读着这些原因，从中看到了希望。我让其他狱友也读了，他们一个牢房一个牢房地传着看。

1．新发现的证据……

2．在其案件的有罪/无罪判决以及上诉阶段，没有得到法律顾问的有效协助，这违反了亚拉巴马州相关法律和宪法，以及美国宪法第6、第8和第14条修正案赋予他的权利。

3．初审法院错误地合并了两项单独的死刑指控。

4．初审法院在有罪/无罪判决以及上诉阶段中，错误地否决了辛顿先生提供的证据，即他通过了测谎仪测试，在测试中他否认与被指控的死刑犯罪行为有关。

5．没收了支持辛顿先生在一起未被指控犯罪行为中不在

场证明的记录，而此起犯罪行为是州政府认为辛顿先生与另外两起被指控的死刑犯罪行为有联系的关键证据，这一点侵犯了辛顿先生的权利，并使案件的裁决与量刑违反宪法。

6. 初审法院错误地允许了将警方获得的关于辛顿先生的口头陈述作为证据。

7. 有关被指控与未被指控犯罪行为的宣传报道，使得辛顿先生无法在杰斐逊县得到公正的审判，因此根据美国宪法第5、第6、第8和第14条修正案，他获得公正陪审团公正审判的权利受到了侵犯。

8. 检察官在有罪/无罪阶段的不当行为及其庭上的辩论均不恰当，侵犯了辛顿先生的权利。

9. 由于初审法庭程序未被完整记录，辛顿先生被剥夺了对其死刑判决和定罪的全部上诉和法定强制复审权。

10. 由于检察官质询时专横并使用种族歧视的方式，辛顿先生被剥夺了公平审判和公平量刑的机会。

11. 排斥特定陪审员的不恰当做法，违反了美国宪法第6、第8和第14条修正案，并使辛顿先生无法拥有公正的陪审团。

12. 选择特定陪审员的不恰当做法，违反了美国宪法第6、第8和第14条修正案，并使辛顿先生无法拥有公正的陪审团。

13. 初审法院对陪审员候选人预审条件提出了限制，并对陪审团遴选过程进行了干涉，这侵犯了辛顿先生获得公正陪审团公正审判的权利。

14. 证明辛顿先生在被控罪行中有罪的证据不足且不可靠，基于此对他的定罪和死刑判决，剥夺了他获得公正审判和公平量刑的权利。

15. 审判中律师要求下拨额外经费用来聘请一名弹道学专家，以对质州政府的两名弹道学专家，但法院没有批准律师的请求，从而使辛顿先生没能正常行使自己的辩护权利。

16. 从辛顿先生母亲家里没收的枪支是失效枪支，因此把它作为证据，以及任何基于这支枪的没收或枪本身的证词都是不恰当的。

17. 初审法院没有告知陪审团涉案中较轻的犯罪行为，从而侵犯了辛顿先生的权利、剥夺了他获得公正审判的机会，并使他的定罪和死刑判决无效。

18. 将斯默尔泽曼事件中的证据作为呈堂证供，侵犯了辛顿先生获得公正审判的权利。若上述证据无效，则没有任何证据支持辛顿先生的死刑判决。

19. 将雷金纳德·佩恩·怀特的证词作为呈堂证供，侵犯了辛顿先生获得公正审判和公平量刑的权利。

20. 在对辛顿先生的审判中，州政府使用的照片以及其他书面证据带有偏见和高度煽动性，侵犯了辛顿先生的权利。

21. 检察官在辛顿先生量刑听证会上的行为以及法庭辩论均不恰当，使得听证会从根本上丧失了公正性，案件也无法进入应有的程序。

22. 死者家属参与对辛顿先生的起诉是极不恰当的，这剥夺了辛顿先生获得公正审判、公平量刑以及应有的程序的权利。

23. 以下法律推定，即所有在有罪/无罪阶段被证实的从重处罚情节均被以排除合理怀疑的方式加以证实以达到量刑阶段的目的，违反了宪法，因此辛顿先生的死刑判决不符合禁止残酷和罕见刑罚的应有程序。

24．辛顿先生的母亲和妹妹被要求离开法庭，这一做法剥夺了他获得公开审判的权利。

25．关于辛顿先生工作地点恩斯利至斯默尔泽曼事件发生地点之间的模拟旅行证据，在他的审判中没有被恰当地应用。

26．在任何支持辛顿先生不在场证明的证据被提交之前，反驳他不在场证明的证据已被不恰当地认可。

27．在辛顿先生的审判中，场外鉴定被不恰当地认可。

28．辛顿先生的审判和量刑方式，剥夺了他获得公正审判和公平量刑的权利。

29．允许专家证人根据在审判中没有得到承认的证据做证是不恰当的。

30．在辛顿的量刑过程中，初审法院不当地听取了法院自己的辩护律师的证词，这侵犯了他获得公平量刑的权利。

31．亚拉巴马州使用死刑较任意并带有歧视，违反了第8和第14条修正案。

很快，每个人都开始谈论我的案子。列表中的一些话不太能理解的，我都在法律图书室仔细研究了。我高中时学过宪法修正案，但早就忘了，需要重新学。能有一些新东西去研读、谈论，真是太棒了！亨利似乎尤为感兴趣。

“看起来不错，雷，”亨利说，“你应该能出去，因为有确凿的证据能证明你真的是无辜的。”

我笑了："大家都这么说自己，不过我真的是无辜的。总有一天我一定要从这儿出去。你就等着瞧吧。"

我没有告诉亨利其实我每天都神游于监狱之外，谁也没告诉。吃饭的时候我在这里，看守让我做事的时候也在，但是只要牢里的事一结束，我就"离开"这里了。私人飞机时刻恭候着，用想象去旅行越来越容易。有时亨利会问我干吗呢，我会说："我在西班牙呢，亨利，不过现在回来了。你有什么事？"也许大家会认为我有点儿疯癫，但是用想象来逃离这个地方给了我朦胧的自由感。我可以逃离哀号声、蟑螂、死亡的味道、难吃的饭菜，不用每时每刻担心着谁会是下一个被绑在椅子上处死的人。很多时候还没有体会够其中的乐趣，一个小时就过去了。日复一日，时间就这样流逝，每天的生活基本是一成不变。没有任何新鲜事，只有沉寂、呻吟，以及大家此起彼伏的胡言乱语。我们每人都有自己打发时间的方式。有个人天天都在一张纸上画螺旋线——整天画，天天画。圈套着圈，再套着圈，最后根本看不出哪是尾、哪是头，这就是他的生活。还有人除了吃饭，就想着怎么能不发疯——或是一直哼着小曲儿，或是浑身不停地抖动，或是发出念经一样的呻吟声。人生来不应被囚于牢笼中，也无法于狭窄的牢笼里生存。这太残忍了。很多犯人要么患上了精神疾病，要么是生下来脑子就不灵光，还有一些动不动就赤手空拳打烂别人的脸。我们不全都是一群被错判的无辜者。跟我说笑的人中不少都犯下了强奸妇女、杀害儿童、砍伤无辜者的罪行，他们这样做只是为了好玩，或是毒瘾发作，或者想钱想疯了，便不顾后果，选择铤而走险。世人视他们为魔鬼，就把这里所有的人都当作魔鬼。但我在这里熟悉的人里没一个是魔鬼。我认识拉里、亨利、维克多、杰西，还有弗农、威利、杰米，他们都不是魔鬼，只是要么没有爱他们的妈妈，要么没有任何人对他们表现过哪怕带有一点点爱意的善心。他们残破不堪，要么生来如此，要么为生活所迫。他们儿时被虐待，思维与心灵早已在站在法庭上面对法官和陪审团之前，就因为残忍、暴力、孤立而扭曲。

我跟他们一起打发一部分时光，剩下的时间不在一起。我跟谁都不在一起。我在脑海中观看大学橄榄球赛，还学会了开直升机。我有一条船，还有一辆凯迪拉克，好多女孩子围着我转。我在最好的馆子吃饭，穿着最光鲜的衣服，游览世界上最美、最令人向往的地方。于想象中旅游，就像读一本好书，或是穿越到一个完全不同的世界。因为别人都不像我有这种逃离监牢的本事，所以我会有一点内疚。

州政府对上诉给出了答复，基本上否认了我们提出的所有事项，说这是“违反程序”，因为有问题的话应该要么在审讯时提出，要么在普海克斯的直接上诉中提出，也可以在我的直接上诉中提出，但这几个环节中都没有提出任何问题。这些说辞我真的不明白。我清白无辜、有人说假话、我的审讯存在明显问题，这些似乎都不重要——州政府不想承认其中有错。除非当时知道其中有错，如果本该知道，或是当时知道却没有指出来，那你就不能再申辩了。亨利这样解释：“你的辩护律师本该在审讯以及第一次上诉时提出问题，如果没有提，那么州政府禁止过后再提这个问题。如果在审讯和第一次上诉时提出了，而你仍然被判有罪而且问题被驳回，那么州政府仍然禁止过后再提这个问题。”

“那不是就意味着所有的都不能提了吗？”我问，“我是说，上诉中能提的所有问题都不让提了？”

“差不多。”

这样做似乎既不公平也不正确，这对我，对我们所有人，都非常不利。如果在审讯或上诉时雇不起辩护律师，那么基本不可能再有证明自己清白的机会了。案子的听证会本来定于1991年4月23日举行，但在4月初，我接到桑莎的一个便条，听证会推迟了。她还寄了一份向法院递交的正式通告副本，表明她将不再担任我的辩护律师。她不能再帮我打官司，是因为她在华盛顿有了一份新工作，但是会有另一名辩护律师接我的案子。布莱恩·史蒂文森的律师事务所会再派一个人。她告诉我他们准备修改申请，所以听证会日期有变。她还说现在叫"规则32"听证会了，因为亚拉巴马州修改了上诉法律的相关规则。她还让我不要担心。

不要担心。

我尽量别太当回事，打电话给莱斯特，让他联系蒙哥马利的资源中心。"尽量找到这个布莱恩·史蒂文森，问他知不知道派新律师的事。"我说，"告诉他我是无辜的，原先定好要就我的上诉申请开一个听证会的。"

我的事情总是让莱斯特负责。他仍旧每周都开车到霍尔曼来探视，有几次他没能进来，因为监狱被封锁，或是没有足够的看守。

自从我把上诉申请给大家传看之后，其他人也都开始这样做。我们这一侧的牢房热烈地讨论起了法律的事，但是喊着说实在是太费劲了，而且也弄不准是谁在对谁说话。"听我的！"我冲牢房外喊着，一边大声地读着我的上诉申请，"刑事被告拥有的正义，不能用他有多少钱来裁定。"

狱友们开始整天就只讨论这个了。

钱似乎是万能的，但我们都没有钱。

那天晚上我跟一个叫杰米的家伙一起洗澡，他说："海斯有钱。如果有人能从这儿放出去，一定是海斯。"

“谁是海斯？”我问道。

“就是亨利，亨利·海斯。他是个3K党。你知道，3K党都有钱。他会出去的。”

我走回自己的喷头下，内心无比震惊。我知道亨利·海斯是谁，亚拉巴马州的每个人都知道。1981年在莫比尔，他和几个白人将一个名叫迈克尔·唐纳德的黑人男孩以私刑处死。这是最后一桩私刑。那个男孩子才十九岁，被处死之前，他正在接受审讯。当时3K党都急疯了，因为这个黑人小伙子可能不会被判杀害了一名白人警察。那好像是个无效审判，我记不清了。大家都说亨利·海斯的父亲是3K党头子。可怜的唐纳德就这么被他们挑中了，他在被毒打后用刀捅死挂到树上，像一块待风干的肉，等着他妈妈来收尸。唐纳德的妈妈起诉了那个团伙，也许是别的什么法律行为，我记得不是很清了。但我记得这桩谋杀案有多恶心！迈克尔·唐纳德那时比我小不了几岁——五六岁吧——这案子让我想起了马上就要爆炸的炸弹、被人放狗撕咬的儿童，还有在教堂里被杀害的那些女孩子。这桩私刑的报道令我无比气愤。

我真的不知道我的朋友亨利就是那个亨利·海斯。

那天晚上洗完澡回到牢房，我盯着天花板愣神。我是亨利的朋友。他知道我是黑人。我想问问他，我想弄明白。

“亨利！”我叫道。

“什么事，雷？”

“我刚知道你是谁，我以前不知道。”

他没有立刻应声，应该是在思考。

“我爸爸妈妈教的一切都是谎言，雷，他们教我反对黑人的一切，都是谎言。”

我知道该怎么接他的话："你知道，关于人，基本上所有知识我都是从我妈妈那里学习来的。"

"那你就能明白我的意思。"他说。

"是的，我能。我想我是幸运的，妈妈教我要去爱人，不管怎样，她教我要会原谅。"

"你运气好，雷，你运气真好。"

"她教育我要对所有人怀有真情，亨利，我对你也有真情。我很难过，你妈和你爸没有教这些。真的很难过。"

"我自己也很难过。"

之后我们没怎么再说话，整个牢房在那天夜里都很安静。我们不是魔鬼，我们在尽力以最好的一面活下去。有时候，我们只能把自己不得不待的地方当成家，想要活下去，我和他们必将成为手足兄弟。谁是黑人谁是白人都已经不重要了——当你住在离电椅只有几英尺远的地方时，所有类似的事情都不再重要。此时此刻，我们的相同之处比不同更多。我们都面临死刑，都在挣扎着求生存。

我们不是魔鬼。

我们不代表我们做过的最恶劣的事。

与悲惨的境遇相比，我们有更多的人性——多得这个狭窄的囚牢根本盛不下。

下一个探视日，亨利家也来人看他了。我跟莱斯特和西尔维亚哈哈大笑地聊着天，听到亨利大声喊我的名字。

"雷！雷，过来一下。"他招手让我过去。跟他坐在一起的是一对老年夫妇，应该是他父母。

我瞥了一眼看守，他根本连看都不看这边，于是我走到亨利的桌边。

“雷，我想让你见见我父亲，本尼。爸爸，这是雷·辛顿，我朋友。”

我向亨利的父亲伸出手去。他只是看看我，然后低下头看着桌子，不打招呼，也不愿意握手。

“他是我的朋友，我最好的朋友。”亨利的声音有点儿颤抖了。

亨利妈妈的脸上有一丝微笑，这时看守冲我叫了起来，让我回去坐好。

“很高兴见到两位。”说完，我走回自己的桌子。

“这是怎么了？”莱斯特问。

“这是进步，朋友，死囚牢里翻天覆地的进步。”

我知道亨利需要极大的勇气才敢正视他父亲，告诉他这个大个子黑人是自己最好的朋友。我们从来没谈过他爸爸不跟我握手的事，只是继续相依为命、努力生存的日子。

几个月后，新辩护律师来看我了，他叫艾伦·布莱克，从波士顿来。我一直是洋基队[1]的球迷。

“我准备让布莱恩·史蒂文森出钱请人来重新检测子弹。我们需要一位新专家，证明你妈妈的枪根本不可能是杀害那些人的凶器。”

我点了点头，想到了当时的情况。佩恩在证人席上被质问，即使说出了事实，也没人相信他。他连仪器都不会用，还找不到显微镜上的光源，谁会相信他呢？

“你一定要找位专家中的专家来。”我说。

1 洋基队是美国职业棒球大联盟中的一支队伍，主场位于纽约。洋基队和后文中的波士顿红袜队是一对宿敌。

艾伦·布莱克点点头，不自然地笑了笑。他说话时不看我的眼睛，尽管我自己不会选他当我的律师，但还是很感激他能来这里。

“我看一下怎么办，”他说，“我认识一个新泽西的专家，会跟布莱恩商量的。”

“好的，可以，虽然能找个南方人会更好。这里的法官不太喜欢其他地方的人。”我不想对他指手画脚，当初普海克斯就不喜欢这样。

他走了之后，我回到牢房，亨利问怎么样。

“好吧，亨利，是这样，我能接受你以前是3K党的事实，但是我不知道能不能接受自己的性命掌握在一个红袜队[1]粉丝手里。”

亨利和其他几个人笑了起来。

我也笑了。只要能让他们笑，就代表我们都还活着。

但我已经受够了隔着牢门说话：每次想跟另一个人说点什么，就要站在牢门旁，嘴一直紧贴在金属网格上。

我想起华莱士和他的“希望工程”，想起把三十一个原因传给其他人看。

“亨利！”我叫着。

“什么事？”

“我想开一个读书俱乐部。”

“一个什么？”

“一个读书俱乐部。我想试试看能不能在图书室一个月聚一次办个读书俱乐部。算你一个？”

他想了一下。“算我一个。”他说。

---

1 红袜队是美国职业棒球大联盟中的一支队伍，主场位于波士顿。

“也算我一个！”一个叫拉里的家伙喊着。

“还有我！”

“你是谁呀？”我问。

“我是维克多。我也要参加。不过我们读什么呢？是不是只读《圣经》啊？”

“不是，我想找些真正的书来读。我准备跟典狱长谈谈，我们得有点儿真正的书。”我说，“而且得有一个自己的小俱乐部。”

我闭上眼睛。我能用想象离开死囚牢，现在我要告诉大家，他们都能。记得上学时读过一本关于加利福尼亚的书，当时我完全沉浸在书里，甚至能够闻到太平洋那咸咸的海水味道。

只需要找些书来就行。

然后我们就能一起离开这个地方了。

第十四章

爱是一门外语

> 案件准备过程中，律师方确信所需经费将在很大程度上有助于筹备规则32听证会，经费还可以协助确定是否存在侵犯申请人宪法权利的问题。
>
> ——艾伦·布莱克，《关于收费和费用的单方面动议》

艾伦·布莱克做的第一件事是要求加勒特法官出钱聘请专家来调查我的案子，加勒特法官同意了。不知道他为什么现在愿意出钱，审讯时却不愿意。如果当时有钱，普海克斯就能找到比佩恩更称职的专家。如果当时有钱，他们就能找到专家证明我不可能在那么短的时间里从工作地点开车到昆西餐馆。如果当时有钱，我就能找到一位对律师费满意的律师。如果当时有钱，我可能就不会被抓了。

问题总是回到钱上。

我收到一份所有法律文件的副本，法律信件是看守不能擅自打开或随意处理的唯一一种信件。你写的每一封信都不能封口，因为监狱工作人员要在寄出之前审读，每一封来信也要先由监狱工作人员阅读，每一通电话都会被录音。我不知道为什么必须阅读我们的信，有一点可以明确，就是他们不想你在信中抱怨牢里的待遇，不想看到有人请来律师。霍尔曼监狱这里总是人手不够，死囚牢也不例外。我们就像实验室里的小白鼠，被密切监管着，以防任何潜在的骚乱发生。把我们关在自己的囚笼里，比放我们出去更能避免冲突。夏天的情况是最糟的，他们不允许在牢房里放电风扇，因为它能被拆开当武器用，但是用于通风的网格太密了，根本进不来空气，里面一丝风也没有。夏天，外面的温度超过100华氏度，牢房里则高达110华氏度或120华氏度[1]，就像在桑拿房里，有时候真觉得是在被慢慢地煎烤着。在这样的温度里，说话都难，更不用提打架了，有时热得动一下或喘口气都很难。与工作人员读我们的信、录电话一样，高温也是管控的一种方式，但是高温会让一些人发疯，变得更加暴力。我知道典狱长最关心的就是牢里太平无事，特别是死囚牢，因为我们这群人被认为是一无所有的亡命之徒，一有机会就会杀人。但是他大错特错了，这样做只有负面效果。

“辛顿，午饭！”喊话的看守看上去跟我一样热，他难道不希望牢里能有些凉爽的空气吗？

“嘿，我想问你点儿事。”我说。

“什么事，辛顿？”他听上去心烦意乱、疲惫不堪。

“我想借一下你的卡车。”

“什么？”

“我想借一下你的卡车。就用一小下。别担心，还回来的时候会给你加满油。”

“你他妈的在说什么呢？”

“我知道一个能游泳的凉快地方，就在杰斐逊县城外面的树林里。只有一条老旧的、没名字的土路通向那里，所以没多少人知道这个去处。你得在树林里走上一会儿。树林里很阴凉，池水清澈见底。我觉得池水是地下泉水汇集起来的。那么清、那么凉，直接喝都没问题。所以

1　100华氏度、110华氏度、120华氏度相当于38摄氏度、43摄氏度、49摄氏度。

我想借一下你的卡车，今天晚上就会还回来，我保证。我只是想在那清凉的泉水里泡一下，让自己凉下来，你明白吗？”

他只是瞪着我，好像我终于疯了一样。

“要不咱们一块儿去？出去凉快一下？你要不想去，就把钥匙借我用一下，你忙你的事，换岗之前我就回来。我听到你说买了辆新卡车，我保证一定会爱惜它的。”

他哈哈大笑起来，摇着头：“这我可不同意，辛顿，你还是吃饭吧。”

就要这个效果：他正冲我笑呢。

“我想跟典狱长谈一谈。”我也冲他笑着，“你能传个信或是告诉警长吗？”

“我拿几张纸来，你写下来，我拿去给他。”

“谢谢。”

他冲我摇了摇头，又去给牢里其他人发午饭了，只是这时我已经开心了许多。

“你在跟看守交朋友吗，雷？”我听出了沃尔特·希尔声音中的挖苦。在来霍尔曼监狱之前，希尔在牢里又杀了名狱友，现在是有三条人命在身的杀人犯，他就是典狱长眼中那种一无所有的亡命之徒，时时刻刻都充满了愤怒。我不想为此谴责他，也不想评头论足，我不了解他的事。他的所作所为只有他自己和上帝知晓。

“嘿，沃尔特！”我喊道，“你知道我那亲爱的妈妈总是说什么吗？”

沃尔特没有回答，只是说：“他们不是你的朋友，雷。他们想杀了我们，而且我不喜欢看见任何人跟看守腻歪。你懂我的意思吗？”

我懂。在普通监牢里，人们看到你对看守友好时，会认为你是个告密者。告密者在这儿的日子可不好过。如果有人说你是个告密者，你哪天可能就会惨遭割喉。我不知道沃尔特在普通监狱里杀的是谁、为了什么，但那不关我的事，我不会被他或任何人吓住。

我提高了嗓门，这样牢里另一边的人也能听到："我妈妈总是对我说，用蜜比用醋能招来更多的飞虫。"

"我以前也听人这么说过。"维克多说。

"你倒了点蜜出来，并不意味着你就是飞虫。你听见了吗，沃尔特？这只是抓飞虫的方法，是我们能在院子里多待十五分钟的方法。你用你的醋吧，我要用蜜试试。"

这个问题到此为止。看守也是一种工作，就像我不喜欢下矿干活儿、痛恨身在其中的每一分钟一样，我猜大多数看守小时候也没有梦想过来死囚牢上班。我们都在尽力过好这一生，而这个死囚牢，只是我们的人生交叉处，但是我们可以决定人生接下来的方向。死囚牢里就是地狱，每一天、每一分钟都过得很煎熬，但是在这个人间地狱中，人生也能有变得更坏或更好的机会。我要努力让它变得更好。妈妈告诉过我用蜜抓飞虫的道理，她还教育我在任何制度下都要努力。身为一个南方的黑人孩子，你不可能不知道那些在特定制度下活下来并长大的方法。这里也一样——某些人拥有绝对的权力，你则有各种反击的方式。我不认为暴力是其中的一种。暴力在外面的世界行不通，在死囚牢里更不行。希尔就是个典型的例子，但是他不明白这个道理。

如果想让看守合作，自己也要合作。这是交易。我知道别人会像希尔一样，误解我的合作，但这是关乎于生存的大事。不只关乎我，更关乎我们所有人。我有爱我、每周来看我的亲人，有莱斯特放在书里的钱，我的成长中有无条件的爱相伴，我有信仰，有上帝，有《圣经》，这些让我相信终有一天我能离开这里。我比这里的很多人都幸运。我们都面临着死亡，但我有爱在身边。我努力让自己想这一点，而不去想生活中失去的东西。我不知道还有没有人也是无辜的，也许每个坐牢的人都清白无辜，也许每个坐牢的人都杀过人，谁知道呢？我们在被慢慢煎烤着，快被烤死了，而让自己更凶残并不能对此有所改善，只能让我们更痛苦。我要以自己所有、尽自己所能去改变。一丝善意在死囚牢里会被放大，因为没人想到这里会有善意。在喧闹的人群中尖叫时，没人听得见，但于寂静之中呼喊时，声音响亮无比。我要当那个在死囚牢里用善意发声的人，要以此来改善所有人的生活——甚至包括希尔。在这里我们是同一类人，都像被扔掉的烂白菜一样，被认为毫无活在这个世上的价值。

我要证明给他们看，他们错了。

查理·琼斯跟你想象的南方红脖子典狱长不差分毫，穿着直直的、带有马刺的长靴，脸又白、又胖、又软。他有一份很艰难的工作——在全国最暴力的监狱里努力掌控各种事情。每天，他都要为自己手下的工作人员负责，也要为逮住机会就会闹事的一大堆犯人负责。这些是我对他的了解，然后我们开始了下面的对话。

“听说你很能说，辛顿，还听说犯人们都听你的。我还不知道杰拉尔多来的时候你为什么不愿意对着镜头说两句。”

杰拉尔多·里韦拉[1]来死囚牢里过了一夜，带着各种摄影器材，假

1 杰拉尔多·里韦拉（Geraldo Rivera）是美国律师、记者、作家和脱口秀主持人。

装他也是个死囚，穿着囚服在牢房里睡了一夜，第二天就离开了。但这就是个笑话，是个变身游戏。他不懂也不可能懂清白之人被关在死囚笼中的感觉。他只是在玩一个根本不了解的游戏，而且做这一切只为了自己。我们看过那个节目，他确实穿戴打扮得跟我们一样，但是当他们递给他盛饭的托盘时，托盘上面还盖了一个空托盘，以免污物、灰尘、老鼠毛、死蟑螂掉进饭菜里。我们的食物托盘可没盖子，这个小细节说明了一切。

“嗯，如果你让我去纽约拍的话，我愿意。干吗不去呢？那样就能坐飞机了，我平生头一次坐呢，还能吃到小花生，听说它香得不行。如果能有花生吃，我随时愿意加入。”

查理·琼斯笑了起来：“好吧，现在说说俱乐部是怎么回事。”

“我想开一个读书俱乐部，每个月在图书室开一次会。但是我们需要书，不能只读《圣经》——不是所有人都像你我一样热爱《圣经》。你明白我的意思吗？”

“当然，我为这些人感到羞耻。”他说。

“我最好的朋友莱斯特，他会寄几本书过来，然后我们可以一起读一读、讨论讨论。”

典狱长视线向下，能看出他正在考虑我的提议。

“你看，”我说，“这些家伙需要把注意力转移到别的事情上，这样就不再跟看守斤斤计较，不再计较难耐的炎热以及吃起来像土的食物。你知道，这是一种维持监狱不出乱子的方法。读书俱乐部能让一切都变得更平和。”

他点了点头。

“你不能让这些人每天二十三个小时都想着自己就要死了这件事，

会疯的。人一疯，谁知道会干出什么事来。”我说得可能有点儿过了，但这是事实。我想让他相信如果有书可读，犯人就能安静下来。实际上，我知道，读书能让他们重获自由。如果有书可读，他们就能“周游世界”，就会越来越有智慧。当年还在奴隶时期，种植园主不想让奴隶读书识字是有道理的。查理·琼斯的上一辈人很可能是我们家上一辈人的主人，但我不打算提这个。我什么都不会提，除了读书俱乐部怎么能保持这里不出乱子这个话题。

“让我想想，辛顿，你说得很有道理，不过我还是要跟警官们商议一下。他们是每天负责这里的人。我不希望死囚牢里出任何乱子，你明白吗？我可以让你们在院子里待久一点，这没问题。但是如果出了任何乱子，就只能把你们二十四小时关在牢里，你明白吧？惹事的全都取消探视，这儿有不少该好好管教的家伙。”

“是的，长官，”我说，“很感谢你花时间考虑这件事。我相信这一定能让你手下的警官们管理起来更容易。长官，谢谢你考虑我的提议。”

我的话让查理·琼斯有点儿糊涂了。他不习惯我这样说话。他不止一次抬头看我，好像拿不准我是不是在开玩笑。

“他们听你的，辛顿，你能让牢里太平，我才能帮这个忙。图书室不能一下子聚太多人，我没那么多人手。四个人，也许六七个，我考虑一下再定。”

“谢谢。”

“而且我们没有买书的预算。你们只能从别处寄过来，我们会先检查一下，一次不能超过两本。我看不出牢房里放两本其他的书有什么危害。”

“你说得太对了，长官。”

“还有什么事吗，辛顿？我想这件事已经很清楚了。还有什么我该知道的吗？”这句话的意思就是：他想让我当个告密者，不过我可不会按他的规则出牌。

“嗯，有件关于杰拉尔多的事。长官，有人注意到他的食物托盘上扣了一个空托盘，这样就不会有脏东西掉进食物里了。您知道，就像给食物托盘加了个盖子。有些人觉得这个办法简直棒极了。我想这一定是您的妙招吧？”我停了一下，他边点头边开心地笑着，“这个办法太棒了。如果能把这个办法推广开来，让我们的饭菜有个盖子，灰尘就落不进来了。但一层一层地向上反映太慢了。您知道这里的灰尘真是挺多的。”

“好的。干吗不都加个盖子呢？我会让厨房加的。”

“谢谢，长官。”

回牢房的路上，我一直开心地笑着。后来狱警队队长告诉我读书俱乐部获准开办，人数为六人，我在探视日把这个好消息告诉了莱斯特。

“你能寄两本书到监狱来吗？寄给典狱长。”

“你这是打什么主意呢？”莱斯特问。

“我要开一个读书俱乐部。”

“一个什么？”

“就是，一个读书俱乐部。我们会先读书，然后像俱乐部一样，一个月聚一次谈谈读过的书。”

莱斯特的新婚妻子西尔维亚也跟他一起来探视了。我们都叫她西娅。

“你笑什么，西娅？”我问她，“你以前没听说过读书俱乐部吗？”

“我听说过，但觉得你们这些人一起读书，开个读书俱乐部，有点儿好笑。你们准备读什么书呢？”

“我也不知道。你们觉得呢？”

莱斯特耸了耸肩，他不怎么爱读书。西娅忽然一本正经地对我说：“我知道读什么，你们就读詹姆斯·鲍德温、哈珀·李、马娅·安杰卢的书。我刚读完《我知道笼中鸟为何歌唱》，你们一定要读一读这本书，还有《杀死一只知更鸟》《向苍天呼吁》。”

西娅越说越起劲。

“好的，”我说，“就把这些书寄给我。等出去了我会把买书钱还给你们，我保证。先只寄两本，寄到查理·琼斯那里转交给我，然后我们传着看。你们觉得我们先看哪本比较合适，就先寄哪本。也许探视时我们可以聊聊，你可以帮我想想在读书俱乐部上怎么谈论这些书好吗？”

西娅点点头：“那就从詹姆斯·鲍德温的书开始吧。”

“好，那就从詹姆斯·鲍德温开始。他一定能把这些家伙都从死牢里救出去！”

“你说什么呢？”莱斯特看着我，一脸迷惑。

“不是每个人都有我这样的想象力。每天他们都陷在恐惧中不能自拔。想想看，如果知道自己哪天会被处死，你还能想别的吗？必须想个办法让这些家伙想想活着的事，而不是死亡。”

正在这时，探视区忽然有人喊了一声。看守们急忙跑到一张探视桌旁。我看见亨利从椅子上跳了起来，之后被一个看守拉开。警报响了起来，那意味着我们必须脸冲下趴在地上。

“别担心，没事的。”我对一脸惊恐的莱斯特和西娅说。还好妈妈身体不舒服没来探视，否则真得吓坏她。我转过头去看亨利，旋即就看到他父亲躺在了地上，周围围着看守。发生什么事了？我遇到亨利的目光，能看出他内心的恐惧。

“探视结束！所有犯人回牢房。”

我听到远处传来救护车的笛声，不知道是不是有人用刀子捅了亨利的父亲。我转身想跟莱斯特和西娅道别，但他们正在被带着往外走，没有看见我。我们排好队等着清点人数，亨利在我后面。

“怎么了？”

“我爸正说着马上开始的对他的审讯，然后就一下子倒地上了。我觉得是心脏的问题。他脸色煞白，白得都有点儿发蓝了。”

亨利的声音有些颤抖。他爸就是个浑蛋——一个种族主义者，一个杀人的浑蛋——但终究还是他的父亲。

“真让人难过，老兄。希望他能没事。”

“你知道他们宣布过一次无效审判，因为他的心脏问题，在这之前。”

“我知道。”报纸上铺天盖地都是有关本尼·海斯案子的报道，谁都知道这个案子，即使亨利从来没有谈起过。

“真让人难过，亨利，我真的很难过。”

“谢谢，雷，谢谢你做的一切。”

之后亨利就耷拉着脑袋，一言不发。第二天是周六，他父亲过世了。看守来告诉亨利，我听到后为本尼·海斯祈祷，祈祷死亡能够教会他活着时没有明白的道理。有人教给本尼·海斯仇恨，本尼·海斯又将这种仇恨传给了儿子亨利。此时亨利发现，仇恨只是死路一条。

在亚拉巴马州，有人死时，邻居会送些食物给这一家。一整天，都会有朋友和邻居过来送些砂锅菜、馅饼或自制的主食。这是表达友爱与支持的方式。第一天结束时，这一家的冰箱、桌子、柜子上就会堆满了食物。食物代表友爱、生命、安慰，是一种告诉他人你就在这里，随时愿意给予痛苦之人以食物、慰藉的方式。

看守一离开亨利的牢房，我就递了些咖啡给他。旁边牢房的人伸手接过咖啡，把它传给旁边的人，再一个接一个地传下去。整整一天，上上下下所有死囚都在给亨利传递自己珍藏的食物，尽管这些人在路上相遇的话会杀个你死我活。有糖果、汤、咖啡、小块的巧克力，甚至还有水果。有的是从小卖部订到的好吃的，有的是从每天的饭菜中省出来的，手头有食物的人都会用接力的方式把它传给亨利，没人从中截取食物。没人打断这条慰藉之链，它上上下下地绕着死囚牢，终点是亨利。

我们都知道什么是悲伤。

我们都知道什么是难过。

我们都知道在这世上孤身一人是什么感觉。

我们都开始明白，谁都可以是你的家人。

就连看守也帮忙给亨利传递食物，也许是人性使然，也许是因为亨利父亲倒在他们面前。

看守们以一种扭曲的方式，也加入了死囚牢这个庞大、奇异的家庭。他们每天照料着我们——我们病了他们有义务来帮我们，然而他们也是把我们押去受死的人，是把我们绑到电椅上的人，是当典狱长按下按钮结束我们生命时转身无视我们的人。

到头来，我们都只是在努力找到自己的人生之路。

第十五章

向苍天呼吁

> 这担子比最高的山还要重，而他就将这担子压在心上。
>
> ——詹姆斯·鲍德温，《向苍天呼吁》

书真是了不起的东西。死囚牢里没人有书，也从来都不允许带书进来，所以现在这些书让人有种走私货物的感觉。一共有七个人加入读书俱乐部，但是每个人都可以在自己的牢房里放除了《圣经》之外的两本书。有些人无所谓，有些人则给家人和朋友打电话，让他们寄一两本书来。书必须是全新的，而且要从书店直接寄到监狱，这就像打开了一个崭新的世界，人们开始聊自己喜欢看什么书。有些人不识字，还有一些人读得很慢，像小孩子读书一样，因为他们最多只上过几年学。这些人不知道自己为什么会被关进死囚牢。我想，要是能有这样一个世界该多好，在那里，人不会被匆忙处死，而是会被送到医院接受治疗，或者会承认他的心智无法使他分辨对错。

读书俱乐部首次会议参加者有杰西·莫里森、维克多·肯尼迪、拉里·希思、布莱恩·鲍德温、艾德·霍斯利、亨利·海斯，还有我。我们被允许在图书室开会，但每人必须单独坐一桌，不能站起来。如果想对着所有人说话，你就得边说边在椅子上转动，这样才能一个都不落下。如果有人想朗读书中的文字，我们就得把书扔过去——希望那个人能接到，或至少书落在那人伸手能够到的地方，因为我们的屁股不能离开椅子。带我们去图书室的时候，看守们都有些紧张。我们又不是打算暴动或越狱，我们这五个黑人和两个白人是要谈论一本詹姆斯·鲍德温写的书，太正常不过了，什么问题也没有。

书寄到之后，一个看守拿到牢房给我。这是两本崭新的詹姆斯·鲍德温的《向苍天呼吁》。我高中时读过这本书，但是又读了一遍，这样就能把它传给下一个人了。我们七个每人都花了大约一周读完，这本书有两册，所以一个月之后读书俱乐部就能开会了。这后来成了固定的流程。其他人也有让家人寄这本书过来的，所以在我们这个牢区——楼上十四人、楼下十四人——几乎每个人都在谈论它。

有些人不喜欢这本书，因为它讲了很多关于上帝的事；另一些人则出于同样的原因，非常喜欢。还有几个人喜欢它是因为其中有性描写。那一个月，牢里简直变成了另一个地方——我们此时是在纽约，在哈莱姆区。我们的父母有着复杂而不可见人的过去，各种关系都绝不是看上去的那样。我们来到教堂，等待被上帝拯救，感知着上帝的荣光，满怀着激动和震撼。我们是暴力的受害者，陷入奇怪的家庭关系中，不知道谁是自己的爸爸，也不知道他为什么会恨我们。我们就是约翰，那个主人公，是一个快十四岁的男孩，努力想弄明白这个世界怎么了，弄明白他到底是种什么感受。我们是自己，也是书里的人物，这本书用新的方式占据了我们的白天和黑夜。我们不再讨论法律问题，不再玩扮演律师的游戏，不再努力搞明白让人根本无法理解的制度。我们不再是这个世界上的渣滓，不再是底层中的最底层，不再是被遗忘和被抛弃的人——一个坐在地狱中黑暗的角落，等着轮到自己走向电椅的人。我们去往了别处，就像我可以游历世界，与英格兰女王一起喝茶一样，这些人也在各自的脑海中短暂地去了别的地方。这是一段离开死囚牢的度假时光——在我们七个人召开第一次会议之前，牢里的每个人其实都已经参加了读书俱乐部。

终于真的要开会了，我们坐在各自的桌子边，有些尴尬。我们在自己牢房里互相喊着说话时并没有尴尬的感觉。拉里和亨利是仅有的两个白人，他们尤其不自在。看守把我们锁在了图书室，所以这里只有我们几个，我们不能违反规则、不能打架、不能干任何傻事。多年的习惯一旦被改变，真的很奇怪。每天，除了被带去洗澡，所有的事情都在同一时间发生。所以当突然间有新事物出现时，特别是对于鲍德温、希思、霍斯利这样已经在牢里待了十多年的人来说，这一切太奇怪了，他们无比紧张。

“好吧。你们都有什么感想？”我问大家。

“咱们到底怎么弄这个事啊？有什么模式吗？”杰西·莫里森参加过“希望工程”，所以他知道怎样组织一个团体。

每个人都看着我。

“我们就从自己读的内容中找出想跟大家谈的说一说，喜不喜欢这本书，哪些地方喜欢，哪些地方不喜欢，什么让人印象深刻。这么说，怎么样？”我环顾四周看了看每一个人，他们都点了点头。亨利一脸严肃。

“你们知道我喜欢书里哪句话吗？”我问，“我喜欢这句：‘因为灵魂的再生是永恒的，只有每个小时都重生一次才能阻止撒旦的手。’”

“你为什么喜欢这句话？”亨利问。

“因为它讲的是希望，”我说，“它说灵魂可以再生。不管做了什么，你都可以变成一个新的人。这是一个充满希望的句子。”

“是的，但是撒旦就在那儿，时不时会推一下，让你去干错事。”

维克多说。维克多是个安静的人，他被判死刑是因为强奸并杀害了一位老太太。“一喝酒，撒旦就控制了我，这个我是知道的。”

我们都沉默着，大家都知道他跟格雷森干出那样的事就是因为喝了酒。格雷森也被关在这个牢里，但他们俩就像不认识对方一样。开会的人中还有鲍德温和霍斯利，他们俩是同一桩罪行中的共犯。霍斯利告诉他们是他自己干的，没有鲍德温的事，但没人听。鲍德温被人用赶牛棍打到招供，并且陪审团全是白人。他和霍斯利都被严刑逼供，霍斯利遇到个人就说鲍德温当时不在场，但没人听，结果他们俩都被判了死刑。又有两个黑人从亚拉巴马州的大街上被清理出去了。

另一个成员希思，说起话来像个牧师，所以我期待着他能就鲍德温书中教堂的教友谈些看法。不过他是个出奇安静的人。

“这本书里的每个人都谈论着被上帝拯救的事，”亨利说，“我去的教堂可从来没发生过摔死在地上的人能被救活的事。”

我笑了：“好吧，你从来没去过黑人的教堂，亨利。从这里出去之后，我会带你去一个教堂，你在那儿会看到圣灵来到人间、掌控着人的身体，就像那个人就要飞起来，飞出教堂的窗户了！”我又开始笑了，“你不会相信人们在黑人教堂里的做法。唯一的问题是，这个过程要持续一整天，直到深夜，所以去之前最好带点吃的，做好准备要一直坐在那里，直到圣灵来移动你。你会唱歌、颂扬主，那场面是你从来没见识过的！”

亨利看了看他四周的人：“我不确定他们是否愿意让我进教堂——你知道，并不是所有人都像你一样。”

“嗯，我们得给大家机会，不是吗？我们得给大家机会，让他们看到一个人是能改变的。”

亨利冲我笑了笑，轻轻地摇了摇头，耸了耸肩。我们都知道牢里跟牢外是不一样的。牢外的世界，人与人还是不同的。亨利是个以私刑杀害了黑人男孩的白人，我是个能为几百美元就把别人脑浆打出来的家伙，布莱恩和艾德是绑架并杀害十六岁女孩子的人，拉里杀了他怀孕的妻子，维克多抢劫并强奸了一个八十六岁的老太太，杰西会为了五美元就开枪打死一个女人，他的案子是这么说的。我们这个不太可能的团体，被锁在了霍尔曼监狱的图书室里。我们中有人是无辜的，有人不是。但这都已不重要了。

“我喜欢这一部分，”鲍德温说，“就是约翰必须打扫房子那部分，你们记得吗？就在刚开始的地方。”鲍德温打开他带来的一张纸，“读的时候我把它抄下来了。”他把纸摊平，清了清嗓子。

> 约翰讨厌清扫地毯，因为飞扬的尘土会堵塞鼻子，还会粘在汗湿的皮肤上。他觉得即使自己永远清扫，灰尘也不会减少，地毯也不会干净。清扫地毯在想象中成为不可能完成的终身任务，是一场异常艰难的磨炼，就像那个他在哪里读到过的人物，这个人被诅咒要将巨石推上一个陡峭的山坡，但等到推上去时，守在山头上的巨人却又将巨石从山上滚下来——如此往复，永无休止。他还在那里，那个倒霉的人，在地球的另一端，正把他的大石头往山上推。

鲍德温读完了，谁也没说话。他声音柔和，读得认真仔细，就像一直在练习朗读，不想读错一样。

“你像那个要把巨石推上山的人吗？”维克多问。

“像，挺像的。”鲍德温又清了清嗓子，“我们难道不是都在推着巨石吗？每一天，所有的日子里，一周又一周，一年又一年，我们推着那块巨石上山坡，然后巨人又把巨石推下来。我们不停地努力推，直到巨人用那块大石头把我们砸死，或者有人路过愿意帮一把。这个人可以让巨人让让道，我们就能把巨石推上山，然后就可以坐下歇歇、吃点东西了。故事难道不应该是这样的吗？”

有几个人觉得可笑，但我冲鲍德温点了点头，霍斯利则低着头。我一直在推着自己的巨石上山坡，希望普海克斯或是桑莎，或是现在的艾伦·布莱克，能让那个巨人不要挡路，至少能控制住他，这样我就能到山顶了。我知道鲍德温的意思，我知道他多么无助，因为我也同样无助。

“这段真不错，布莱恩，”我说，“这段能引起所有人的共鸣。”

大家都在点头。

霍斯利举起手想要发言，我们都被他的样子逗笑了。

“你想说什么，艾德？”我问。

“我喜欢你们说的，人在某些方面都是一样的，但是之后你知道了他的故事、他的过去，你明白了他为什么成为这个样子。是的，也许那个爸爸是个浑蛋，但是他经历了很多痛苦和离散，所以好像知道的故事越多，你就越想原谅他的行为了。你们明白吗？就像咱们一样，是吧？我们都有自己的故事，故事背后还有故事，还有那些抉择、那些严重的错误。书里面的人物都犯错，你们发现了吗？没人拥有完美的人生。”

拉里低着头，其他人都应声附和。之后大家又安静了下来，我在想是不是有人在思考自己犯下的严重错误。我犯过错，这一点毋庸置疑。如果可能，如果明白了当初没明白的道理，谁不愿意让人生重来一回呢？如果可以的话，图书室的每一个人都愿意回到过去，重新选择。

“还有谁读到过什么触动自己的句子？”我问。我拿不准其他读书俱乐部是不是这样开会，但是我又没有指导手册或者从别处找到的、能打印出来讨论的问题。

上次探视时，我跟西娅和莱斯特谈过这个问题，西娅说让大家谈一谈打动他们的地方就行了。“每个人读的东西都一样，但会有不同的感受。你只要知道是什么触动了大家，然后谈谈那些就行。”她说，“不要像老师那样，而是要让大家谈他们想谈的。”我点点头。关键是要让他们思考些什么，而不是只想着地狱一般黑暗、污秽、闷热的死囚牢。能在脑海中脱离现实是一种本事。我可以坐上私人飞机飞往世界上任何一个地方，每个周末都能到世界各个地方与美丽的女子共赴晚宴。我已经在温布尔顿[1]赢了五次了，这个周末刚被招进纽约洋基队。坐在牢房中的我简直太忙了，哪里有时间去想那个盘踞在山顶把巨石推下来的巨人。我想让大家也能这样，能从现实中逃离个把小时，到一个不再有老鼠、蟑螂、死亡与腐烂味道的地方。我们都在被自己的恐惧慢慢吓死——在这一点上，大脑的行动速度比亚拉巴马州政府的还快。大家会做出任何疯狂的事情，但就是不愿在夜里面对自己内心真实的想法。有书就好了，我想，让死囚牢里的每个人都能有个把星期逃离这里，进入书的世界。我知道如果思维能打开，心灵就会紧随其上。亨利就是这样。看看他现在跟五个一无所有的黑人一起，坐在一个被反锁了的房间里。他接受的教育是要憎恨、害怕我们，他一度认为抓个十几岁的孩子，然后仅仅因为肤色就暴打、刺伤、用私刑处死这个孩子，是他的权

1　温布尔顿是位于伦敦西南部的一个小镇，自1877年在该小镇开始举办网球赛事，也就是今天俗称的温网。

利。我不生亨利的气，他接受的教育就是要害怕黑人，他还被人训练如何去憎恨。死囚牢对亨利有益，死囚牢拯救了他的灵魂。死囚牢告诉他，他的憎恨大错特错。

“你对哪段有感触，雷？”

我看了看大家：“就是写他走在城里，应该是第五大道，然后他发现自己不属于这个地方。”

“那段在哪儿？”维克多问。

“我不记得具体位置了，就是那段他被人教育说白人不喜欢他，但是他记得有位白人老师在生病时对他特别好的那段。他觉得终有一天白人会以他为骄傲，尊重他。你们记得这段吗？”我说。

亨利清了清嗓子：“我记得那段，因为我受的教育刚好相反，但其实是一样的。你们明白我的意思吗？”他略显紧张地四下里看了一下，“我也把它抄下来了。”亨利把纸拿出来——这是一张犯人文具室里的纸，上面印着线，就好像我们都是傻瓜，连字都写不成行一样。“我能念念吗？”他问。

大家都点了点头。

“这段让我想起了我爸爸，所以就抄下来了。”

“你来读一下吧，”我说，“我们都听着呢。”

亨利读了起来：

> 这跟他父亲的观点不一样。他父亲说所有的白人都是邪恶之人，上帝终将惩罚他们。他说永远不能相信白人，他们谎话连篇，没有哪个白人会真对黑人好的。他，约翰，是个黑人，随着他一天天长大，他会发现白人有多么恶毒。约翰读过

那些白人对有色人种做过的事情：在父母曾经居住的南方，白人骗取他们的薪水、用火烧死他们、开枪打死他们……还有更恶毒的事。他父亲说，恶毒到令人不忍提起。他读到过，有色人种被冤枉、被送上电椅电死；在冲突中被棍棒相加，在监牢中被严刑拷打；找工作时最后一个才被雇用，裁人时第一个就被裁掉。黑人们不住在约翰此时行走其中的街道上——这里禁止他们来。然而此刻，当他走在这条街道上的时候，没有人伸手拦住他。不过他敢进这家店吗？有一位女子正拿着个圆盒子在里面走来走去。他敢进这幢公寓吗？楼前还站着个穿着打扮异常光鲜的白人男子。约翰知道他不敢，今天肯定不敢。他听到了父亲的冷笑声："不行，明天也不行！"对他来说，他只能走房子后面的门、黑暗的楼梯，只能去厨房和地下室。这个世界不属于他。如果他不相信，想要拼死试一下，那就试吧，哪怕试到太阳都已经下山，他们也不会让他进去的。于是在约翰的大脑中，他此刻见到的人和大街都开始扭曲变形，他害怕他们。他知道如果上帝不改变他的心，总有一天他会开始憎恨他们。

亨利读完了，我们都没有说话。我们都知道亨利为什么会选这一段，因为他父亲是3K党，而这一段中那个男孩的爸爸也在教给他同样的事情，只不过刚好相反。

"真丢人，"亨利说，"父亲教给儿子的这些。憎恨是罪过，不是吗，'牧师'先生？"亨利抬头看着希思。

"没错，憎恨是一种罪过，但是上帝会原谅我们犯下的罪过，也会原谅我们的父亲犯下的罪过。”

“那段真不错，亨利。”维克多说，霍斯利和鲍德温也都在点头。大家都知道亨利觉得丢脸，于是就在这里，我们这五个南方的黑人开始安慰这个以最后一个对黑人行私刑而载入史册的白人。

“我不认为这个世界不属于他，”我说，“或者别人。我们都是上帝的孩子，这个世界属于我们所有人。我知道太阳永远都会温暖人间。我们可能看不到阳光，但能感觉到。我不会让心里装满憎恨。在这里开始的几年我也是心里什么也没有，只有憎恨。那种状态根本活不下去。”

“你不是一个憎恨别人的人，雷。”杰西说。

“妈妈从没教过我憎恨。我为所有从小被教过憎恨，而不是爱，教过打斗，而不是帮助的人难过。我还为这里所有为自己从小受的教育而丢脸的人难过。”我看着亨利，“上帝知道每一个人的真心。一个人做了什么或者没做什么，他和上帝都清楚，跟其他人无关。”

每个人都在点头，我看到看守走过来准备开门了。读书俱乐部大获成功。我们这一个小时谈论的都是很重要的事情。

“总有一天我会离开这里。你们知道到时候我要干什么吗？”我问。

“你要干什么，雷？”

“我要告诉这个世界这里的人也很重要，这里的人也关爱着彼此、关心着世界，我要用我们的方式改变世界看待我们的眼光。”

“你要到山顶诉说这一切，雷？”杰西问。

大家都笑了起来。

“我要到每一座山上诉说这一切。我要把那个巨石一路推上山顶、压过那个巨人，要站到山顶上，站在每一座山的山顶上，诉说这一切。我要说我的故事、你们的故事。他妈的，也许我该写本书把要说的都说出来。”

“都站起来，该回牢房了。立刻结束。”两名看守，一个在门口，另一个走进图书室，堵在两头，准备押我们回牢房。亨利拿起那张纸，上面认真地抄写了詹姆斯·鲍德温书中的一整页，然后小心地折好。谁又能想到这些话对他如此重要呢？

拉里·希思是读书俱乐部中第一个被处死的人。他连最后一顿晚餐都没吃上，当查理·琼斯问他有什么遗言时，他说：“如果这就是救治生命的代价，那就这样吧。主啊，请求你原谅我犯下的罪过。”

1992年3月20日，夜半将过时，看守在他头上套了一个黑色的袋子，给予他特权可以读书，可以与其他六个人一起讨论的典狱长，按下了按钮，将两万伏的高压电流连通到他的身体上，时间持续了一分钟，直到他死去。

下一次读书俱乐部开会时，我们仍旧把他的空椅子摆在那里。

第十六章

我爱你。

——亨利·弗朗西斯·海斯的最后一句话

彻底搜查

我与哈莉·贝瑞[1]在一个周日结了婚。这是场美丽的婚礼，她穿着由一百个女裁缝用巴黎最精致的蕾丝手工缝制的白色修身裙。裙子在身后拖了十码长，上面缀满了海里最小、最美的珍珠。她抬头看着我，棕色的大眼睛里闪着泪光，当我用难以言喻的爱注视着那美丽的脸庞时，她的眼泪几乎要溢出来了。

我们发誓要彼此相爱，无论疾病还是健康，无论是好还是坏，富有还是贫穷，直到死亡将我们分开。“哦，雷，”她喃喃地说，“我太爱你了。我不知道如果没有遇见你该如何是好。”

“哈莉，我的哈莉。”我说着，低头看着她光滑的棕色皮肤和饱满的红唇，“我永远不会离开你。我保证。我会一生一世照顾你。”神父宣布我们是夫妻，我笑着，莱斯特和妈妈朝我们扔着婚礼上用的大米，我们俩跑向一辆白色的加长豪华轿车。

“再见，朋友们，”我说，“我们要去周游世界了，一年后再见。”

1　哈莉·贝瑞是美国著名影视演员。

“再见，孩子。”妈妈边说边用双臂紧紧地搂着我，“你要给我带回一个孙子，听见了吗？我想要双胞胎孙子，最好是一个男孩和一个女孩。”

“我争取办到。”我边说边笑着吻她的脸颊。

莱斯特握了握我的手，又拍了拍我的背。“你做到了，”他说，“你找到了跟你最般配的女人。你很幸运，哈莉也很幸运。”

莱斯特是真心为我高兴。我们从不争风吃醋，我知道他很开心，因为我终于找到了爱情，就像他找到了西娅一样。生活真美好。我抱起哈莉，她的手臂环绕着我，然后我缓缓地低下头，直到嘴唇快贴上了她的嘴唇，她也努力抬起身体向我靠近，她的呼吸慢慢地拂过我的脸庞……

“辛顿！抬起你那臭屁股，辛顿！快点！”

门“砰”的一声打开，四名看守冲进牢房，抓住我正搂着哈莉·贝瑞的胳膊。我被推到了墙上，头被转向右边，颧骨被压得快陷到冰冷的水泥墙里了。看守的手按在我后脖子上，他们全都穿上了防暴装备和防弹背心，还带着武器。

我没认出这四个狱警是谁。他们开始翻我的书，把短裤和袜子扔到牢房外的走廊里。床垫被掀了起来，前几天折好压在那里的囚服被扔到地上，还被一只黑靴子踩了一脚，妈妈和侄女的照片也被扔到了走廊里。

“你不喜欢，是吗？”一个狱警问道。

我没回答。

“你还有电视，真是什么都有啊。看来你在霍尔曼监狱死囚牢过得挺舒服的。”

我以为他们要把电视砸烂，或者扔到走廊里去，但他们只是查看了电视的下面，确保没有东西藏在电源线后面，或者设备没有松动。

“你的衣服太多了。我们要没收一半。不允许有这么多短裤和袜子。这儿不是夏令营。”

我看着他们把衣服扔到走廊里。

“你不喜欢，是吗？”那个看守又问了一遍。

“不，我不喜欢。”我说。

“我们五分钟后可能还会回来再检查一遍。我们今天要在你们这个监狱待十二个小时，你们这儿的人去唐纳森监狱检查我们的去了。新的视角能看到新东西。他妈的，也许我们今天可以每小时来一次，你又能怎么样？”

他的胳膊肘抵着我的后背，把我往墙上压得更牢了。

“如果你想这么做，干吗不索性搬进来呢？那样可以整天到处乱扔东西。我出去，让你待在这儿想干吗干吗。”我很平静，几乎可以算是很有礼貌地说。三个正在搜查的狱警停了下来，转身看着我。

其中一人笑了起来。另外两个人摇了摇头，把我按到墙上的那个人压得更狠了。

“脱光检查。把衣服都脱了。”

我低着头，摇了摇头。这是他们来敲诈你时能做的最糟糕的事。我们日常的看守很少在死囚牢里进行脱光检查——这么做一定有原因。可能是发现了武器，或是出现了毒品泛滥的情况。通常，他们并不管我们，我们自己会保持牢里太平无事。典狱长关心的只是牢里要太平。我们有事会和他协商。每一层都有一个代表与狱警队队长沟通，队长告诉我们他需要什么，我们也如此。通常，双方会取折中的意见。我们不想惹事，他们人手不够，也不想出乱子。

但是这些狱警是从别的监狱来的，他们喜欢来这儿逞威风。这让他们感觉自己是很厉害的人物。我了解这些人。他们高中时要么个子奇矮无比，要么体育奇差，要么懦弱无能总被人找上头欺负，现在终于能在这个小环境里有点儿小权力了。

“脱了！”

我把囚服和袜子都脱了，光着身子站在那里。两名看守离开了，还有两名没走。

“伸出舌头。”

我张开嘴让他们看舌头底下或是两颊里没藏东西。

“脚底。”

我分别抬起两只脚让他们查看了。

“分开两腿。”

我分开腿，保持腿叉得很开的站姿。

“抬起睾丸。”

我用手抬起睾丸，再放下。我没在睾丸下藏什么东西。他们知道，我也知道。

“弯腰，把屁股打开。”

我转过身，把腰弯到九十度，抓住两个屁股蛋，把它们往两边扯。

“咳嗽一下。”

我咳了一下，肛门此时会打开，这样他们就能看到我是不是在那里藏了什么东西。他们这样做只是想羞辱我。什么样的男人才会以让另一个男人做这种事为乐呢？他们一个一个牢房地让人弯腰露屁股给他们看，这是什么样的乐趣呢？

检查完了，他们还让我保持弯腰扒开屁股的姿势。这是个游戏。对他们来说我并不是一个男人——可能都不算是一个人。

“可以穿上衣服了。把这地方打扫干净。我们会一直在这儿，一会儿可能还会回来。”

他们走出牢房时我一直背对他们，慢慢捡着短裤。真是一团糟。床单被扔在地上，沾满了灰。他们的靴子踩了我的干净衣服，可能连此时被扔在马桶边角落里的牙刷也被踩了。

等他们出了这一层，我叫了亨利。

“亨利！”我说。

“雷？”

“你没事吧？”我问，“他们把你的东西也乱扔一气吗？”

“还好，”他说，“他们只是把床垫抬起来了。”

“我不光要抬床垫，还要抬睾丸。”我说。亨利乐得不行，我也笑了起来。

“我刚才跟哈莉·贝瑞举行完婚礼要去度蜜月了，就在这个时候他们进来全给打断了。”

“你一定是在看《女奴奎因》[1]吧？”

“当然了，她现在是我的女神。”

我们旁边的几个人都笑了。

“没什么比周日大搜查更给力的了！”有人喊着。

我又坐在床上，双手抱头想事情。明天，值班的看守会回来，然后他们会假装非常震惊，他们不会提自己去了亚拉巴马州的另一个监狱照

1　1993年4月在美国首播的3集电视剧，由哈莉·贝瑞主演，从一个女奴的一生侧面讲述了美国南北战争前后奴隶制的诸多问题。

样破坏了一番，这样就不用承担责任了。“他把你妈妈的照片扔了？你一定是开玩笑吧！”

这就是大搜查。没人知道哪天有，也没人会为此承担责任。

艾伦·布莱克在1994年提交了一份修改后的规则32申请书。1997年5月，亨利被告知死刑行刑日期：6月6日。我们试图让一切都显得乐观一些。

“抬起头，亨利。”

“谁知道这期间会发生什么呢？”

“州长可能延期执行。”

“打起精神。”

在院子里，在去洗澡的路上，总有人对他说类似的话。同情心不会因肤色而厚此薄彼，我想亨利从死囚牢房的黑人身上感受到的爱，比他在3K党会议或父母身上感受到的都要多。

读书俱乐部又开了几次会，读了《你的忧伤与我的不一样》[1]《杀死一只知更鸟》和《汤姆叔叔的小屋》。所有书都在谈论南方的种族问题，亨利起初避而不谈，简直就是在装不知道黑人受到了怎样的不公平对待，直到我们嚷嚷着要求他必须面对这个问题。他为自己的成长经历羞愧，为让自己身陷囹圄的教育羞愧。“你永远不知道一个人长大后会变成什么样。”他说，“为什么因为是黑人就说他当不了护士、医生或律师？他没准能够找到治愈艾滋病或是癌症的方法。这些都有可能。”我知道他在想迈克尔·唐纳德，那个被他杀害的男孩子，在想那个男孩

1　此处为直译。原名*Your Blues Ain't Like Mine*，作者贝贝·摩尔·坎贝尔，1992年首次出版。

长大后会变成什么样子。亨利是近八十五年来第一个因为杀害黑人而被处死的白人。他的死对死囚牢外面的人意义重大，让人们思考种族主义、正义和公平，正如我们在读书俱乐部读过的书中所述。但对我们来说，他的死意味着一个家庭成员被杀害——死囚牢里没有种族歧视。

看守在即将行刑的那一周，会对你特别好：嘘寒问暖，提供各种帮助；家人和朋友什么时候都可以来探视，不需要任何文件、盖章；你可以喝到冰镇饮料，吃到自动售货机里或厨房为你单独做的食物。

亨利被押送到死刑室之前，我们最后交谈了一次。

“我很抱歉，雷，我为自己做过的事感到很抱歉。”

“我知道，上帝也知道。”

“不知道跟你提过没有，我有个弟弟也叫雷。他是我的兄弟。”

听得出来亨利在哭，我的心为他难过得快要碎了。到头来，什么都不重要了。你是谁，你的皮肤是什么颜色，你做过什么，你是否在对受害者行凶时有过怜悯之情，这些都不再重要。死囚牢里没有过去，也没有未来。我们只有眼前的这一时刻，当你就这样一个时刻、一个时刻地努力活下去的时候，评判一个人显得太过奢侈。亨利是我的朋友，这事并不复杂。我同情他，因为我从小就是这样长大的。这也是为什么每个夜晚在这地狱般的囚牢中，我能让自己躺在床上，鼓起勇气再活一天。时不时的笑声，伸过来帮你的手，对另一个遭难之人的同情与怜悯，我会一直保有自己的人性，无论如何，我不会让他们夺走我的人性。

6月5日半夜，还有几分钟就到6月6日了，我站在牢房门口，脱掉鞋，开始用力敲打牢房门上的铁栏和铁网。我希望亨利能听到，希望他能知道他并不孤单。我听到发电机打开了，他们在给他刮头。我敲打得更响了，每一层的每一个犯人都在狠命敲打着。我们一起为了亨利敲打牢门，不论黑人还是白人。我知道他害怕、孤单，知道他为死囚牢另一边等待的是地狱而担忧，因为他做了坏事。我们使出最大的力气敲啊，叫啊，骂啊。整整十五分钟，叫得嗓子又干又哑。我呐喊着，这样亨利就会知道有人在乎他；我呐喊着，那些观看亚拉巴马州打着州政府的名义杀人的观众，就会知道我们是活生生的人，他们无法用一个黑袋子罩住我们，假装我们不会疼痛；我呐喊着，因为我知道无辜之人曾经被绑在那把可怕的黄椅子上，头被剃得像只癞皮狗，尊严被一点一点地剥夺，作为一个人的价值与电线绑在了一起，然后像垃圾一样被丢弃。无辜之人曾死在那把椅子上，有罪之人曾死在那把椅子上，大个子男人曾经在那把椅子上哭得像个孩子，瘦弱的人也可以勇敢而平静地面对死亡。我为亨利呐喊，这样他就会听到，就会知道他不是独自一人面对造物主。不管是谁在死刑室里以冷漠的眼神注视着他，都敌不过我们高昂的呐喊声。我们一起用呐喊抗议。我们呐喊，因为有时呐喊是我们唯一还能做的事情。

你无法眼睁睁地看着一个人死去——看着他头一天还在，第二天就没了——而不去想自己也要这样死去。艾伦·布莱克一直没再来看过我，但他再次修改申请时，我收到过法律文件。知道他这几天就会来看我，真希望能带来好消息。

他已经为我的案子忙了快七年了，对此我心存感激。

“雷，有好消息。”他说。

“什么好消息？”我问。

“我正在跟他们谈协议。我想我已经说服州里同意考虑终身监禁不得假释。我很肯定我们能把你从死囚牢里弄出来。”

他说这些话的时候是笑着的，好像我该开心得拍拍他的后背似的。

“但是，我不想要终身监禁不得假释。我是无辜的，不应该被判终身监禁不得假释，那样就好像我做了没做的事一样。”我冲他拼命地摇头。我还以为他真的相信我呢，相信我是无辜的。

“这样能救你的命啊，雷，这是个很不错的做法。”

我盯着他看了足足有五分钟。

“不行。”我平静地说。

“什么？”他问，“不行？你说什么？”

“我不同意这么办。如果接受了终身监禁不得假释，我就不可能有重获自由的机会，更无法证明自己的清白。我不会在监狱里度过一生的。”

“雷，他们会杀了你的，他们不会让你重获自由，他们才不管你是不是清白无辜。他们没有任何为你着想的理由。法官现在肯为专家出钱，是因为他们不允许你就之前任何可以上诉的条款再上诉。他们否决了所有的上诉条款。终身监禁不得假释已经是很好的结果了。”

“专家的事怎么样了？子弹呢？”

艾伦·布莱克瞪着我，好像我是个傻子一样。

“我需要钱，”他说，“我需要一万美元。”

“我一分钱也没有。”真不敢相信我们又回到钱的问题上了，“你是知道的，我被抓进来是因为抢劫。你们这些律师为什么总觉得我有钱呢？如果需要钱就去向布莱恩·史蒂文森要，是他派你来的。我没钱，我妈妈也没钱，她现在还病了，你不要去跟她要钱，打扰她。”

“你可以向片区的教堂要钱。有这一万美元的话，我就能让你改判终身监禁不得假释。你们片区的教堂应该可以筹集到。教友人都很好，会同意捐钱救你，没人想看着你死。雷，你妈妈、我、布莱恩·史蒂文森、你的亲朋好友，还有片区教友，大家都不想看着你死。”他这是在为自己的案子辩护呢。

我站起身来，站得比他直。这不只是钱的问题，这关乎我的清白。

“我非常感谢你的时间和帮助，但是我以后不再需要你的法律服务了。”

他惊讶得张大了嘴，然后笑了一声：“你说什么呢，雷？”

“我今后不需要你的法律服务了，你不再是我的辩护律师。我把你开除了。”

“你把我开除了？”

“是的，我把你开除了。感谢至此你为我做的一切，但是我宁愿为真相而死，也不愿为了活命而苟且。我不同意终身监禁不得假释的做法。我宁愿烂在这里、死在这里，也不会同意的，但还是很感谢你如此辛苦地做了这一切。”

我向看守招手示意探视结束，然后走出了探视区。我没有再回头看艾伦·布莱克，不知道他是否还张着嘴坐在那里，还是已经站起身要来追。我才不管呢。他不相信我，我也不相信他。

看守让我弯腰的时候我只能照做，别无他法。

但我不会为其他任何人而屈服。

我还没有准备好放弃自己的生命。我一定会以清白之身走出这个地方，拼死也要努力。除了清白，我别无他求。

第十七章

最好的律师

> 我们有选择。我们可以选择拥抱人性，意味着拥抱我们破碎的天性、怜悯与同情，这是我们治愈创伤的最大希望。或者我们可以选择否认自己破碎的天性，放弃怜悯与同情，其结果就是，我们不再拥有人性。
>
> ——布莱恩·史蒂文森，《正义的慈悲》

解雇艾伦·布莱克之后，我又孤身一人了——这是定罪以来从未有过的孤独。现在该做些什么？去找谁帮忙？牢房里一直流传着一个黑色笑话，大家都在说：

“死刑是什么意思？”

“意思是没钱就该死。”

这不好笑，但是实话。如今它真实无比，因为我已经正式成为一个没有辩护律师帮忙上诉的人了，不知道法庭是不是很快就会发现此事。我最害怕的就是他们来通知行刑日期。我问一个执勤的看守能不能告诉我一个电话号码。

“你要谁的电话？”他问。

“我要给你妻子打个电话。她今天给你带的午餐中有块肉看起来很可疑，所以想问一下她为什么想杀你。我这是在救你的命呢。”

他被逗得笑了起来。

“你想给谁打电话？我办公室里有黄页[1]。”

“如果你能告诉我蒙哥马利公正司法倡议委员会的电话和地址，我将不胜感激。”

他歪着脑袋盯着我看了一会儿：“你想找布莱恩·史蒂文森？”

我点了点头。

看守冲我笑了笑：“我希望这招儿管用，雷，真的。你跟这儿的其他人不一样。”

“在这里我们都一样。”

“我觉得你不一样。我有他的电话，过会儿给你。”他继续执勤去了，而我坐在床上开始写信。

你好，史蒂文森先生：

我是安东尼·雷·辛顿，目前被关押在亚拉巴马州的死囚牢里。很感谢你请那位来自波士顿的律师帮我。不过你现在可能也知道了，他没有帮成。你可能想再派一位律师过来，但我想请你当我的律师。请仔细看一下庭审记录，如果能找到一丁点儿能证明我有罪的证据，那就不用费心当我的律师了，我会接受亚拉巴马州已经裁定的刑罚。我没有钱偿付你的律师费，但如果你来看我，我可以出汽油费。我是清白无辜的。我绝不会杀人。希望能很快收到你的回信。愿给予我们所有人生

1 “黄页”是以刊登企业名称、地址、电话号码为主要内容的电话号码簿，国际惯例用黄色纸张印制，故称黄页。

命的造物主，也能赐福于我们所有人。

诚挚的问候

安东尼·雷·辛顿

霍尔曼监狱Z-468号犯人

那天晚上看守给了我地址和电话，我把信装进信封，仔细写好地址，不封口，正面写上“法律信函”四个字。看守还是会看的，他们什么都看。

第二天，到了放风的时间，我没去，而是去打电话。我打给公正司法倡议委员会——他们的简称是EJI——是对方付费电话。一位女士接了电话，电话里的声音告诉她是一个霍尔曼监狱犯人打的对方付费电话，是否接听。她选择付费接听。

“我想找布莱恩·史蒂文森，”我说，“我是安东尼·雷·辛顿，我在霍尔曼死囚牢里。”

她的声音里带着显而易见的笑意：“好的，很高兴接到你的电话，辛顿先生。请别挂机，我现在就接通史蒂文森先生的电话。”

等待接通的音乐开始播放，我好奇这得花EJI多少电话费。等了几分钟，一个男子的声音在另一端响起。

“我是布莱恩·史蒂文森。”他听起来匆忙而着急。

“你好，史蒂文森先生。我是安东尼·雷·辛顿，我在霍尔曼监狱，死囚牢。”

“你好。”他说，听起来更像是个问句。

“我想谢谢你派艾伦·布莱克来帮我。不过，我想跟你说，我把他解雇了。”

对方没有说话。时间好像过了几分钟。

“你把他解雇了？”

“是的，先生。我别无他法。他让我支付一万美元，找片区教会筹钱。我弄不到那笔钱。”

“很抱歉，辛顿先生。我会打电话跟他说这个事的。”

“我给你寄了一封信，希望你能看一下。我不想让艾伦·布莱克当我的辩护律师了，因为他想要争取终身监禁不得假释。这不行。你明白吗？你能看一下我的信吗？”电话挂断之前只有一点时间了，所以我说得有点儿急。

“我会跟他谈的，然后把情况告诉你。我们会想办法的，会想出办法的。”他说。他听起来像个说话算话的人，但是之前的律师也都是这么说的。

“请你保证一定看我写的信，考虑一下。”

“当然，我保证。”

几个月后的一天，看守通知我有法律探视。我慢慢走向探视区，坐在椅子上的是一名黑人男子，秃顶，看起来比我小几岁。他穿着西装、打着领带。我走过去，他站了起来，给了我一个大大的微笑。

“辛顿先生，我是布莱恩·史蒂文森。”他伸出手来跟我握手，我抬起胳膊伸出手去，感觉一切都像是电影里的慢动作。

“史蒂文森先生，见到你很高兴。”我说。

他抓住我的手放在他的手里，我们握了握手。就在那一刻，我感到强大的力量、悲悯和希望，正从他的手传递到我的手中，就像一股电流通过我的身体。我也回报他一个友好又有力道的握手。

我在桌边坐下，看着他，感觉自己十二年以来终于可以舒服地喘口气了。每个人都会碰到一些人，一些一看就知道能够永远改变你命运的人。与布莱恩会面就是这样。我看着他，看到他的悲悯和善良。他看起来很有本事，也很累，眼睛周围都是皱纹，给人一种莫名的悲伤。

“你好吗？”我问。

“嗯，我很好，谢谢你。你怎么样，辛顿先生？在这里一切都还好吗？有什么问题吗？”

“你可以叫我雷。”我说。

“好的，那我就叫你雷。”

“谢谢你来看我，这对我意义重大。我知道你为这里的人做了很多事。”

他点点头。

“我跟艾伦·布莱克谈过了。那件事我很抱歉。”

“你会当我的律师吗？”我问，“你是为那件事来这儿的吗？”

“目前来讲，我只是来这儿认识你一下，聊一聊，我想听你说说你的案子和审讯，还有家人的事。”

他微笑着，我的心中升腾起希望。我知道他是上帝派来的。

“你知道，当庭宣判时，我告诉法庭总有一天上帝会重新审理我的案子。”

“你真的这么说了？”

“是的，但是不知道要等这么久。我在这儿待了快十二年了，真不敢相信都这么久了。这里就是地狱，我无法开口向你讲述这里地狱般的生活。”

布莱恩看着我，从他的眼里我知道他对这个人间地狱非常清楚。犯人行刑时他来过，他也有没救成功的。

“但今天是个好日子，因为今天，上帝派来了最好的律师。今天就是上帝开始重新审理我的案子的日子。”

布莱恩笑了起来，然后平静地说：“告诉我怎么回事。”

“我是无辜的。我一辈子都不是个崇尚暴力的人。”我深吸了一口气，继续往下说。我需要这个人，需要这个律师来帮我，这一点清楚至极。我需要他相信我，相信我清白无辜。“我犯过错。我把不属于我的车开走了。我还写过一些空头支票，写的是我自己的名字。我犯过错。有时我觉得这是上帝在为这些错误惩罚我，有时又觉得上帝应该另有安排，那也是为什么我会被关在这里。我有一个爱我的妈妈，她对我的爱超过了凡人应得的爱，完全是无条件的。你知道那像什么吗？无条件的爱，这里没多少人知道那种爱。很多人从小到大就没有过爱。这害了他们，让他们崩溃，彻底崩溃。你明白我的意思吗？”

“我明白。”布莱恩看起来忧心忡忡，但他一直在点着头。

“我当时在上班。我没想过抢劫杀人。我上班的地方进出都有保安看着打卡。他们说，不是我干的也没关系，有个白人说是我干的，这就够了。我一定会被判有罪的，因为陪审团里全是白人，法官是白人，检察官也是白人。我的辩护律师自己拿不到多少钱，也申请不到钱去请权威的专家。他们拿走了我妈妈的枪，说它就是杀人的那支。我妈妈的那支枪已经二十五年没用过了。我的专家只有一只眼睛。他从证人席上下来的时候我失声痛哭。我知道他们会判我有罪，但那些坏事不是我干的。有人说谎了。我一辈子从来没伤害过别人。有个人在审讯期间打过电话说是他干的，但辩护律师因为被吵醒了而气急败坏。那个人知道这些事，我什么也不知道，我绝不会伤害任何人。不是我干的，我是无辜的。他们把我关在这里，我出不去了。我在这里快要憋死了。他们在这儿杀人，就在我旁边。我不得不闻着朋友被烧焦的味道。你明白吗？我不得不把死亡的味道吸进来，然后死亡的味道就再也出不去了。他们还冲你微笑，但是有一天他们也会来押我，可我是清白无辜的。我要回家，回到妈妈身边。她现在身体不太好，以后没法来探视了，所以她需要我回家。我要回家。我是清白的。我没办法从这里出去，我是清白的。”

我急急忙忙地说着这一切，布莱恩坐在那里，仔细地听着每一个字。我对他深信不疑。他一直在专注地看着我。他问了妈妈和家里其他人的情况。我讲了莱斯特，讲了十二年以来他如何做到每个探视日都来看我，一次都没缺席。这是真正的友谊，真希望每人都有一个像莱斯特这样的好朋友。他问审讯的事，以及都有谁出庭做证。他很吃惊，因为当我被宣判时，普海克斯竟然没有让莱斯特或者妈妈或者任何一位教友出庭做证。他又问了些以前上班的事，让我讲了斯默尔泽曼遇袭那晚发生的事。

我们一直谈了两个多小时。跟他在一起时我很放松。我问他是不是奥本的球迷[1]，告诉他艾伦·布莱克是红袜队的球迷，我当初就应该想到我们根本合不来。我还告诉他，等他把我从这儿弄出去后，我们可以一起去看洋基队的比赛。

他笑了起来。我问了他工作的事，他有没有家人。我告诉他看守做过的糗事，还有读书俱乐部，典狱长要把俱乐部关了，因为其他犯人认为只有我们可以去参加读书俱乐部不公平，要么大家都能去，要么谁也别去。

1　此处指奥本大学棒球队。

我告诉他死囚牢里需要装电扇，这里夏天太热了，热得人喘不过气来。他听我讲着这一切，不催促、不打断，只是倾听。这给了我力量。

“关于案子，我有个主意。”我说。

“什么主意？”他问，靠近了一些，饶有兴趣地等着我说下去。

“嗯，我不知道你是不是跟其他辩护律师一样，不喜欢我们这些当事人乱出主意——”我不想妨碍或让他觉得不被尊重。

“雷，”他打断了我，“你的每一个主意我都想听。我们是一个团队，还有EJI的同事，我们都会竭尽全力的。我想知道你在每一步的想法，我要仔细研究你的庭审记录。你的所有意见对我来说都非常重要，不管是什么。”

我冲他笑着，我就是想听到他这样说。

“我想请你聘请一位弹道学专家。”

“是的，我们正准备这样做，艾伦应该找到一位了。”

“我想请你找最好的弹道学专家。这里的法官有很深的偏见，所以不能找女性，不能找北方的，必须是男性，最好是个有种族歧视的男性。他要相信死刑，他在专业方面必须是最棒的，棒到能给美国其他专家上课。他还得是个如果我犯了罪，一定会找遍天下所有的理由把我处死的人，但他同时必须是个诚实的人。只要他满足诚实、种族主义者、南方人、白人专家这几个特点，我就有救了。”

布莱恩笑了起来：“我知道你的意思，这主意很棒，我们会这么办的，而且我认识一位FBI[1]的人。我觉得我们需要的不止一位专家，不过

1 FBI全称为Federal Bureau of Investigation，即美国联邦调查局，隶属于美国司法部，为美国联邦警察。

还是先好好看一下你的案子。我要看州政府专家的报告，再看你请的那位专家说了什么、做了什么。时间紧迫，这一切都需要马上着手，然后我再来看你。行吗？”

我们再次握了手，四目相对，郑重告别。他没有承诺会帮我重获自由，但是我在他的眼中看到了，看到了他日后一定会做出的承诺，这是我得以度过无数个黑夜的力量源泉。

看守押我回牢房，门刚关上，我一下子双膝跪地，双手在胸前握着，开始低头祈祷。主啊，感谢你。感谢你派来了布莱恩·史蒂文森。我将一切交由你来安排，所以我不会问为什么你之前不派他来。主啊，我恳求你，请你眷顾布莱恩·史蒂文森，请你关照他，因为他在为你而工作。主啊，请你保佑死囚牢里的人，保佑我妈妈，让希望长驻她心中，让她知道她的孩子就快回家了。我要告诉她你派来了最好的律师。主啊，请保佑她身体健康。主啊，我请求你了，请让真相大白于天下吧。感谢你，我的主。我知道你派来了最好的律师，我知道你已经开始重新审理我的案子。

说最后一句祷文时，我已经开始抽泣，然后就跪在那里，像个孩子似的哭了两个小时。

有些夜晚我们只能哭泣。

第十八章

检测子弹

> 单独来看，本案的证据根本不足以证明辛顿先生有罪。
>
> ——布莱恩·史蒂文森，《对州政府拟执行命令的异议》，2002 年

妈妈想请布莱恩·史蒂文森来家吃顿饭，那是她表达爱和感恩的方式。我告诉她布莱恩的事之后，她就只想着怎么去表达这份爱和感恩。

“他很快就会找你谈谈的。”我告诉她。

“好的。那他喜欢吃什么呀？”她问，“我想给他专门做点儿好吃的。你问问他最爱吃什么，我马上就能做出来。我还想给他些钱。”

“别，妈妈，你不能给他钱。他不会要的。请你一定不要给他钱。”

“那……他是怎么说的？你什么时候能回家呢，孩子？我想让你现在就回家。”

她一说这话，我就心绪难平。妈妈没法出门，已经很久没来看我了，并且路途太远了。我知道她身体不好，这是一个人对所爱之人的直觉，但她和莱斯特都不愿告诉我实情。他们不想让我担心，假装事情只是跟过去有些不同，而且比面对真相更容易些。不能回家照顾她，这种痛苦让我难以承受。我是个关在监狱的犯人。对清白无辜者来说，离开监狱理应不难，但事实并非如此——有的时候不得不妥协，不得不停止力争上游，不得不打败面前的狂风巨浪。我虽然没有放弃过一定要离开

这里的信念，但不是每一天都干劲十足、信心满满。我竭尽全力要回家，然后在某个刹那只能就地安家。我只能把霍尔曼监狱当作自己的家，这样才能活下去。我只能忘记我真正的家，忘记外面那个世界。其他人上午10点在干什么并不重要，对我来说，10点钟是吃午饭的时间，我必须接受这个现实，必须面对我“家”每天总有人哭喊呻吟的事实。在我“家”，老鼠和蟑螂有进出的自由，而我却没有。在我“家”，人们可以随时闯入，把房间翻个底朝天，而我只能忍气吞声。我必须说“是的，长官”，还有“谢谢，长官”，这样才能活命。在我“家”，死亡随时都能降临。死亡在我“家”上空盘旋着、观望着、等待着。在我“家”，我是一周一周地活——这是莱斯特来探视的周期，有时也是一分钟一分钟、一小时一小时地活。在我“家”，我总是能清楚地说出“家里人”什么时候会死，然而我不知道的是，在那个真实的世界里，死亡也会眷顾我爱之人。我无法面对这一现实，无法生活在真实的世界里——我只能活在想象中的世界里，活在监牢中的世界里。

“还需要点时间，妈妈。他得把其他律师做的事纠正过来。所有事情都要过一遍。不过他答应一定会让我离开这里的。他知道我是无辜的，妈妈。他相信我，他已经找到证据了。”

“你当然是无辜的。我的孩子不会伤害别人。我不喜欢那个给你造成坏名声的辩护律师，他做得不对。我觉得他不相信你。”

她说的是麦格雷戈。她有时会有些糊涂，真难过。莱斯特说没事，只是容易疲劳，一天坐七个小时的车让她浑身疼得不行，这个我懂。莱斯特的妈妈还来看我，但几个月才能来一次。她们越来越老了。我们都越来越老了。

布莱恩来过之后，我收到他的一封信。

1998年11月1日

亚拉巴马州阿特莫尔市霍尔曼3700号霍尔曼州立监狱

安东尼·雷·辛顿，Z-468号犯人（收）

邮编：36503

亲爱的雷：

我们已经收到你案子的审讯记录，正在准备案件整体概要。目前我们在组织调查。我会寄给你一份审讯概要，希望你重新看一下。我会就审讯时提出的不利证据跟你当面讨论，所以重看审讯概要有助于你想起过去的事情。

希望你一切都还好。我们已经有了一定的进展，正在将你的案子向正确的方向推进。过几周我会去看你。坚持住。

诚挚的问候

布莱恩·史蒂文森

几周后，布莱恩真的来看我了，过了几周他又来了，之后我们定期会面。我们彼此熟悉起来，探视时，他一半时间是我的律师，另一半时间是朋友。我们有时能有一个多小时都不谈案子的事——不谈弹道学、麦格雷戈、雷吉，不谈任何我怎么无辜的事，而是谈亚拉巴马的天气、大学橄榄球赛季、爱吃的食物，还有不爱吃的。有时能看出来他很累，为这么多生命终日操劳该是多么沉重。他背负着这一重担，这不只是为我而担起的重担。他谈到过正义、仁慈，以及糟糕的制度，这个制度把孩子、精神上遭受痛苦的人以及清白无辜者关进了大牢。“没有人是不能救赎的。”他总是说。没有人不值得拥有生命、不值得拥有改变自我的潜能。他是那么同情受害者以及罪犯，对滥用权力的当权者又是丝毫难以容忍，甚至义愤填膺。布莱恩·史蒂文森不满意麦格雷戈，也不满意普海克斯。听说他的团队里都是年轻律师，都是全国最好的法学院里的全优生，为他工作的人都自愿为公正而战。“如果这些全优生搞不定的话，”我那时常说，“你可以找些中等成绩的学生来，在班里居中游的学生有时会更明白这套体制的运行规律，他们自有一套办法。”

我喜欢把他逗笑。他把对工作的热情都表现在脸上，但有时你会看到这些都消失了，我们只是两个在一块儿吹牛皮的家伙，聊着橄榄球、政治、好吃的野外烧烤，还有朋友做过的糗事。我不再是死刑犯，他也不再是律师，我们只是雷和布莱恩，是很像的两个人，而非相反。我们都知道我的生命就握在他的手里，但这个重担必须时不时地先放在一边。它总在那里，随时等着我们把它捡起来，但有时生活就是太沉重了，沉重得只能对着荒谬之处大笑一番。知道他真的相信我是无辜的，我如释重负。我们没再说过终身监禁不得假释。我是无辜的，他会大声疾呼、据理力争、不懈努力，直到州政府承认自己犯了一个错误。

我希望这一切将不再遥远。

我祈祷这一切将不再遥远。

“希望”这个词在监狱里像是一个不好的词，它好像很近却又够不到，万分折磨人。我抱着希望，满怀的希望，但有时也会等得失去耐心。时光飞逝，每过一年，我都哀悼生命中又少了一年。我很庆幸还没轮到我行刑，但这一切就像是在地狱的边缘徘徊，在生与死之间，永远不知道自己会落脚何处。

布莱恩总结的案件概要初稿差不多有二百页厚。他真好，让我看。他真好，会问我的意见。我终于在自己的辩护中有发言的机会了，真好。

1999年5月18日

亚拉巴马州阿特莫尔市霍尔曼3700号霍尔曼州立监狱

安东尼·雷·辛顿，Z-468号犯人（收）

邮编：36503

亲爱的雷：

这几天调查你的案子我们收获颇丰。周日，我们与汤姆·达尔谈了一下，他是昆西餐馆抢劫案案发当晚你的主管。达尔介绍的情况对你很有帮助，他提供了你案发时不在场的新证明。我们也已经找到案发当晚与你一起上班的另外两位万宝盛华的员工。我们还在找其他员工。如果你能想起那晚一起工作的人都有谁，就告诉我他们的名字。

月初，我去拜访了你母亲，我们都非常喜欢跟她聊天。我们还联系到多娜·贝克、卫斯利·梅·威廉姆斯，还有教堂的卡尔文·帕克神父。有几个人那天晚上没去教堂，我们过后还会去联系他们。

我与艾伦·布莱克谈过了，他明白我们下周会提交一份修改后的申请，并且要正式书面提出案子的应诉通知。下周我们会去多拉和伯明翰就你的案子展开为期三天的调查。到时会随时向你告知我们的行程。听证会将于6月25日举行，但我希望能推迟几周。对我们来说，听证会的最佳时间是今年的8月到10月之间。

有任何需要，请联系我。坚持住。我很快会再联络你。

诚挚的问候

布莱恩·史蒂文森

他总是让我“坚持住”，这话可不是随便说的，也不是打电话或写信时的惯用结束语。他和我都知道死囚牢里有不少人——准确地说是有十一个人——自从我来之后，选择了不再坚持。我们总是会想到放弃，自己夺走自己的生命有时看起来比让州政府夺走要好一些。

我不会夺走自己的生命，但很感激布莱恩嘱咐我“坚持住”。这三个字让我坚强地度过又一天、又一夜。他的信和来访给了我莫大的鼓励与安慰。他在为我操劳，我则每晚都为他祷告。

他找到两名来自得克萨斯州的男性资深专家，还有一位FBI的专家。他们都是美国优中选优的专家，通常只为检方出庭做证。他们是白人，很坦诚，他们的资历让希金斯和耶茨看起来只配打杂。他们是无懈可击的，布莱恩总爱这样说。

“雷，我有个好消息。”布莱恩听起来很开心，就像个要过圣诞节的小孩子。

“什么好消息？”看守带信说布莱恩有事要说，让我马上给他打电话。他跟看守好像能互相理解，所以可以随时给看守打电话请他们给我带信。有时，看守看上去跟我一样盼着我能离开死囚牢。

“我收到伊曼纽尔、库珀、狄龙的报告了，报告认为三个地点的子弹没有一个与你妈妈那把枪匹配。他们还说，起获的子弹和送检的不一致。我们还发现希金斯和耶茨扣留了一些检测表，没有交给你的辩护律师。这些检测表上都有问号并缺失信息。他们没有遵循正常的检测程序，而且没有记录六颗子弹中任何一颗的着陆或凹槽信息。这一点我们能证明。我们能证明唯一对你不利的证据是假证。子弹跟你妈妈的枪根本就不匹配。”

我深吸了一口气！“那我们现在怎么办？”我问，“我什么时候能出去？”我现在就想打点行李回家了，“快来接我吧，布莱恩，我随时准备着回家！”

“嗯，通常情况下，遇到检测结果不一致时，专家们会开会研究。这是专业领域的礼节，也是他们工作要求的程序之一。这样的话，伊曼纽尔、库珀、狄龙要与希金斯和耶茨碰一下头。这只是个程序，雷，我们已经在正确的轨道上了。我一定会让他们看到你的案子出了错。弹道检测是他们所有的证据。没有了这个证据就无法定罪，这是他们在你的案子中明确指出的，但他们隐藏了这一事实。”

“谢谢你，”我说，“布莱恩，我表达不出我对你多么感激。”我说着开始哽咽了。

“我们还没回家呢，雷，不过已经走在回家的路上了。”

“我会回家的，”我说，“该回家的时候你告诉我一声就行。”

“我会帮你回家的，雷，我保证。”

2002年2月10日

亚拉巴马州阿特莫尔市霍尔曼3700号霍尔曼州立监狱

安东尼·雷·辛顿，Z-468号犯人（收）

邮编：36503

亲爱的雷：

此信特来告知你最新的进展。我已经跟杰斐逊县首席副检察官交谈过，并向他提供了所附的备忘录。他在谈话中给出的反馈不错，也知道当我们说一个案子有问题时，是有根据的。他正在与麦格雷戈会面，我会在本周再跟他联系。我们正在努力争取他能同意我们的“动议”，同意在加勒特法官审理之前撤销对你的定罪和判决。如果杰斐逊县承认弹道学证据有误，则意味着你是无辜的，之后才可能同意让ATF[1]或FBI等政府机构进行武器测试。测试结果如实提交后，我们就会要求声明你无罪。

他们同意这样做的可能性不大，但最初的谈话很顺利。为这件事祈祷吧，如果能达成共识，我想你很快就会被释放；如果不能，则还需要一些时日。

听证会定于3月11日至13日举行。你应该在3月8日被转到杰斐逊县监狱。总检察长办公室的做法有点儿疯狂，他们不管

1 ATF全称为Bureau of Alcohol, Tobacco, Firearms and Explosives，即美国烟酒枪炮及爆炸物管理局，隶属于美国司法部。

证据，只是争论程序的问题。

我会在2月18日或2月25日那周去看你。我联系了一位《60分钟》[1]的优秀制片人，星期三跟他在纽约碰面。如果州政府不同意这一非对抗性的解决方案，我们就会让《60分钟》在听证会阶段介入。

不管怎样，案子的方方面面都朝着越来越好的发展方向。抬起头，重要的事就要发生了。我附上一些钱，希望能支持你一下。如果有其他能做的事情，一定告诉我。我很快就会去看你，我的朋友。

诚挚的问候

布莱恩·史蒂文森

我读着这封信，以及布莱恩附的备忘录。备忘录开头部分是粗体：

安东尼·雷·辛顿案

安东尼·雷·辛顿因为不曾犯过的罪行已被关入死牢十六年

接下来是详细的新发现的弹道学检测结果、已确认的我当时在布鲁诺上班而不在犯罪现场的证明、分条列出的之前弹道学证据的错误，还说到警方如何向餐馆的员工施压，让他们说当晚在那里见过我，但他

1　《60分钟》（*60 Minutes*），是美国CBS电视台的电视新闻杂志节目，至今已播出了五十年，主要内容有事件调查、人物访谈、特别节目、人物概评等。

们都扛住了，说没有见过。只有杂货店店员克拉克·海耶斯声称当晚见过我，而他与其他人一样被警方施压。备忘录还将测谎仪测试收录了进去，就是那个当初没人愿意看一眼的测试。

我握着汇款单和信，又一次对布莱恩的无私感到惊叹，他不仅没趁机榨干我，反而寄来了贺卡、信件和钱，让我去买日用品。听证会定于3月举行，我上床睡觉时一直想这件事。他们到时候就得放我走了，我是清白无辜的，FBI的专家都这样说。布莱恩揭露得越多，整个案子越不像是一个单纯的错误。放我走，意味着亚拉巴马州不得不承认他们蓄意将我打入死牢。警察强迫目击者说我当时在昆西餐馆。斯默尔泽曼从写着名字首字母缩写的照片上认出了我，但事实是探员在这之前就已经把我的名字告诉了他。愤怒在心中重新聚积——他们夺走了我生命中多少的美好，我又怎能不怒火冲天！十六年了，还要承受多少年？为了很久以前一桩两姐妹的事而赌气的雷吉，知道他的谎话置我于死地后，夜里还睡得着觉吗？每一天，我都告诉自己：不管怎样，有人在乎我、关爱我。

亚拉巴马州政府犯了错。

我是清白无辜的。

我们一定能证明。

我一遍又一遍地读着布莱恩的信和备忘录，那个夜晚，我比平时更用心地向上帝祈祷。真相正照射出明亮的光，他们无法再视而不见。布莱恩告诉我，普海克斯和麦格雷戈是朋友。他还告诉我，麦格雷戈以前就有种族歧视，曾两次被判非法歧视非裔美国人，一次是在巡回法庭，另一次是在杰斐逊县。

这些我都不知道，但是我原谅普海克斯没有告知我此事。我当时真是又年轻又愚蠢，对一个从一开始就对我不利的制度如此信任，所以我也祈祷能原谅自己。

我为布莱恩祈祷的声音代表着理性的呼声，成为公平与正义之声。但是我从来都没忘记布莱恩跟我一样，也是黑人。他跟我一样，面对着同样的制度。不过他比他们都更有智慧，而且上帝与他同在。

这些我都知道。

这些也都是妈妈一直教的。

上帝自有安排，而且永远站在正义一方。上帝无所不能，他永远不会辜负你。我一定要相信。长长的十六年，我已经准备好迎接上帝的正义审判，承受他的仁慈与怜悯。自由离我如此之近，我都能尝到它的味道、摸到它的模样了。某个夜晚，我重新回到妈妈的院子里，在炎热的7月，一边割草一边想着教堂里的活动。环顾四周，我会告诉自己这一切都只是一场噩梦。我只是在做梦。我没有在死囚牢里待十六年。时间还是1985年，我还是二十九岁，有着大好的人生。在梦里，我走进厨房，把头轻轻靠在妈妈的肩上，她拍拍我的背，我做噩梦时她都是这样安慰我的。

这一切都不是真的。

我有大好的人生，妈妈也在告诉我事情都会好起来，我会好起来，没有坏人会把我抓走。

这只是一个噩梦。

这一切都不是真的。

这一切怎么可能是真的呢？

第十九章

直到害怕自己从此没有机会再读书，我才开始喜欢上读书。就像没人喜欢呼吸一样。

——哈珀·李，《杀死一只知更鸟》

空椅子

直到2002年6月，我的规则32听证会才得以召开。本来应该在3月召开，但就在召开前一天，州检察长办公室发出强制令，要求下级法院全部驳回我的请求。意思就是，他们不想让下级法院看到我是无罪的证据。这份强制令中说，他们不需要听取或为我的无罪声明辩护，也不需要翻看新的弹道学测试，因为已经过去很久了，而且证据与原有证据重复，不是新的。这真是荒唐透顶！他们说这是在浪费时间。在听证会的前一天，法院批准了中止诉讼程序。总检察长在诉状中说，我应该被禁止证明自己无罪，因为这将“浪费两三天纳税人的钱”。他们甚至都不愿意听我说，不愿意看看新的证据，看看普海克斯1986年没给他们展示的证据。这一切再次令我痛苦不已。这是个什么样的世界啊！可以任由一个清白之人失去生命中的十六年，而给他机会去证明自己的无辜却是在浪费时间？我的十六年竟然没有总检察长的两三天重要。

布莱恩写了封信，说了这一切，还给我加油鼓劲儿。每当案子遇到波折时，他总是给我加油，让我不要消沉。

2002年3月12日

亚拉巴马州阿特莫尔市霍尔曼3700号霍尔曼州立监狱

安东尼·雷·辛顿（收）

邮编：36503

亲爱的雷：

我只是想跟你联系，因为过去的五天实在太奇怪了。周一早上，我与加勒特法官谈了一下，想尽量不要把你转到伯明翰，同时向他明确告知，我们不会只就零碎的细节提起诉讼。法官对州政府的做法相当气愤。我没有想到他会对州政府想方设法不让我们出示证据的做法颇有微词。州政府用这种方式得罪了法院，真是大错特错。州政府一直等到听证会前一天才提交中止诉讼程序动议，真是卑劣至极。

我们会在两周内回应州政府的文件。州政府说我们的证据与审判中提交的证据一样，因此无权提交。我们的看法是，如果不提交，他们怎么能知道证据是什么？如果证据不具说服性，他们又有什么好担心的呢？我们会着手准备另一场听证会，可能会在上诉书中要求5月举行。

上周我们做得不错，整个案子的证据已经越来越有说服力了。下次去监狱看你时，我会告诉你最新的进展，还有找到的新证人。我会尽快去看你的。

我知道听证会延期让人很恼火。周六一整天我都气愤难平。我们花了很多钱为证人买了不可退款的飞机票、为法庭上的视听材料展示租用了电脑设备，我们为这次听证会做了很多准备。然而，更重要的是，你还要为自己没有做过的事在死囚牢里耗费更多的时日，这真是毫无天理！但胜利的一天终会到来。别太受打击，比赛获胜的一方不是跑得快的而是一直跑的。此刻我比之前任何时候都更坚信我们一定会胜利，你一定能回家。

随信附上州政府的动议、我们的初步回应，以及法院的命令。我争取过两周就去看你。坚持住，我的朋友。

诚挚的问候

布莱恩·史蒂文森

我对州政府不遗余力地把我关在牢里，也不让我出声的做法丝毫不意外。法庭开始时的行径也如此。私刑还在继续，把绞索套好，要花几十年的时间。我也不是天真的人，知道亚拉巴马州政府宁愿一错再错，也不愿承认犯了错；宁愿采取不公正的做法，也不愿承认曾经的不公。

在我之前以及之后，都会有人钻制度的空子，这些人犯了罪却想方设法逃脱死刑。我不责怪他们。我怎么能责怪他们呢？有谁不会为自己能活下去、为自己生存的权利而拼搏呢？是的，受害人没有机会为生存的权利而拼搏，这个我知道。但不知道的是，杀戮如何能名正言顺呢？没人有权利夺走他人的生命。州政府也一样。他们这是在以人民的名义杀害我们，而人民真正的想法是什么呢？是的，死囚牢里有残忍、无情、冷酷、反社会甚至危害社会的杀手。这是事实。我跟他们一起在院子里放风，一起洗澡，跟他们谈话。我知道有些人如果有机会，会立马杀了我——这并不是因为痛恨我，而是因为他们只会杀戮。有人的智力只有孩童的水平，有人能达到天才的水平。但我还是不能苟同于任何人、任何机构有权夺取他人性命，不管他们做了什么。“人民”是个太过宽泛的词。真不知道如果监狱中用人民的名义来称呼，会是什么样子。“乔·马丁，我们今天会杀了安东尼·雷·辛顿，而且以你的名义动手。我们会说‘我们是以乔·马丁的名义杀你’，你看怎么样？”或莎拉·鲍尔森、安吉拉·鲁伊斯、维克多·威尔逊，或任何一个名字。人民是由活生生的人组成的，死囚牢的犯人也是活生生的人。有时生活会残酷凄凉、毫无人性，令人不堪忍受。一个人可以给他人造成无尽的痛苦，但是我不认为——我怎么可能认为——制造更多的痛苦能够令这一切有所改观。你取人一命，并不能因此就救人一命。这无法改变既成事实，根本不合逻辑。我们只是在制造无尽的死亡和杀戮，一环接一环。这是野蛮的行径。没有哪个婴儿生来就是杀人犯，没有哪个孩童梦想着有一天能进死囚牢。死囚牢里的犯人之所以杀人，皆因后天所致——教育、体制、恶人——没人生来就是杀人犯。我的朋友亨利生来并不会仇恨他人，而是被后天教育所致。他被灌输了太多的仇恨，竟然认为杀戮完全合乎情理。宝贵的生命不该被锁在囚笼之中，然后被无情地杀害。这种命运不该降临到像我这样的无辜者身上，也不该降临到做了坏事的罪犯身上。生命是蒙上帝恩赐，也理应只能由上帝取走，或者其他人信仰的造物主。我的信仰是上帝，但是上帝从来没有授权给看守，或是典狱长、法官、亚拉巴马州、联邦政府，或是人民，去取走一个人的生命。

没人有那样的权利。

在死囚牢的每一天，我都担惊受怕的，但也能找到快乐的事情。我明白了害怕和快乐都是我的选择。每天凌晨，当我在3点钟睁开眼睛环顾牢房，看到冰冷的水泥墙、铁窗，看到一片凄凉和污秽时，我可以选择。我是选择害怕，还是选择热爱呢？是把它当成监狱，还是家呢？这样的选择并非总是易事。把这里当成家的时候，我可以跟看守一起开怀大笑，听狱友谈天说地，聊我们的案子、我们读的书、我们的见解、我们离开这人间地狱后会做什么。但有些日子，我一睁开眼睛，内心中只有恐惧，牢房的每个角落看起来就像黑白恐怖电影，一个变态杀手挥舞着斧头躲在暗处，随时会突然跳出来把我砍成碎片。在这样的日子里，我唯有重新闭上眼睛神游物外。

我必须跟哈莉·贝瑞离婚，因为我要娶桑德拉·布洛克[1]。看完电影《生死时速》，我认为有必要与桑德拉建立关系，以便哪天从死囚牢里逃出去的时候，她能当我的司机。哈莉不愿意分手，但我觉得还是分了好，跟桑德拉在一起比跟哈莉在一起更开心。桑德拉非常关心社会公正问题。我在牢房里的小电视上看了她演的《杀戮时刻》，这是改编自我看过的一本约翰·格里森姆的小说。我知道如果跟桑德拉成为朋友，她一定会为我两肋插刀的。桑德拉，去伸张正义吧！不要惧怕亚拉巴马州总检察长，也不要惧怕加勒特法官或者麦格雷戈。她一定会敢于挑战他们所有人，在想象中，她与布莱恩一道，代表我向全世界发声。桑德拉和我在离妈妈家不远的地方安了家，莱斯特跟我们住隔壁。我们聚在一起办户外烧烤派对。尽管知道的人不多，但桑德拉真的会唱歌。她唱得如此动听，鸟儿们都聚到了她身边，想跟着学几招。她唱起了我听过的最悲伤的歌曲——那歌声令人心碎。她总是这样看着我，只为我一个

1　桑德拉·布洛克为美国影视女演员，《生死时速》由她出演。

人歌唱。我们彼此相爱，真庆幸有一个好女人爱我，真庆幸有她在我的身边。

我没有孩子——跟哈莉和桑德拉都没生孩子，因为一想到可能会离开他们，我就受不了。有时我不得不离开桑德拉，离开妈妈，离开热爱的职业棒球事业，重新回到死囚牢里过上几天。我不想让孩子们经受这种离别。我知道离开妈妈的痛苦，我不愿意让任何人，特别是一个孩子，承受这种痛苦。

死囚牢里的犯人有的有孩子，他们心中的痛苦常常让人不忍面对。他们痛苦、悲叹，因为错过了当父母的一切。而且他们知道自己的孩子有多痛苦——没有哪个孩子愿意到处吹牛，说自己的爸爸被关在死囚牢里。也有被关进死囚牢的女人，就在车程几小时之外的塔特怀勒监狱。无法想象看守将女人绑到电椅上，特别是有孩子的女人。死囚牢里有一个叫乔治·西布利的犯人，他和妻子琳达都被关在死囚牢里。他们于1993年杀害了一名警察，当时九岁的儿子就在旁边。

琳达先于乔治被处死。一个男人被关在牢里，知道自己的妻子就在附近，要被人杀害了，而他束手无策、毫无办法，这会是什么样的痛苦啊！我跟乔治接触不多，但是知道他的故事。从他的嘴里，我认识了他的妻子。2002年5月10日，他们把她带到了霍尔曼监狱，押着她走过死囚牢。这是一个要被执行死刑的女人。她穿着跟我们一样的白色囚服，高昂着头，目视前方。我不知道她和乔治是否有机会看到彼此，他后来从没说起过那天的事。行刑时，我们敲击着牢门，高声呐喊。为了她，为了乔治，为了他们已经十八岁的儿子。他们把她的头发剃光，就像剃光男犯人的头发一样，然后在她头上套个袋子，让她在一片黑暗中被电死。我无法想象乔治心中的痛苦，仅仅想到自己如果是他，就让我痛苦得不能呼吸。妻子正在被人杀害，自己却根本无法阻止，他该多么无助与绝望啊！

我知道他一直希望自己先被行刑。

那些把他妻子绑在电椅上，之后又将尸体抬到轮床上运走的看守，几个小时后就会用同一双手给乔治递来早饭。他们会一边微笑一边问他今天怎么样，但绝对不敢再看他的眼睛。

他们怎么能这样呢？怎么能在执行了某人的死刑之后，还敢看着我们的眼睛呢？

因为只看一眼也会让我们发疯的。

琳达是最后一个被绑在电椅上处死的人。之后，监狱开始改建死刑室，换了一种杀死我们的方式。

这种方式叫作“注射死刑”。

他们计划用这种方法把我们这些剩下的人杀死。

我满怀信心走进规则32听证会。普海克斯在证人席上做证，承认佩恩并不是一位称职的专家。他告诉法庭，他没有足够的钱进行辩护或聘请一位合格的专家。之后三位新专家做证，指出没有证据可以证明子弹与我妈妈的那把枪匹配。

能在探视区之外见到莱斯特可真好，还有妈妈。她虚弱不堪，一脸病态，头发也掉了很多，有些地方都秃了。她看着我，微笑着，但那笑容是如此疲惫。我真想跑过去抱着她，但唯一能做的只是深吸一口气，宽慰自己能见到她就已经不错了。原来我们每周会通一次电话，但这段时间根本没怎么通话，因为她在电话中经常会糊涂到不知道在跟谁讲话。莱斯特的妈妈菲比坐在她的身边，她那温暖的微笑和鼓励的点头示意正是我需要的。普海克斯基本没有意识到我也在听证会现场。他与布莱恩在电话中谈过多次，但听证会前，布莱恩和一位辩护律师与他见面时，他看了一眼布莱恩，说道："我不知道你是深色皮肤。"

很明显，对普海克斯来说，布莱恩听起来很"白"——但也只是听起来而已。普海克斯看着老了很多。我的生命曾经掌握在他的手中，但他从来不珍视它。我那时太年轻，对法律一点儿也不了解，竟然相信他会为我据理力争，会真的在乎我无辜含冤，即便他知道我是无辜的。他没怎么正眼看过我，但就在为数不多的目光交流中，我看出他明白我是无辜的。让无辜之人受死，他夜里能睡得着吗？不知道他和麦格雷戈有没有谈到过我。可能没有。我只是一个黑人男子，不听安排、吵吵闹闹，就像无关痛痒的小伤小病，根本不值得担心。

麦格雷戈没有来听证会，但我不在乎。仇恨他的日子已经过去了。他对自己的所作所为心知肚明。重要的是，我不愿意再回到那种心中充满仇恨的生活。我宽恕了麦格雷戈，我也宽恕了其他人。他们只是一群悲惨的可耻之徒，我为他们的灵魂祈祷。

我是无辜的，三位弹道学专家的鉴定是无可置疑的。我闭上眼睛，想象着加勒特"梆"的一声敲了一下槌子，站起身来大声宣布："鉴于这三名独立特级弹道学专家的意见，我以正义之名在此宣布辛顿先生无罪，立即当庭释放！"

但这并没有发生。实际上，法官在证人做证时已经困得打哈欠了。

听证会上有三位检察长助理：霍茨、海登、迪森。他们都想尽办法阻挠听证会的召开，但还是开成了，这令他们很不开心。

"这次申请人希望在规则32中提出什么问题？"加勒特法官问道。他从来没有看过我，就好像我不存在一样。

布莱恩站了起来："法官大人，我们想提出关键证据，以达成我当事人无罪的诉求，以及当时对他的法律援助没有起到效果的诉求，即违反了布雷迪规则[1]。我们还有依据法律做出的诉求，法官大人，这方面我们认为不需要任何证据。我们在申诉书诉讼结论中指出了检察官的不当行为。在这个问题上，以往的庭审记录有明确记载。"

不知道麦格雷戈听到这番话会作何感想，普海克斯会告诉他吗？

"然而，有一些法律上的问题，"布莱恩接着说道，"我们认为新证据也能提供证明。例如，案件合并问题是依据法律提出的一个诉求，但并没有相关的事实证据。然而，如果证据证明涉案武器并不是这些犯罪行为中使用的武器，那么证据就改变了案件合并的法律基础。这也是关于子弹与武器的诉求被放在陈述前提条件部分的原因。但事实认定实际上是我们的第一诉求。"

加勒特法官对布莱恩的观点提出了异议。我们提交的证据是否与原有证据一致？或只是基于不同的观点？如果该证据已经被法庭参考过，则不能再次提交。布莱恩并没有被吓退。

"我们陈述的重点一是无罪诉求，二是关于无效法律支持的诉求，三是关于因扣留无罪证据而违反了正常程序的诉求。所有这些问题均可在规则32听证环节经由本法庭认定。"

布莱恩先得一分，我心里说。

布莱恩告诉加勒特他要呈上专家们的证据。令人惊讶的是，加勒特竟然装聋作哑。为了让法院和州政府见到这些新专家及其报告，他们努

1　布雷迪规则是美国最高法院在1963年布雷迪诉马里兰州案中确立的审前发现规则。规则要求，在刑事案件中，控方必须将所有可能使被告无罪的证据交给被告。

力了多少年啊！

“难道之前没有这两方面的证据——之前审讯中，双方专家没有提供这方面的证据吗？”加勒特得意扬扬地看着布莱恩。

“是这样的，法官大人，我想有两个问题：其一是我们认为州政府做法欠妥；其二是我们认为佩恩先生不具备开展庭上各位专家所做的检测的资格。”

“嗯，这个问题是没有意义的，因为这个问题在案件的审理过程中已经被提出来了。不是吗？”

我叹了口气。他们为什么就不愿意看看证据呢？

布莱恩提高了声调：“这个问题不是没有意义。我们提出的证据会证明州政府有过失。”

“在这方面，你们的专家提出的证词的性质是什么呢？”

布莱恩盯着加勒特看了好几秒钟，然后深吸了一口气。冲他开火，布莱恩，我心里想着。

“从根本上说，就是通过显微镜下对发现的子弹进行比较，并不能确定这些子弹是由同一个武器发射而出的。您一定记得，法官大人，单一武器是州政府在审讯中支持其观点的关键证据。本法庭认定辛顿先生有罪并判处他死刑，理由是相信这三起罪行中的子弹都来自同一个武器。我们认为这种看法显然是不准确的，证据将会证明这一点。其次——”

加勒特打断了他的话：“好吧，这不就是专家之间的分歧吗？一个专家和另一个专家意见不一致，这种分歧在我们审理案件时肯定存在。”

“不，法官大人，我不认为是意见分歧问题。”

“这些专家是能证明这一点的全宇宙里的终极专家吗？”

"是的，先生，我相信他们就是这样的专家。"

"那是不是我们之后可以再去找一些更被公认为是终极专家的专家？我们完全是在举办一场专家之间的对骂比赛。"

那一刻我明白了，即使真正的杀人凶手此刻拿着他杀人的照片走进法庭自首，法官也不会接受他手中的证据。总检察长会说："你的证据只是旧瓶装新酒，跟以前的没什么不同。"

"法官大人，我不认为您的论断适用于我们的案子。在过去的八年，我们一直在尽全力希望州政府能够重新审查这一证据。我们不相信法医科学系的任何人看到这些证据后会告诉您，这些子弹是用同一个武器发射的，或是用辛顿先生家里找到的武器发射的。没有人会这么做。庭上的专家们有机会这么做，但他们没有这么做。他们查看了1994年的检测数据，得出的结论是'不匹配'。

"这不是一场专家之间的争斗。我们欢迎任何州政府认可、法庭指定的专家查看这一证据并提出不同的意见。我们的三位专家来自不同地区，因为我们想让各位明确这绝不是一场专家之间的争斗。我们认为任何一个有专业能力、受过专业训练的专家现在看到这些证据都会得出同样的结论，即这些子弹并不是用同一个武器发射的，而且这些子弹并不是用从辛顿先生处找到的武器发射的。这就是我们的证据。"

总检察长助理霍茨反对布莱恩的意见，认为佩恩才是一位称职的专家，这令我着实感到惊讶。当年审讯时，他们用各种各样的名字称呼他，唯独没有"专家"。布莱恩据理力争，认为新的证据能够证明我的清白，因而可以被用于规则32诉讼中。

霍茨转身对法官说道："尽管史蒂文森先生试图使事实无罪诉求符合宪法，但美国最高法院不承认事实无罪诉求符合宪法，因而也不能据此提起人身保护令诉讼。”

我知道人身保护令诉讼是联邦上诉程序的一部分，如果我们在各级州立法院全部败诉，就得开始走这个程序了。我不愿意想这个。布莱恩告诉过我，联邦上诉程序基本没什么机会，很难获胜。

布莱恩清了一下嗓子：“我觉得有必要，法官大人，先真正搞清楚我们到底在说些什么。我知道本庭最不愿意听到下面的话，但是我们相信这个人是清白无辜的，他清白无辜，这也是为什么我们认为这一证据如此重要。而且此案并非普通的规则32案件，甚至也不是普通的死刑案件。

“如果刑事上诉法院听到亚拉巴马州法院宣称此证据理应在上诉时被排除、不采纳，我相信，刑事上诉法院只有可能产生一种结论，而这一结论绝不是州法院只是因为一时疏忽才将无辜之人处以极刑。我们相信这一证据是令人信服的。我们相信这一点，也相信本庭会认为该证据令人信服。我们相信州政府也一定会认为该证据令人信服。但我们同时也认为，提交该证据是我们应有的权利。”

加勒特法官沉默了一分钟，然后问道：“除了检测的人不同之外，这一证据与审讯时提交的证据有何不同呢？”

布莱恩解释道，很少有三位不同背景的专家经过各自独立的测试得出同样的结论，而几位专家面对证据得出同样结论、该结论又与审讯时提交的结论完全不同的情况，就少之又少了。他还指出，现在州政府方面并没有人愿意再出庭证明子弹与枪支相匹配，也没有人愿意声称他能得出与1985年一样的结论。

“我想说的是，”加勒特法官说，“佩恩先生一直是一位公认的，或者说当时是一位公认的专家，而且他当时在全州各地为各种民事和刑事案件出庭做证。”

“然而，法官大人，庭审时州政府对他的定义是：一个江湖骗子，一个对此类证据一无所知的人。他当时为此遭到了嘲笑。”

“噢，我在法庭上经常看到双方专家这样交流。”

“但是，法官大人，您很少见过这样的专家：他不懂法律、不会操作机器，而且从来没有资格做这种检测、处理这种案子。这就是不同之处。”

加勒特没有应声，于是布莱恩继续说下去。

“庭上诸位都是枪支与工具痕迹审查方面的专家或领导。狄龙先生一直是他所在FBI部门的主任，曾任美国枪支与工具痕迹审查员协会会长。他不仅是FBI的顾问，也是ATF的顾问，还在全国各地从事这方面的教育工作。

“伊曼纽尔先生和库珀先生通常只为检方工作。他们曾受聘于美国军方和田纳西州政府，与达拉斯县检察官也有长期合作。这几位专家已经测试、证明了超过两千宗案子。他们已经获得了二百多次的资格认证，是这一领域的权威。我们肯出钱去聘请经我们认定为全国最好的专家，是因为我们真的想向本庭证明这并非一场单纯的争论，而是关乎一个关键的事实证据，而本庭正是依据这一事实证据进行的定罪。”

这一切对加勒特来说应该已经足够了。我们有无懈可击的专家，这些专家一直强烈希望找到我有罪的证据。可是霍茨一直在为检方争辩，加勒特也在为州政府说话。但是布莱恩毫不退缩。我从来没看见过他这个样子。上帝最好的律师此刻正在给他们讲解法律问题，就像从来就没人讲过一样。真希望1985年时是布莱恩负责我的案子，那样我一定不会被打入死牢，可能都不会接受审判。对于州政府来说，维护正义是如此之随意，而承认真相却如此之难。这难道能叫公正吗？加勒特怎么能坐在那里说佩恩是位合格的专家？当年州政府冤枉好人时，他怎么能问心无愧呢？

布莱恩丝毫不退缩。

“我们想说的是，法官大人，州政府犯了一个错误。这是一个‘犯了错误’的案例。而州政府争论的问题是，这一切都已经太晚了。你们犯了一个错误，现在已经没法纠正它了。你们不关心谁是清白无辜的，也不关心我们提出了什么证据，你们根本不关心我们的诉求有多正当。反正都已经太晚了。你们准备将此案推进到执行死刑阶段。我想说的是，这一切都不是法律规定的，而只是一个昧着良心得出的结论。你们犯了一个错误，我们可以证明这一点。”

他们你来我往地争论到中午。州政府认为我们所有的诉求都不应该在此听证会上提出。他们只想让布莱恩闭嘴，让我赶紧进死刑室。布莱恩坚持不懈，最终加勒特允许举行听证会，我们也可以在听证会上提交所有的证据和证人。

布莱恩发现了一些希金斯、耶茨、麦格雷戈没有交给普海克斯的工作表单，上面标记了很多的问号以及缺失信息，表明他们对子弹上的痕迹并不清楚，这一点州政府并没有反驳。他们当然也没有再提从受害人处找到的子弹与我妈妈手枪中的测试子弹是否匹配一事。他们对上述问题都未反驳。他们认为没必要再次进行子弹和枪支测试。在他们看来，这一切都不应被允许，因为基于他们对上诉规则的模糊的解释，这一证据要么已经超过时限，要么不能算作是新证据。我认为能够证明自己是清白无辜的证据在任何时候都应该予以考虑。如果这样的证据都不考虑，我们成了什么？如果无辜之人被杀害时，因为那些能快点把他杀死的法律规定而无人关心此事，这个法律系统又成了什么？这就像是某种游戏，钟表在嘀嗒作响。证明自己无辜，开始！五、四、三、二、一，时间到，太慢了……砍了你的头！

听证会之后我又被带回霍尔曼监狱。布莱恩在法庭上的表现太棒了，但他像是在对着一堵毫无人情味的墙诉说。他们想让我去死，不管我有罪没罪。在听证会上被带走之前，我没有找到机会跟妈妈或莱斯特说几句话。妈妈闭着眼，头靠在莱斯特的肩膀上休息。她安然无恙，莱斯特会保证她的平安。我知道布莱恩会跟他们说些鼓舞人心的话，就像他一直跟我说的一样。此刻应该高兴才对，但是我心里没底。证据无懈可击，但这出戏的重要角色都是原班人马，正是他们把我判罪、送押开始了一切，不同的是，现在又有了一个觉得我一文不值，只是在浪费时间的助理检察长。我走回牢房，没有理会狱友们的问题。就连看守都想知道，而且他们也认为我可能会被无罪释放。然而，有些夜晚，注定只能一个人安静地祈祷。死囚牢里的人都知道，万事不能急。有很多个痛苦的白天，也有很多个痛苦的夜晚，如果有人不愿意交流，那就不要再去逼问他。活下去是件不容易的事，我们惺惺相惜，让彼此以自己的方式活下去。

一觉醒来，我意识到今天是读书俱乐部讨论的日子。想到此不禁悲从中来。现在的读书俱乐部对我而言，只是图书室里一把把空着的椅子，因为他们已经把俱乐部成员一个个地送上了电椅。先是希思，然后是霍斯利、亨利，之后是鲍德温，最后是维克多。俱乐部已荡然无存，一次又一次死刑之后，只剩下了空空的椅子。他们关闭了俱乐部，我们读过的那些书，以及一些新寄来的书，在牢房里轮流传阅。不再有图书室里的会议，但我们还是会谈书的事，用高声喊的方式交流。如果没读过这本书，就听别人说好了。如果读过，你就可以喊一喊自己的想法和观点。大家通常都把他们的问题抛给我，好像我是读书俱乐部的老师似的。我也不知道问题的答案，我是这样对狱友们说的：读书俱乐部里没有对或是错，只有你自己的想法、理解、信念以及观点。这对很多人来说是个新事物。给出自己真实的意见，让别人听到它、尊重它，是死囚牢里流行的一味新的济世良药。我们谈论有关心灵的问题、有关政治的问题、有关种族歧视和贫穷的问题、有关暴力的问题。如果已经发表过自己的观点，那么就把发言的机会让给其他人，让他们也可以就一些宏大的观点谈谈自己的想法。

"雷！你在听吗，雷？"杰米·迪尔在叫我。杰米之前是个瘾君子，本来要进护士学校上学，但在开学之前，他为了可卡因和几百块钱抢劫并杀害了一个人。他额头宽大，棕色的眼睛彼此离得很开，说话时总是不太自信的样子。杰米对吃特别感兴趣，每天都滔滔不绝地讲着爱吃的食物。秋葵、饼干、炸鸡……他真的能把你说疯。但杰米是个温柔体贴的人，这让人很难将他与用枪打爆人后脑勺的凶手联系起来。

"什么事，杰米？"我问。

"我想看那本《杀死一只知更鸟》。你有吗？"

"我有。"

"看守待会儿巡逻的时候，你能让他们给递过来吗？"

"能。"

"好的。约翰逊也想看，我们准备聊聊这本书。听说这本书非常好。我不知道那个白人男孩能不能看懂这样的书，不过我们可以听听他会说些什么。"

我听见几个人笑了起来。书就这样从一个牢房传到另一个牢房，之后忽然有一天，谁也没有定是哪一天，有人就会喊：“你们觉得那个女童子军怎么样？”于是讨论就开始了。

那个夏天炎热而漫长。我们一直在等待加勒特法官就我的规则32申请做出回复，但迟迟没有消息。我无法想象一个夏天的时间都不够他来做个决定。他是案件初审法官，对案子的前前后后最清楚。以前祈祷时，我总是盼着真相能浮出水面，现在则盼着真相能被世人听到。真相已然于那场听证会中被证明——我是无辜的，我被人陷害、被扔到死囚牢里。加勒特这次一定要把事情做对，一定要做让人敬佩的事情。我一定要离开这里。

8月，莱斯特来探视的那一天，是一年中最炎热的一天。即使在阴凉处，温度也有120华氏度，没有一丝风，我觉得我们会被热得融化成探视区院子里的一摊水。我尽量保持身上的探视囚服能干净清新，但汗出得太厉害了。我决定提前结束探视，让他和西娅赶紧回到有空调的车里。

“莱斯特，走之前还有一件事。”我说。

“什么事？需要什么东西吗？”我要什么莱斯特就会送来什么，有时比我想的还要早。他从不让我没钱花，日用品、电视机、收音机、备用袜子和内衣，应有尽有。

“我想要我的出生证明。”

“你的什么？”

“我离开这里时会用到出生证明，要不然没有任何能够证明我身份的东西。我得有这样的文件，能证明的只有出生证明了。”

莱斯特一下子愣在了那里。他低着头，半晌才明白过来，深吸了一口气。“你是得有那个，”他边说，边咧着大嘴开心地笑着，“我怎么能拿到你的出生证明呢？我可以寄给你，但是到哪儿找这东西呢？”

“你知道上帝无所不能，而且从不辜负他的子民，对吗？”

“对啊。”

“嗯，上帝就要把我从这个牢里释放了，不然他就是个骗子。”

“你怎么知道的？”

“‘凡你们祷告祈求的，无论是什么，只要信是得着的，就必得着。’《马可福音》第11章第24节。”我说。

莱斯特笑了。他知道这是我最喜欢的一节，我已经快说了一百万次了。“这句话是什么意思呢？”

“上帝不会辜负我们的，所以，这段说的一定是真的，我一定会重获自由，不然的话上帝就是个说谎的家伙，因为他辜负了我。”

“你这话说得让上帝都觉得无懈可击。”莱斯特笑了起来，“老兄，你真该去当律师。”

“也许我以后会呢。也许等我离开这儿，会去法学院上学，然后跟布莱恩一起努力，让这里关着的无辜的人都重新获得自由，让死刑永远被废除，也许真会这样。”我已经四十六岁了，我们都知道即使布莱恩能帮我离开这里，我也已经无法去法学院上学了，“不过也许会开家餐馆。你知道我做饭手艺不错的。”

“是不错。那你打算给餐馆起个什么名字？”

“铁窗生涯，要不就叫‘死囚牢烤肉店’。”我也笑了起来。

“这个名字听着就让人害怕，没人愿意吃死囚牢里烤的东西。”

“人们肯定愿意吃我烤的东西，不管在哪儿烤。这儿的看守都让我在他们的休息室帮他们做点好吃的，会做饭能让我走出牢房。等离开这儿了，我要好好设计一下菜单。”

“好吧。我到时候把你的出生证明拿过来。我去你姐姐那里问问。”

“干吗不问我妈呀？这个应该在她那儿。”

莱斯特的脸上闪过一丝愁容。一定是发生了什么我不想见到，甚至连想都不愿意想的事。

“好的，她们俩我都问问，一定能找到的。”

我看着莱斯特身后的西尔维亚，她此刻也在尽可能开心地笑着。“西娅你笑什么呢？”

“你真的要离开这儿了，雷，我们都特别开心！这真是心情舒畅、阳光明媚的一天。真的可以快要离开这儿了。我们把出生证明拿过来，然后你就可以跟我们一起回家给我们做点好吃的了！”

“到时候一定效劳。”我说。

狱警队队长来我牢房的那天是2002年9月22日。

“雷，我有事情要告诉你。”

他站在门口，我站起身，看着他，心跳得咚咚作响。不会是无罪释放的事情。我在死囚牢里见过太多的死亡，知道一个人面对死亡时的表情，此刻他的脸上就是这样的表情。他还没开口，我脑子里就响起哀号和痛哭声。

“你妈妈……雷，她今天过世了。我们刚知道的，我很难过。其他狱警和我都希望你节哀顺变。”

我说不出话。脑子里的哀号和痛哭是如此声嘶力竭，我只盼着他能赶快离开，好拿枕头捂住耳朵。我转过身，走了几步到床边，弯着腰，双手撑在床铺上，感觉自己下一秒就要晕过去了。他清了清嗓子，然后我听到他的脚步声离开了牢房。

我哭了出来，起初没什么声响，后来我的身体好像不听使唤了，开始剧烈抖动，抖得我的手都无法捂在脸上。也许我是癫痫发作了，发作就发作吧。胃里一阵翻滚，我跑到马桶边，觉得要吐了。我要妈妈。妈妈死了。这是个什么样的世界啊！在这个世界上我什么都不是，我跟谁都没有关系了。我是巴哈拉·辛顿的儿子，可巴哈拉·辛顿死了。我开始哭出声来，心中最沉重的痛苦化成一声声颤抖的哭喊，我哭得整个人都快被掏空了。她去世时我不在她身边，一想到这点我就不想再活在这个世上，我甚至都无法呼吸。我不在她身边，我在死囚牢里，她离开时我都没能陪在她身边。我永远不能再陪在她身边了，永远不能再对她说声我爱她。我永远不能跟她道别。

“他们什么时候让你回家啊，孩子？”

我仿佛听到了她的声音。

“快了，妈妈。我很快就要回家了。”

我对妈妈说了谎，我没能回家，没能很快就回家，到现在也没能回家。我对她说了谎，她走了，我都没有去照顾她。我一头趴在枕头上，眼泪哗哗地流着。枕头已经被打湿，我觉得自己的泪腺肯定破裂了。布莱恩，听证会，我是活还是死，从这儿出去……这一切，都已经无所谓了，因为我妈妈死了。她先我一步回家，而我也要回家，我要跟她在一起。我心如刀绞，就让我发作一场可怕的心脏病吧，那样就能一头摔在地上，立刻死掉，与妈妈团聚。

我很快就会回家，妈妈。我向你保证。

我不知道自己哭了多久。当我重新抬起头时，天已经亮了。牢里的人都已经知道了噩耗，大家给我递来咖啡、喊着安慰的话，我都不搭理。这一切我都已经无所谓。这是致命的打击，我无法假装妈妈还没有死，带着她在想象的世界中游历。桑德拉·布洛克根本不在身边，她又如何能安慰我！我是安东尼·雷·辛顿，一个被关在死囚牢里等死的犯人，一个清白无辜但无法说服任何人相信的死刑犯人。

我在床上躺了好几个小时，然后听到一个深沉的声音说道："这世上唯一一个相信你无辜的人已经走了。"

我点点头，这个声音继续说着。

"还努力什么呢？为什么不让他们处死你，不给他们这样的权力？现在活着已经没有意义了，让布莱恩·史蒂文森去救别人吧，再待在这里已经没有意义。他们永远不会放你出去的。你只是个又穷又傻的黑人，没人关心你是死是活。不管用什么方法，他们一定会杀了你的。"

这个声音一直在说，我静静地听着，直到它把我带到了最黑暗的地方，这地方比我在死囚牢里的头三年都要黑暗。那时候妈妈就像黑暗中闪烁的一抹光，但现在这抹光也没有了，只有无边的黑暗。死灰寂灭，所有的光都不复存在。没有希望，没有爱。我的生命已然终了，就像人人都有自己坚持的信念一样，我也在心中默默地想着自己的这一信念。我已经彻底被打败了，我的心中已了无牵挂。我不想再活在这个世上，我不配再活在这个世上，我没有勇气再活在这个世上。他们赢了，没关系，我准备走了。

我深深地吸了一口气。黑暗中我感到脸生疼，眼睛也肿了起来，像进了沙子。我只需要想个办法。撞头不行，我已经累得没那个力气了。割手腕也不行，没有锋利的东西。那就吊死吧。马上天就亮了。我用床单勒住脖子，开始想用什么办法能把自己在牢房里吊死。

"小伙子，我养大的孩子绝不会是个半途而废的人！"我听到了妈妈的声音，响亮而清晰，我不由得缩起了身体，因为我知道这种声调意味着马上就会有一记响亮的巴掌拍到我的头上。我在床上坐了起来。

“我养大的孩子绝不会是个半途而废的人，你绝不能半途而废。”

黑暗中我朝四下望望，牢房里空无一人。我不相信有鬼魂这回事，但我就是听到了妈妈的声音，清晰无比。

“你会从这里出去的，你一定要继续奋斗。”

“我太累了，妈妈。我想回到你的身边，”我喃喃自语，“我想让他们痛苦，就像他们让我们痛苦一样。他们想杀了我，我不想给他们这个机会。”

“人，生亦有时，死亦有时。我只是到了该死的时候，不要为这个难过，你知道我得了癌症。虽然你不想谈这个，但你是知道的。”

我又哭了起来。妈妈说得没错。

“可你离死亡还远着呢，儿子。还不是时候。你还有事情要做，你一定要向他们证明我的孩子不是杀人凶手。你一定要让他们明白这一点。你是一座灯塔，你是你自己的光。不要听那个愚蠢恶魔的教唆，不要放弃，不要在困难面前退缩。你的生命不应由你来结束，它属于上帝。你还有事情要做，要做很艰难的事情。如果你还想放弃，我会跟你唠叨一晚上，不够的话就再唠叨一天一夜，直到你明白自己是谁，我才会闭嘴。你生下来不是为了死在这个牢房里的。上帝对你自有安排，他对我们所有人都有安排，而我已经完成了自己的使命。”

听她说着这一切，我的哭声也小了许多。

“现在擦干眼泪，雷，然后站起来去帮助其他人。没时间自怨自艾，那个告诉你什么都无所谓的魔鬼的声音，你根本不用管它。所有这一切都有意义。你有意义，你是我的孩子，在这个世上你是我最珍视的人。跟你说完这些话，我就要去上帝那里向他诉说。他会听我的诉说，为此我要一直说，不会停下。他会让你离开这里的，不然我会把他唠叨死的，我肯定会的。”

“好的，妈妈，好的。”我轻声细语地回答她。

“不要让我失望，雷。妈妈告诉过你，要相信自己，即使全世界没一个人相信你。你相信自己吗？相信吗？”

我在黑暗中点着头。

“好的，那么，下次那个魔鬼再教唆你拿条床单绕在自己脖子上的时候，你就让他滚回他该待的地狱去。”

我轻轻地笑出了声：“好的，妈妈。”

“我要去向上帝诉说了，我们会一起助布莱恩·史蒂文森先生一臂之力。人，生亦有时，死亦有时，雷。”

“知道了，妈妈。”

“你的死期还没到，你也不能死在这个地方——绝不能。”

“知道了，妈妈。”

“这次我可不是说着玩的，雷。别让我回头又来跟你算账。”

然后我就睡着了，睡得特别沉，连个梦都没有。醒来时，早饭时间早就过了，已经快到午饭时间了。

我刚刚醒过来，各种礼物就源源不绝地递过来了。咖啡、巧克力、各种糖果、卡片、书，死囚牢正在举办着只有我们才明白的追悼会。

“她特别爱你，雷。我从来没看过哪个妈妈这么爱她的孩子。”

“你是她的骄傲。”

“愿她安息，雷。”

“我很难过，雷。”

“节哀顺变，雷。”

整整一天一夜，大家冲我喊着安慰的话。有人分担便不会那么痛苦。

然后我听到杰米·迪尔的声音。“雷！”他喊着，“你能帮我一下吗？”

我深吸一口气，定了定神。妈妈告诉过我，让我去帮助其他人。

“什么事？”

“那本书里说：‘这样的行径他们以前有过、今晚有过、以后还会有，而且当他们这么做时——似乎只有孩子才会哭泣。’这句话到底什么意思呢？”

我笑了，读书俱乐部又开始了。“这是阿提克斯在宣布判决后说的话，是吧？”

“是。”

“我觉得这是因为当无辜的人被判刑时，只有孩子会哭泣，而所有的成年人都只是接受这个事实。这种事以前是这样，今后也会发生。你觉得呢？”我问。

“我觉得你说得对，雷，你说得对。但是我想说的是，不能因为他们以前这么干过、今后还会这么干，你就不再努力奋斗了。对吗？我觉得这不是人们应该接受的东西。你说呢？”

“我觉得人们不该接受不公正。”我说。

“你知道我们该怎么办吗，雷？你知道我们必须做什么吗？”

“什么？”

“你必须去斗争。雷，你永远不能停止斗争。”

如果当时头再晕点，我真的会以为此刻妈妈化身为一个死囚牢里名叫杰米·迪尔的杀人犯，正在教育我。

第二十章

> 真的很糟糕，这件事这么久了还没有得到最终解决，我将为此承担部分责任。
>
> ——詹姆斯·加勒特法官，2002 年 1 月 28 日

异议

妈妈过世后，菲比，就是莱斯特的妈妈，来监狱探视我。她伸开双臂抱着我，我伏在她的肩膀上哭了起来。与亲人拥抱是不允许的，但看守们此时都扭过头去，装没看见。莱斯特也哽咽着，不停擦着眼泪，我妈妈也是他的妈妈，他已经照顾妈妈快二十年了。我失去了妈妈，莱斯特的妈妈失去了最好的朋友。

“我想让你知道，雷，”她边说边轻轻地拍着我的后背，就像我小时候一样，“我们这两个妈妈总会有一个在的，一直到最后。不管发生什么事，我们都会有一个人在这里陪着你。你明白吗？”

我边点头边吞咽流进嘴里的眼泪。我心存感激，还有他们在。如果没有他们，我怎么熬过这漫长的岁月？

“不管发生什么事。”她又说了一遍，最后一次亲了亲我的头顶。

两年后她也去世了，莱斯特和我一起痛哭流涕，然后又笑了起来，因为我们发现上帝现在真的碰到麻烦事了。天堂从此再无宁日，直到这两个女人的心愿达成，上帝重新还我自由。

我们没有收到加勒特的只言片语。布莱恩写了一封又一封的信，提

出一封又一封的诉书，但都石沉大海。一年之后，他知道只有公众的压力才有可能让州政府愿意把事情做对，于是他开始就我的故事与媒体接触。

2003年11月19日

亚拉巴马州阿特莫尔市霍尔曼3700号霍尔曼州立监狱

雷·辛顿，Z-468号犯人（收）

邮编：36503

亲爱的雷：

你怎么样？我希望你在那边还挺得住。我想说几件新近发生的事情。你应该已经知道了，加勒特法官于11月1日正式退休了。听说他准备自己保留一些案子，再把另外一些分给不同的法官。尽管没有收到明确的消息，但他应该是想留着你的案子。跟普赖尔争辩之后，我一直在敦促他去做他理应做的事情，但他表示，他们只会等待加勒特法官的裁决。虽然这令人失望，却在我的意料之中。

今天，我寄了一封信给地方首席检察官助理，这样就可以向媒体表明，我们为这些人提供了每一个去做正确事情的机会。我们的专家同样也在敦促州政府从法医科学部请来的那个人尽快履行职责。没有人愿意承担任何责任，因此我们只能在公开场合对他们施加更多的压力。

下周我会与一位《纽约时报》的记者会面商讨一篇相关

报道，还要与一家全国性杂志合作。《60分钟》节目组这周应该会与普赖尔联络。但我有点儿担心，因为他们一直在大谈特谈伊拉克战争，应该做点儿实事的时候，他们却经常支支吾吾、模棱两可。不管怎样，我周五会再跟他们沟通。

12月的第一周我会去看你，因为我们可能需要为下个月你和《纽约时报》记者以及杂志记者的采访提供便利，我也想在采访开始前跟你谈谈这件事。

近期，我这边的事情特别多，但我们正在平稳度过。盼望着与你见面，我的朋友。

诚挚的问候

布莱恩·A.史蒂文森

又过了九个月，我们还是没有收到规则32听证会的消息。布莱恩快急坏了，不知道像他这样负责着这么多生命的人，如何能承受这一切。我跟他说了好多遍，即便事情没有按照我们希望的那样发展，我也知道他已经尽力了。最后，他直接找到了问题的始作俑者。

2004年9月23日

亚拉巴马州伯明翰市朱尼尔大道理查德·阿灵顿北街801号

刑事司法中心207号杰斐逊县巡回法院

请书记员安妮-玛丽·亚当转交詹姆斯·加勒特法官

邮编：35203

加勒特法官：

此信旨在询问安东尼·雷·辛顿案件的状况。如您所知，辛顿先生目前仍羁押在亚拉巴马州监狱死囚牢房中，尽管我们掌握并提供了证明他无辜，以及与涉案犯罪行为毫无关联的证据。两年多之前，我们提交了证据，以支持对于辛顿先生事实无罪的诉求。我知道从那时起，您就退休了，这也是我写信询问案件目前状况的原因，同时也想知道您是否还在审查此案。我们于2004年2月23日再次提出了申请，要求法院做出准予宽免的判决，但书记员办公室未能向我们证实您是否收到了该申请以及我们随后的裁决请求。

很多死刑案件的审理都需要较长时间，这一点我理解，但我们对本案特别关注，因为我们相信相关证据已经清楚地证明了辛顿先生的清白无辜，并且他已经被错误地关押在亚拉巴马州监狱死囚牢中长达十九年。

如果您能将案件目前状况告知各方，或明示为解决此案已经做出了哪些其他重要安排（如果有的话），我将不胜感激。我很抱歉这封信打扰了您，但我真的相信辛顿先生是无辜的，这个案子中存在一个可怕的错误。

感谢您费心此事，并真诚地希望您一切顺利。

谨致敬意

布莱恩·A.史蒂文森

安东尼·雷·辛顿的法律顾问

抄送：詹姆士·霍茨，总检察长助理

乔恩·海登，总检察长助理

J.斯科特·瓦乌尔，审判长

时间还在不停地向前走，最终，在毫无消息两年半之后，加勒特法官终于宣布了一项判决。1月底的时候布莱恩寄了一封信给我，我把它大声地念给其他狱友听。有几个看守也站在过道听着。

2005年1月28日

亚拉巴马州阿特莫尔市霍尔曼3700号霍尔曼州立监狱

安东尼·雷·辛顿，Z-468号犯人（收）

邮编：36503

亲爱的雷：

我们看了加勒特的裁决，认为这是逐字逐句地复制了州政府提交的决议。事实是，他等了两年半，然后只是签署了2002年8月26日州政府提交的决议。加勒特在这么长的时间里，只是签署了州政府的决议。他告诉主审法官他将在12月底前给出案件审查情况，但很明显，他并没有做任何事情。虽然这并不令人惊讶，但这是腐败当道、滥用死刑的又一个活生生的例子。我们知道从他那里得不到多少宽慰，但他也没有必要无缘无故地又剥夺你两年半的生命。

加勒特的做法是将州政府的决议打印了出来，只改变了页边距，也许他认为这样更好看。但这份东西与州政府的决议只字不差。我还是随信附上了这份东西，尽管几年前我们给你寄了州政府的决议。你可能还记得，我们当时提交了一份冗长的答复，对州政府的决议提出了质疑。这份答复我也重新发一份给你，以防原来那份你已经没有了。

我们会提交一项动议，反对加勒特签署州决议的做法，只是为了将这一问题保留到上诉阶段。这项动议下周就会提交。不过，我们不会等待判决。一项动议十天未回复，会自动视为被否决，那时我们要提交上诉申请、准备上诉文件，并于2月底提交这些文件。

我们已经跟你家里人和莱斯特·贝利通过话，今天我会派工作人员去向专家们说明情况，我相信他们也同样气愤。周一下午我们见面聊。坚持住。

诚挚的问候

布莱恩

附：婕琳收到你寄的包裹了，她简直爱死了！谢谢你。

布莱恩怒气冲冲，但有时候，我早明白了州政府只会用撒谎、欺骗、偷窃和拖延的手段，来避免承认他们对我所犯的错误。证据并不重要。似乎没有什么是重要的。布莱恩向亚拉巴马州刑事上诉法庭提出上诉。听证会定下了日期，这次布莱恩的阵营里多了国际特赦组织、当地新闻和国家新闻机构的人员。

8月，他们杀了乔治·西布利。他的临终遗言是："参与杀我这件事的人，全都是有罪的杀人犯。”我敲打着铁门，为他的儿子祈祷。双亲都被执行了死刑，他该有多么痛苦与无助。这种痛苦与无助是任何一个人都承受不了的。

2005年11月，就在听证会召开之前——这个级别的上诉听证会是不允许犯人参加的——《伯明翰新闻》刊登了多篇文章。我接受了一个电话采访。他们就死刑问题做了系列报道，有支持的，也有反对的。布莱恩撰写了反对的文章，我把这篇文章读给死囚牢里其他狱友听，为有这样一位辩护律师，更为有这样一位朋友而骄傲。

《伯明翰新闻》

2005年11月7日，星期天

死亡之辩

反方

各州司法系统不具备判处死刑的能力

作者：布莱恩·史蒂文森

上周，我在霍尔曼监狱和一个被判死刑的人待了两个小时，他已经在亚拉巴马州的死囚牢里待了将近二十年。

安东尼·雷·辛顿是无辜的。他从未使用暴力犯罪。辛顿是个慷慨大方、体贴入微的人，为了保持乐观，他一直特别特别努力。他帮助狱警和囚犯，从不违反纪律，只要能攒够钱，他就会送给大家手工制作的礼物。

二十年来，他每时每刻都在努力让自己保持乐观、抱有希望。然而，短暂的交谈之后，你就会看到他内心中那深深的悲伤以及难以忍受的痛苦开始浮现。他觉得是自己含冤入狱而让深爱的妈妈过早抱憾离世。感受了三十多次死刑行刑令他饱受折磨，因为行刑室“就在走廊那头”。他被关在一间巴掌大的牢房里一年一年又一年。他总是哭，对他来说每天都是一场做不完的噩梦，一场美国才有的悲剧，而他只能努力承受这些痛苦和伤害。

辛顿并非因为在错误的地点、错误的时间做了错误的事情而被打入死牢。他实际上是在正确的地点，在与案发时间同一时间，在距离他被控开枪地点十五英里的密闭仓库里做着一名临时工做的工作。审讯前，辛顿通过了测谎仪测试，他用各种方式恳求警方相信他是无辜的。然而，他的生命、自由和权利却从未被任何人认真对待过。

辛顿被打入死牢是因为他穷。他是受害者，施暴的是亚拉巴马州资金严重不足、一贫如洗的辩护体系。法庭指派给他的律师，与七成那些至今还被关押在亚拉巴马州死囚牢里的死刑犯的律师一样，依据法律只有一千美元用来开展死刑案件审讯的准备工作。辛顿只能用五百美元去聘请一名专家来证明警方在他妈妈家里找到的枪不是涉案枪支。这么少的钱，他只能找到一位一只眼睛已经瞎了的、从来没使用过相关测试设备的所谓的“专家”。

如大多数死囚牢里的犯人一样，辛顿在未审讯前就已经被假定有罪。没有钱、没有权、没有人，他只是一个无名黑人，生命因一个对错误无限宽容、对富人和有罪之人比对穷人和无辜之人更友好的司法体系而岌岌可危。

辛顿并不是唯一一个被打入亚拉巴马死囚牢里的无辜者。1993年，该州最终承认被关押了六年之久的沃尔特·麦克米兰并未犯罪。加里·德林克德、路易斯·格里芬、兰德尔·帕吉特、韦斯利·奎克、詹姆斯·科克伦和查尔斯·布福德均最终被判无罪，他们之前都被误判有罪并判处死刑。自1975年以来，在亚拉巴马州已有34人被执行死刑，7人被无罪释放，相当于死囚牢的每五起死刑中就有一名无辜者。这是惊人的出错率。

亚拉巴马州在死刑判决方面最显著的特点就是错误。复审法院的结论是，亚拉巴马州有近150宗一级谋杀判决和死刑判决不合法且违反宪法，其中撤销裁决和执行裁决的比例为5：1。在各州认真检查自己的死刑制度并进行相应改革的今天，亚拉巴马州的官员们却不顾一切地呼吁要加快死刑的执行进程。

美国最高法院裁定，处决智障人士违反宪法，但亚拉巴马州立法机关却拒绝颁布相关法律。最高法院呼吁要更尊重陪审团的裁决，但亚拉巴马州却执意成为美国唯一一个允许当选的审判法官在不受任何限制、没有任何标准的情况下，可以推翻陪审团判处无期徒刑的裁决而改判死刑的州。自1990年以来，亚拉巴马州将近25%的死刑判决是在陪审团裁决终身监禁不得假释是适当的判决之后，由法官强制改判死刑的。

我担任亚拉巴马州死囚牢房在押人员的法律顾问已经近二十年。我知道他们并非人人都清白无辜。我还知道亚拉巴马州的死刑与一个人有罪或无罪无关。这方面安东尼·雷·辛顿有一肚子的悲惨故事可以讲给大家听。

亚拉巴马州的死刑判决是一句谎言，是一座彰显不平等、彰显一些生命重要而另一些不重要的变态纪念碑，是一个充满暴力的例证，证明如何保护和珍视富人、抛弃和贬低穷人。它是一道冷酷无情、令人不安的阴影，这阴影来自将我们中间不受欢迎的人进行种族隔离的陋习。它是官员们树立起来的一种标志，这标志意味着他们只顾提高自己严厉打击犯罪的口碑，意味着他们在转移我们对暴力事件起因的关注点。死刑判决中毫无仁慈、救赎可言，只要你珍视生命、认为每个人都比自己最恶劣的行为更可贵，那么死刑判决就是你的敌人。

面对如此多的恐怖、愤怒和暴力，死刑有着显而易见的震慑力量。暴力犯罪中的受害者，都有着痛苦而真实的遭遇。

然而，那么多的无辜者被含冤打入死牢，那么多的定罪和判决不符合法律，以及那么多穷人和少数族裔遭受的不平等待遇，已经使死刑不再只是一个关乎某些人是否罪有应得、罪该万死的问题。而亚拉巴马州的死刑判决，更让我们一窥州政府不健全、不准确、有偏见，而且错误百出的司法体系，也让我们对州政府是否有能力判处死刑产生了疑问。

人命关天，我们不能再等了，我们必须认识到州政府没有能力判处死刑。[1]

---

1 布莱恩·史蒂文森，《死亡之辩：反方》，刊载于《伯明翰新闻》，2005年11月7日。——作者注

我一遍又一遍地读着这篇文章。这篇文章的旁边是一篇与它观点相反的文章——一篇赞成死刑的文章——作者是总检察长特洛伊·金。他的基本观点就是要以眼还眼、以牙还牙，这我懂。从小到大，教堂布道时讲的都是这个观点。正义要求一命偿一命，报仇雪恨，行凶者不应该活在世上，而受害者也别无选择。死囚牢里的人自作自受，正义不能被滥用于保护罪犯的权利。但州司法系统判定不出谁有罪。我不傻，我知道绑架与谋杀、囚禁与处决在道德层面是不同的，不能对等，即使两种犯罪行为均以判处死刑告终，但死亡从未能够阻止死亡。而且我们无法确定一个人是否有罪，除了让他自己承认。我们可以坚信死刑判决呈现出的真理，而仍然在盼望着有一天死刑能被废除，因为人很容易犯错，司法系统也很容易犯错。

除非我们有办法确保无辜的人永远不会被处死，除非我们在法院、监狱和审判中认识到存在的种族歧视，否则，死刑应该被废除。可以让特洛伊·金无辜被判死刑，在牢里被关个十几二十年，然后看看那时候他会写些什么。将人处死的做法毫无人道，不管是什么人。不管是什么样的法律，都不会允许任何人有权处死无辜之人。赞成方的一句话打动了我："我们要确保死刑永远不会造成无辜者含冤死去。"这句话里充满了讽刺意味。如果他真的是这样想的，为什么不愿意客观审查证明我无罪的证据？布莱恩的文章字字珠玑、掷地有声，连看守都在大声朗读其中的片段。我不知道在上诉法院发生了什么，但清清楚楚地知道，上帝最好的律师还在为我奋斗。

听证会当天，另一篇文章也发表了，里面引用了我和麦格雷戈的话。二十年过去了，他还在因为我在法庭上敢盯着他看而气得发疯。他还威胁说，如果我被释放了的话，他会"站在法庭大门外，拿着一把0.38口径的枪，而这枪绝不会是把锈住的老古董”。我希望他说的话有助于向上诉法庭证明我的清白。二十年过去了，他还在说而且被记录在案，不管用什么方法他都要把我搞定。口头辩论之后，布莱恩看起来有望获胜。

2005年11月30日

亚拉巴马州阿特莫尔市霍尔曼3700号霍尔曼州立监狱

安东尼·雷·辛顿，Z-468号犯人（收）

邮编：36503

亲爱的雷：

你还好吗，我的朋友？上周，在口头辩论之后，州政府在你的案子中又提出了另一项诉求。令人惊讶的是，他们现在竟然想要讨论案子中的证据，而之前的那么多年里，他们一直说任何证据都是法律禁止和违反法律的。不管怎样，他们提出了一项动议，以补充他们的案情综述，因为我在口头辩论环节强调了枪支方面的证据完全可以令你免罪的事实，我想他们这是在为此担心呢。我随信附上他们提交的动议。我们昨天就该动议提交了回复意见，也随信附上。

他们现在感到有必要着手研究这些问题的法律依据，我认为这是个好事。人们在《伯明翰新闻》相关报道发表之后寄去的那些信，也都反映不错。等我们把这些信收集完毕，会马上寄一份复印件给你。

我真的很希望刚过去的这个感恩节是你在死囚牢里过的最后一个。跟亚拉巴马州司法系统打交道不能太乐观，但你应该能很快就出狱。

我在努力让这一切都在圣诞节前结束。法院上周对一些较早的案件做出了一系列判决，所以我们这阵子一直很忙。希望你过得还好。万事顺遂，我的朋友。

诚挚的问候

布莱恩·史蒂文森

在等待刑事上诉法院的判决期间，我努力让自己不要抱太大的希望。每天我都尽量让自己忙个不停，也很感激看守让我在他们的休息室待上很长的时间。我给他们做好吃的，还帮他们出各种主意：从理财到婚姻，什么事他们都问我。这就颇有些讽刺意味了，因为他们这个“顾问”可是个在牢里关了二十多年、与外界断绝联系的人啊！我还帮着给牢里的狱友送饭。这时候我都会跟他们打个招呼，看看他们，确保他们没有走向我们都曾失足踏入的生活中黑暗的一面。

我在帮助他人，这是妈妈希望的，这让我能把每一天过好，直到莱斯特来看我。

2006年6月底，有人通知我给布莱恩打个电话。他告诉我亚拉巴马州刑事上诉法院驳回了上诉。我们现在准备向亚拉巴马州最高法院提起上诉。我走回牢房，把这事告诉狱友们，杰米最受打击。报纸上的那些文章让人们看到了我的清白无辜，这比我这么多年来一个人喊冤要生动鲜活得多。我的自由此时已成为死囚牢里每个人都想为之奋斗的事业。

没有人怀疑我的清白，布莱恩的文章登报之后，我跟他们说从这里出去后，我要誓死为废除死刑而奋斗。无论是在大学、教堂、全美国还是全世界，我都会向人们讲述我的梦想。我要像布莱恩那样去发声，要把我的事情讲出来，让它今后不会再发生在其他人身上。

但首先我必须重获自由。

我们现在要去另一个法庭了，早在1989年时我就曾向这个法庭提起过上诉。案子就这样在州法院之间像皮球一样被踢来踢去。巡回法院、上诉法院、最高法院，然后再来一遍。一遍又一遍。但我毫不气馁，反而欣喜若狂，因为亚拉巴马州刑事上诉法院的判决是3：2。尽管判决结果不利，但这是第一次有两位法官相信我是无辜的。

能有不同的意见是件多么美好的事情!

这是我拥有的最美好的事情。

第二十一章

想要判断一个社会的文明程度，你可以去它的监狱看看。

——费奥多尔·陀思妥耶夫斯基

他们周四处死你

我们向亚拉巴马州最高法院提出上诉，然而在佩恩是否为合格专家一事有定论之前，他们拒绝就上诉做出裁决。因此只好又回到刑事上诉法院，之后又回到杰斐逊县法院。加勒特法官已经彻底退休了，也终于不再攥着我的案子不放了。我满心希望新的巡回法院法官——劳拉·佩特罗会更愿意受理。2009年3月，佩特罗法官终于做出了裁决。

2009年3月11日

亚拉巴马州阿特莫尔市霍尔曼3700号霍尔曼州立监狱

安东尼·雷·辛顿，Z-468号犯人（收）

邮编：36503

亲爱的雷：

唉，很不幸，佩特罗法官没有帮我们。她写了一份非常离奇的决议，只是在阐述她所理解的加勒特法官对于佩恩的看法。她的结论是，她认为加勒特法官认为佩恩是有专业能力的。在后面的上诉中会将此解释为：佩特罗不想只有她一个人认为佩恩具备专业能力。真让人失望。给我打个电话，我下个星期都在，如果你想聊聊，我们可以谈谈接下来的计划。因为这个决议太离奇了，但总比像法庭一样直接裁决佩恩有专业能力强。不管如何，我说过有好消息才会给你写信，所以想把这个消息赶紧写下来寄给你。我们电话上聊。

坚持住。

诚挚的问候

布莱恩·史蒂文森

坚持住已经越来越难。杰米·迪尔的行刑日期已经定了下来，就在一个月之后。当初我们还期待着我过完死囚牢里的最后一个感恩节就可以回家了，然而自从那时开始，我已经目睹了三十七个人被执行死刑。在那之前，2009年，有两个人被执行死刑。自从加勒特驳回规则32的申请之后，我已经目睹了十个人被执行死刑。牢里的气氛很沉重，不再有读书俱乐部的讨论，我们都只是在努力活下去。新来的年轻犯人怒气冲天、情绪激动，前所未见。他们没有兴趣讨论文学。而行刑日期确定后，看守和死囚犯之间的关系只会更紧张。尽管没有了打开发电机的环节，但他们仍然在演练行刑。

“我们根本不想把你处死，雷，”有个看守以前老跟我这样说，“只是这是我的工作。”

“可你是自己报名的，老兄，你是自愿加入死刑行刑队的。我知道，你知道，大家都知道。”

“这只是我的工作。”

我知道如果行刑日期定下来，他一样会把我处死。看守们也知道。这是不可改变的事实。我有时会想象，如果他们敢于反抗命令，如果他们都拒绝执行死刑会是什么样子。他们怎么能在带我们看病、给我们饭吃、向我们表达同情之后，再把我们领向死亡呢？说不清，理还乱。这些看守也是我们的家人。我们都在这个黑暗、潮湿、狭窄的角落里，演着一出变态的话剧。在剧里，我们一周有六天的时间在一起开怀大笑，但是周四，是他们杀我们的日子。

我的案子又回到了刑事上诉法庭，他们又把它驳回给佩特罗法官，因为，正如布莱恩所说，她并未就佩恩是不是合格专家做出裁决，只是阐述了她所理解的加勒特在1986年时的裁决。2010年9月，她裁定佩恩是专家，因为他“对枪支鉴定的知识超出了普通证人”。这就像法院说我有资格做心脏外科医生，因为我曾经做过心电图一样。我们又回到上诉法院，上诉法院维持了下级法院的判决，然后又把我们踢给亚拉巴马州最高法院。最高法院把我的案子又打回原处，认为法院判定佩恩是合格专家时采用的标准有误。

这足以让人晕头转向。

布莱恩从未放弃过，我看得出一路走来他有多么艰难。他把整个世界都扛在自己肩上，有几次来看我时，我从他的眼中看到了沉重的担子和压力。我的案子不是他负责的唯一的案子，而且他跟我一样，都已不再年轻。我身心俱疲，不再祈祷真相大白。真相已然众所周知。亚拉巴马州政府知道我是无辜的，但他们永远不会承认。1986年他们不承认，2002年他们不承认，2005年他们不承认，即使到了2013年他们还是不会承认。

布莱恩有事跟我说时，会按照事先安排好的做法，让人给监狱捎个信。由于有人施压，案件的判决最终只能在当地新闻上播。下午2点左右法庭做出裁决。新闻在5点播出。布莱恩不想让我先从新闻里知道情况。

我收到口信打电话给他，尽量别抱太大的期望。

“他们否决了，雷，我很抱歉。”

我把听筒移开。我曾经如此确信奇迹会发生，因为有两名法官已经站在我这一边，所有这一切都将水落石出。其实我根本不可能离开这里。我会被绑在那个轮床上，被灌进一杯毒酒，它先是麻痹我，让我想叫却叫不出来，之后从身体里面一点一点、痛苦地把我杀死。我会像流浪的疯狗一样被安乐死。我的生命也就值这点待遇了——也许还比不上疯狗。疯狗死的时候可能会觉得自己终于摆脱了痛苦，很开心。但我会舍不得此生，我会想念布莱恩。我知道每当他帮助的那些死囚犯行刑时，他总是会来送别。我也一样。死亡在心灵上刻下的伤疤无法用言语描述，也无法描述每一次死亡是怎样一点点杀死你的身体、一点点磨灭你的灵魂、一点点带走你的智慧、一点点撕扯掉你的心。只这一点点，就足以摧毁一个人的智慧、心灵以及灵魂。

我擦掉眼泪，深吸一口气，重又把电话放在耳边。布莱恩还在说：“也许我做得不够。我应该——”

我为电话那一端的人深感痛苦，于是打断了他。

“史蒂文森先生，我是雷·辛顿的助理，他请我告诉你现在快回家。今天是周五。他嘱咐你去吃顿像样的晚餐、小酌一杯、看场电影……去做些开心的事情，他说周末你就该把雷·辛顿的事全抛在脑后。”

“雷——”布莱恩想要打断我。

“我是雷·辛顿的助理，他请我转告你，如果他们这个周末让他出去放风，他会打打篮球放松一下，暂时不去想这些法律上的事情。他说你也应该这样做，他会在周一第一时间给你去电。”

布莱恩轻声笑了。

“雷还说他准许你好好享受整个周末。晒晒太阳，到树林里散散步，忘了雷·辛顿的案子，因他自己也打算先把这个放在一边。”

“那就请你转告他，我谢谢他。”我能听出布莱恩的口气终于轻松了些。

“他周一给你去电时你可以亲自向他道谢。”

我挂了电话，走回牢房。什么样的律师会需要犯人再三劝说才愿意去享受周末时光呢？布莱恩始终把我的事放在心上，令我感动得无以言表。我知道他在竭尽所能拯救我的生命。他理应有一个不再有负担的周末。我想让他高昂着头走向阳光，短暂地忘掉这个黑暗的地方，忘掉法庭上的那些失望。

此刻我的牢房里漆黑一片，比4月平常的下午5点更黑暗。我这辈子还能有自由自在、高昂着头走向阳光的时候吗？这一切努力与奋斗是否就快要走到尽头？

周一上午9点整，我打通了布莱恩办公室的电话。

“雷，你今早怎么样？”他问道。

“我很好，布莱恩。你周末过得怎么样？”

“周末棒极了，雷，真的是个特别棒的周末。”听得出来这是真的。我没有什么能帮上布莱恩的，所以十分欣慰能让他有个轻松的周末。但是周末已然结束。

“嗯，现在是上午9点……我跟你说过我会打电话的，好吧，现在该回来忙我的案子了！”

布莱恩笑了起来：“我准备去看你，有些事情想跟你当面说说。”

“你想出接下来怎么办了？”

“是的，雷，我想出主意了。”

“好的，一旦他们允许，我们就见面。”

我们互致再见，真开心，布莱恩没有打算放弃。如果他不放弃，我也一定不会放弃。

莱斯特来探视时，我把这个消息告诉了他。西尔维亚没有一起来。她上次来探视时跟一位女看守闹了些不愉快，因此暂时不能来死囚牢房探视了。听说这件事后我很生气，我会找看守谈一谈。他们怎么欺负我都行，但欺负我亲爱的家人或是不让他们来探视坚决不行。

莱斯特带来了出生证明，我们谈了谈如果被释放，我出去后住在哪里的问题。妈妈的房子已经空了十年，需要好好修缮才能住，我离开那幢房子也已经有二十七年了。用不了多久，我在死囚牢房里待的时间就会比作为一个自由人生活的时间长了。我们对于未来的想象已经苍白无力。我们都老了。我看着他，刹那间，在死囚牢里度过的所有时光在我眼前一一闪现——如果没有他，这些日子将如何度过！自从1985年我被抓进来，他一次探视都没缺席。已经是2013年了，世界变了，但是莱斯特的友谊却从未改变。想到这里，我的眼泪已经开始在眼眶里打转了。

“怎么了？”

“你还记得我们一起走路回家，跳进水沟躲起来的时候吗？”我问。

“记得啊。”

“我们当时到底怕什么呢？”

莱斯特没有应声，只是看着我，眼里是从未见过的悲伤。

“我越来越累了，”我说，“法庭驳回了我的上诉，我应该已经没什么赢的机会了。他们根本不在意什么新证据，也根本不着急处理这个案子，最后的结果要么是他们来通知我行刑日期，要么是像踢皮球一样把案子从一个法庭踢到另一个法庭，直到我在牢里老死。这么多年了，我第一次觉得自己可能真的无法走出这里了。我真的没有信心了。”

“你不能停止奋斗。”

“为什么呢？我为什么不能停下来呢？”我不是在说着玩，我真的是太累了，“我已经度过了多么充实的一生。”

莱斯特鼻子里哼了一声，他根本不认同我说的话。

“莱斯特，我在温布尔顿赢了五次，在洋基队当过三垒手，而且连续十年在全垒打榜上领先。我到过世界各个地方，还跟最美丽的女子结了婚。我爱过、笑过，我失去过上帝又重新找到了上帝，我终日思考为什么我会为自己没做过的事情而被打入死牢遭受惩罚。有时我觉得根本就没有原因——生活就是这样，这就是我的命。我把监牢当成了自己的家，把暴力成性的人当成家人。你知道我明白了什么道理吗？我们都是一样的人。我们都犯过错，我们同时也都清白无辜。放弃奋斗确实很遗憾，但是当一个人执拗地想去做一件事时，他会发疯的。也许放弃才是我要做的事，也许我命中注定就要在这5×7英尺宽的房间里了此余生，这样我才能周游世界。如果不住进死囚牢房，我又怎么能赢得了温布尔顿公开赛呢？你明白我说的吗，莱斯特？你明白吗？”

莱斯特清了清嗓子：“我记得咱俩一起回家，跳进水沟里的时候，我记得你当时还说过，真是奇怪，人竟然能对这种事习以为常。你记得吗？”

我摇摇头。我不记得自己说过这种话。

“是的，你说过。你知道我们当时为什么那么害怕吗？你知道为什么吗，雷？”

“不知道。为什么？”

“我们害怕是因为看不到路上冲过来的是什么，所以我们躲进水沟里。我们没有面对它，我们躲了起来。”

我点点头。

“我们现在不再是孩子了，雷，我们不需要再害怕了。我们不会再躲进水沟里，不管发生什么，我们都要勇敢地面对，我们不仅要面对，如果必须搏斗的话，我们还会去跟它搏斗，我们不会对它习以为常。你绝不是生来注定要死在死囚牢里的，这一点千真万确。”

莱斯特从来都不爱多说话，但这次他真的是把心里话说出来了。

“好的。”我说。

“我们现在也是走在回家的路上，雷，我们现在就是一起走在回家的路上。”

我走进探视区，布莱恩正在等我，表情相当严肃。不只是严肃，他看上去从来没有像现在这样意志坚决。我们的上诉被驳回了多少次，又有多少次他在电话中不得不告诉我他们做出了不利的裁决，所以有时我们干脆就不谈案子了，只是坐在一起开怀大笑，虽然没什么特别好笑的，但几乎在每件事情里我们都能找到笑点。有时我们俩就像两个女中学生，笑得根本停不下来，即使“老师”已经在训斥我们，有时像要失控了。尽管我还被关在死囚牢里，但我们俩已经笑得前俯后仰了，能笑成那样真的很好，它让我们心态年轻、神志清醒。

我走过去，布莱恩脸上露出了笑容："你怎么样，我的朋友？"

"我一切都好。"

"我说，我有个主意。你一定要好好考虑我接下来说的一切，不要急于下结论。我们有几个战略性决定要定下来。之前说过，我们下一步要做的是向联邦法院递交人身保护令申请书。在这一步上我们可以做的事情很有限。时间限制很严，可以提的、有关你的联邦权利被侵犯了的问题也很有限。联邦人身保护令不会给我们太多机会去证明你的清白，雷，他们不受理无罪诉求。我们只能就工作表和无效法律援助提出原证据不予理会的诉求。如果在美国地方法院败诉了，我们会向美国第11巡回上诉法院提起诉讼。州政府将提交相关案情综述。这个类似于规则32，但诉讼重点不能过多。州政府到时会争辩，说联邦法院必须服从州法院法官在联邦人身保护令中的裁决。你明白我的意思吗？"

我点点头，示意他继续说下去。

"我们只有最后一个可以为你的清白争辩的机会，那就是直接向美国最高法院提起上诉。我们在联邦人身保护令中不能提出无罪诉求，只能就你的联邦权利如何被侵犯了提出诉求。最高法院不会只针对无罪诉求进行裁决，但我们可以调整上诉的行文，促使他们在这方面也要进行裁决，让你的清白在裁决中起到至关重要的作用，雷，这也是最后一次法庭会关注你是否清白无辜。"

我又点点头。我的清白至关重要，永远如此。

"但是，还有，如果他们驳回了上诉，那么之后就不会再有地方能受理你的无罪诉求了。如果现在不向最高法院提起上诉，在联邦人身保护令所有程序走完时，我们还是能有机会提起无罪诉求，但联邦人身保护令整个程序要走好几年。这些你也要知道，也要做好准备。这样做的话，到最高法院审查时，它只会就我们在联邦人身保护令中提到的有限的问题进行审查。我的意思是，他们不会再关注你是否清白无辜，他们考虑的问题非常狭窄，减刑的机会也会大大减少。”

“在联邦人身保护令中，我还会在各个法院之间被踢来踢去吗？只不过这次是联邦各级法院了？”

“差不多。你知道州里的态度，到了联邦法院的层面，也不会有什么改观。如果说有什么不同，那就是在联邦人身保护令中反对我们的人可能会更多。我的意思是，我们之后还可以向最高法院申请复查，但整个起诉过程要很多年，而且前例很少，两条路走起来都不会很容易……还有件事，雷，如果我们把你的案子提交给最高法院，然后输了，事情的发展就会快起来。我们在联邦人身保护令中会很难获胜，阻止他们对你行刑也将更加艰难——”

我打断了他的话：“你身上有钱吗？我想到售货机那儿买点东西，我想买杯喝的。”

“没问题，雷，没问题。”布莱恩递给我几个硬币，我买了瓶可乐。

我重新坐好，打开可乐：“一个人做重要决定时，手里得有杯喝的。”

“雷——”

我挥了挥手，示意他别说话，然后喝了一大口可乐。平生头一次，我希望自己手里能有杯烈酒。我从来都没喝过烈酒，不过我想象着手中这杯可乐已经兑了很多的威士忌。

“布莱恩，我是清白的。我希望法庭能够承认我是清白的。我希望世界能知道我是清白的。我不想要终身监禁不得假释。我想从这里走出去。我想余生可以是一个自由的人。否则，我宁愿死。如果证明不了我的清白，我宁愿死。”

“那你决定怎么办呢，雷？可能还需要八到九个月去上诉，而且不能保证——”

“我想现在就向最高法院上诉，布莱恩，我想让他们知道我是清白的。我想让他们现在就听我的案子，这样可以把所有想说的都说给他们听。我不想再浪费十年在各个法庭之间被踢来踢去。我觉得自己等不了十年了。我觉得自己不可能七十岁了还能像个斗士。”

我们俩都默不作声。我环顾四周，看着探视区。好几个十年过去了，我在这里接受过多少次探视，在那个自动售货机上买了多少个酸橙派啊！我越来越尊敬、热爱这个坐在我面前的人。他也已经疲惫不堪，为我，也为跟我一样的其他人。我和他必须赢。

是我们扬眉吐气的时候了。

如果赢不了，我就过好自己的星期四。我会吃好最后一顿饭，会谢谢莱斯特这个世上最好的朋友，会告诉布莱恩·史蒂文森他无法挽救每个人的生命，我知道他已经竭尽全力。我在这个5×7英尺见方的牢房里过了充足的一生，我很欣慰。

求上帝怜悯他们的灵魂，但我知道我最后的话会是什么。

我清白无辜。

第二十二章

所有人的公正

> 由于没有什么问题值得调审，所以最高法院应驳回对此事的复审。
>
> ——亚拉巴马州总检察长路德·斯特兰奇
>
> 致美国最高法院，2013 年 11 月

一生中总有一些时刻你挥之不去。对大多数人来说，是结婚、第一次做父母。对另一些人来说，是找到第一份工作、遇到梦中情人。又或许只是被人认可，或是终于鼓起勇气完成自己一直害怕的事情。

布莱恩向美国最高法院提出上诉的六个月期间，我一直在想令我挥之不去的时刻是哪些——我只想那些美好的时刻。我不愿意再记起那些痛苦的时刻：妈妈离世，我被抓、被定罪，还有眼睁睁看着从我面前走过，走向死刑行刑室的五十四个人。我知道他们所有人的名字。7月，就在安德鲁·拉基——一个在死囚牢里关了五年的白人——被带到死刑室时，我在心里默念这些名字。有人睡不着觉会数羊，我则数那些死了的人。韦恩、迈克尔、贺拉斯、赫伯特、亚瑟、华莱士、拉里、尼尔、威利、瓦那尔、爱德华、比利、沃尔特、亨利、史蒂文、鲍德温、维克多、大卫、弗雷迪、罗伯特、柏奈尔、琳达、安东尼、迈克尔、加里、汤米、J.B.、大卫、马里奥、杰里、乔治、约翰、拉里、亚伦、达雷尔、路德、詹姆士、丹尼、吉米、威利、杰克、麦克斯、托马斯、约翰、迈克尔、霍利、菲利普、勒罗伊、威廉、杰森、埃迪、德里克、克

里斯托弗。我不想把安德鲁的名字也加上，还不到时候，还有最后一丝希望。在安德鲁之前被执行死刑的那个人，在牢里待了四年。像安德鲁一样，克里斯托弗也不愿意上诉。他们都很年轻，但脑子都不好使，比常人反应慢。我拿不准他们是不是知道自己的处境、是不是知道选择不上诉意味着什么。真让人伤心，我觉得自己比实际的五十七岁老得多了。克里斯托弗和安德鲁被行刑前，我狠命敲打铁门上的栏杆，好让他们知道自己并不孤单。已经有多少次了啊，我用这些声响来陪伴死囚犯面对死亡。

我试着只想那些美好的时刻，那些还没有被抓的日子：温暖的夏天夜晚，我跟莱斯特还有其他男生一起在普拉科打棒球。我们无忧无虑，根本没有意识到世界有多危险。普拉科的家温馨安全，就连发生在伯明翰的那些爆炸和抗议也似乎离得很远。要是永远都住在那里该多好！如果我们一直住在普拉科，我一直在矿上干活儿，生活会是什么样的呢？生活中那些重要的时刻又会是什么呢？如果当初我娶了心爱的西尔维亚会怎么样呢？我现在肯定已经当上爸爸了，甚至都当上爷爷了。我错过了多少棒球比赛啊！还有那些在树林中的散步！一个人一生中能错过多少的日出和日落呢？错过了还能叫生活吗？在黑暗中生活了太长的时间，我已经无法想象自由自在地走在阳光下是什么感觉了。我想着逗女孩子开心是什么感觉，当她伸出手来碰碰我的胳膊是什么感觉。我还记得怀抱着她、与她四目相对时的美好。我这辈子还有机会与女子亲吻吗？即使我被释放，又有谁愿意亲吻一个从死囚牢房里放出来的人？我努力让自己想着跟妈妈一起钓鱼的日子，还有跟她一起坐在教堂里祈祷的日子。我还记得她做的那些美食，每吃一口都能感到的浓浓爱意。

进了死囚牢之后，很难再有美好的时光。在探视的时候跟莱斯特和西尔维亚一起开怀大笑，讲些牢里的故事，把他们逗笑，让他们相信死囚牢里的生活没有看起来的那么糟糕。跟布莱恩一起坐着聊我的案子，还有橄榄球，让他开怀大笑，让他眼中的焦灼短暂消失半小时。帮助其他人度过死囚牢里漫长漆黑的夜晚。夜晚中只有我们此起彼伏呼喊彼此的声音。我们打发时间的方式都不一样。我的方式是在想象中畅游世界。在想象中，我的生活完整而充实，所以不怎么为生活中失去的东西而痛苦。有些人对一切沉默，有些人则时时刻刻都在发怒。有些人向上帝祈祷，有些人的内心则越来越黑暗，无人能够承受。我努力想着在牢里那些能让妈妈为我自豪的时刻，那些轻松快乐的时刻。正是这些回忆让我一直在坚持。案子已经快到尽头了。这个我知道。倒计时的时钟已经在嘀嗒作响，直到我已没有时间——到那时我就会知道自己的死刑执行日期，到那时我必须学会得知自己死期之后还能活下去的本事。我不想知道那个日期，更愿意那一天突然到来，而不是在整整三十或六十天里，眼睁睁地看着他们在我面前练习如何杀死我。

不去盼望有个不一样的人生是很难的，但我还是努力让自己不去想那些不能实现的事情。如果当初没有把车开走会怎么样呢？如果当初不在布鲁诺上班会怎么样呢？如果不是生在一个穷人家里会怎么样呢？如果布莱恩一开始就是我的律师会怎么样呢？我还在为自己的自由而战，但内心已经默默接受了那看起来不可避免的结果。他们永远不会承认自己错把好人打入了死牢。我永远也不可能离开这里了。

布莱恩于2013年10月向美国最高法院提交了我们的复审令申请，州政府在11月提交了回应。一周后，我们提交了对他们的回应所做的回应。死囚牢房里没有新年庆祝，2014年来得就像安静的夜里进来了一个小偷。真的，我们又能庆祝什么呢——是庆祝自己又活了一年，还是离死亡又近了一年？

自由的人是怎么庆祝新年的？

我不知道，也不记得了。

快到2月底时，有人传信让我给布莱恩打个电话。过去的十五年里我打过多少这样的电话？有多少是好消息呢？

电话接通了，布莱恩听起来上气不接下气，而且特别激动。我压抑着燃起的希望，但是能感觉到心脏开始越跳越快。

“雷，我只有一点时间，但我要告诉你——”

“告诉我什么，布莱恩？是不是金・卡戴珊[1]打电话找我？”最近我决定要跟桑德拉离婚，然后跟卡戴珊结婚，每天晚上我都在演着这出大戏。

布莱恩笑了起来。

“不是的，雷，美国最高法院进行了裁定。”

我倒吸了一口气。我本来希望他们能同意复审的，能有机会让我们进行口头申诉。我知道如果布莱恩有机会站在他们面前，他一定能化腐朽为神奇。尽管可能性很小，但我还是想象着这一切：布莱恩在最高法院的法官面前为我的清白辩护，甚至可能是在奥巴马面前。我们有了一位黑人总统，以前没人想过会有黑人总统。

“雷，是全体一致通过的决议。他们对你的案子进行了裁决。他们没有说会复查你的案子，他们直接复查并进行了裁决。来，让我给你读点东西。”

1　金・卡戴珊为美国娱乐界名人，是一位服装设计师、演员、企业家。

"你说的这些是什么意思，布莱恩？"我问。我不明白他在说些什么。

"你听着：亚拉巴马州死囚牢房囚犯安东尼·雷·辛顿要求我们就亚拉巴马州法院是否正确地将斯特里克兰案例法[1]适用于他的案件做出裁决。我们得出的结论是，州法院没有这样做，并认为辛顿受审时辩护律师的辩护行为与宪法对照存在缺陷。我们撤销了下级法院的判决，并发回重审此案，以重新考虑律师的过失是否具有损害被告人利益的性质。"

我一声不发，想确保自己真的听懂了布莱恩的话。

布莱恩继续念着："复审令的申请，以及辛顿提出的要求，在接下来的法律程序中离开死囚牢房并以贫民的身份免付诉讼费的动议均获准，亚拉巴马州刑事上诉法院的判决被撤销，案件有待进一步审理，此意见必须执行。特此裁决。"

"特此裁决？"

"雷，就是这样裁决的。美国最高法院就是这样裁决的。他们没有批准复审，他们直接进行了裁决，对你有利的裁决！他们推翻了上诉法院的裁决，雷，这是个全体一致的决定！"

我扔了听筒，一屁股坐在地上，像个孩子似的哭了起来。九位最高法院的法官甚至连斯卡利亚法官[2]都相信我。谁还能跟他们争辩？亚拉巴马州政府有这个本事吗？

---

1 指1984年联邦最高法院在斯特里克兰诉华盛顿州案件中，对无效辩护的"双重检验标准"做出的权威解释，即，第一，律师的辩护行为存在缺陷；第二，律师的缺陷行为对被告人的辩护带来损害和不利。根据该标准，被告人认为有效辩护的权利受到侵害时，有权提起上诉以推翻原判决。

2 斯卡利亚法官（1986—2016）是美国法学家，有名的保守派，曾任美国最高法院大法官。

过了好一会儿，我才重新把电话拿起来放到耳边。我不知道布莱恩是不是还在电话的另一端。

“布莱恩？”

“在呢，雷。”

“你能帮我给莱斯特打个电话吗？”

“好的，雷，接下来我们还有工作要做，我们还要重新回到州法院，但这是一次胜利，雷，一次了不起的胜利。他们不得不重新审理你的案子。”

“我什么时候打点行李走人呢？”

“现在还不行，但希望很快就可以了。还需要点时间，你还要坚持住，但希望很快就可以了，我的朋友，希望很快就可以了。”

我回到牢房，并没有把这个消息告诉其他人。这条路还没有走到尽头，但这是过去的二十九年里，我第一次看到黑漆漆的隧道尽头透出了一丝光亮。美国最高法院告诉上诉法院他们犯了一个错误，我不知道上诉法院接下来会怎么做。由于普海克斯当时没有申请到更多经费去聘请更好的专家，导致我被误判。佩恩是个糟糕的专家，普海克斯没有尽力。美国最高法院站在了我这一边。

真是狗屎一样的剧情。

刑事上诉法庭把我又打回巡回法庭——又回到佩特罗法官手里——以便法庭能够就两件事情进行裁决：一是如果普海克斯有足够聘请专家的费用，他是否会这么做；二是这位更好的专家是否会对我的罪行得出合理的怀疑。两个问题的答案都是肯定的。2014年9月24日，巡回法庭认定我的利益因普海克斯的行为而受损，他的辩护属无效辩护，我的规则32申请获准。12月底，我的案子在杰斐逊县重新审理。我要回到这一切开始的地方。那一晚，我在牢房里一夜都没合眼，独自迎接着新年的到来——已经是2015年了。这是三十年来我在死囚牢房里第一次庆祝新年。我还未获自由，但我的案子会被重新审判，布莱恩·史蒂文森是我的辩护律师，三位全美国顶尖的弹道学专家是我的证人。1月，法官传令霍尔曼监狱将我押回杰斐逊县，准备2月18日上午9点参加听证会。

我终于要离开死囚牢房了。

不是坐在轮床上，不是被装进裹尸袋里。

我把电视机、网球鞋都送了人，还有那些从食堂里买来的食物、书和衣服。这一层的死牢里充满了欢乐。看守来押我离开，我冲这层一共二十八个狱友大声说道：

“下面请大家听我说几句话，可以吗？”

口哨声和叫喊声响成一片。

“我想告诉大家我要走了，我要离开这儿了。为了这一刻，我等了三十年。你们可能要等三十一年，也许是三十二年、三十三年、三十五年，但你们一定要坚持住，心里一定要有希望。有了希望，一切才能实现。”

狱友们开始沸腾起来。他们没有敲打铁门，有人行刑时才会那样做。他们制造着各种快乐的声音：掌声、笑声、加油声，此起彼伏。“辛——顿！辛——顿！辛——顿！”

我瞬间回到了高中的时光，想起了球场上错以为观众在呼叫我的名字。生活真是个疯狂而奇怪的混合体，有悲凉与忧伤，更有胜利和喜悦。

我高昂着头，手里拿着自己的出生证明，走出了死囚牢房。

终于自由了。

终于自由了。

感谢万能的主，我终于自由了。

上车前，我最后看了一眼这个地方。三十年前，我走进了这所囚笼，此刻看着那些锋利的铁丝网以及无比干燥、尘土飞扬的院子，我知道自己再也不想回来了。我还不能回家，但我已经离家又近了一步。

第二十三章

阳光依然灿烂

年复一年你们威胁要杀死他们，这不可能不给他们造成伤害，不可能不让他们精神受创，不可能不让他们彻底支离破碎。

——布莱恩·史蒂文森

那天我与布莱恩的一位律师同事见面聊了些事情，之后跟他告别。结果他忽然跑回了这间专供法律事务会面的房间：“雷，雷，你得给布莱恩打个电话。快点。”

我正等着看守把我押回去，心想不知道这次又有什么消息。我已经回到县监狱两个月了，一直在等待新的审判。日期还没定下来。我们有过几次听证会，但审判延后了，因为地方检察官找不到涉案的枪和子弹，指责布莱恩，说是他偷的。这真是难以置信。布莱恩·史蒂文森可能会去窃取我案件中最重要的证据吗？！我们不得不从2002年加勒特法官的听证会上提取相关记录，以证明这些记录在经过我方专家的检验后，已经被认可为证据。后来，书记员在法庭外的一个储藏室里发现了一个盒子，里面有一个袋子，袋子里装着涉案枪支和子弹。之后我们一直在等待检察官进行新的弹道学测试。莱斯特担心他们又要陷害我，又要把我送回死囚牢，但我没有太担心，因为我对布莱恩有信心，对真相有信心。

我回到牢房，直接走到有一排电话的墙那里，拨通了布莱恩的电话。一个年轻的小伙子走到我旁边。

“是什么事啊，老头儿？”

我指了指电话，冲这个孩子摇了摇头。大家都说他是个黑帮头头儿。他们在我眼里只是些小混混——都是些自封的黑帮头头儿，根本不知道自己在干什么。我真想跟他们每个人促膝长谈，让他们看到如果选错了路的话，会有怎样的未来。生命是宝贵的，自由是宝贵的。他们每个人都有潜力获得更好的生活，无论因何陷入囚牢之中。我不想一辈子待在死囚牢，我想让他们明白那是什么滋味。他们都叫我老头儿，因为我的头发和胡子全都花白了。上次我被关在县监狱时还只有二十九岁，比这些孩子大不了多少。

我听布莱恩接了电话。

“你好，史蒂文森先生！”我大声地对他说，“听说你找我，好吧，请说吧。”

这么大着嗓门问好时，那些小家伙都看着我，我也冲他们笑着。

“雷！”我能听出布莱恩声音里的激动，“你怎么样？”

“我不错。我刚才正跟本说着案子的事。他告诉我，耶茨说他这次跟三十年前得出的结论不一样。真无法相信，布莱恩。耶茨改变了对于子弹的意见。他是个诚实的人。这真是个奇迹。”

“雷，我必须得告诉你一件事。是的，耶茨的事真的很了不起，但还有一件事。”

“什么事？”

“是这样的，雷，我现在在纽约城，在一家旅馆里。你知道，我正在几个大学里做演讲。我开车来的路上，接到佩特罗法官的电话。”

“然后呢？”

“雷，我当时必须得让司机把车开到路边停下。她告诉我地区检察官今天以电子方式提交了一份文件。他们没有向外界透露一个字，只用电子方式提交了这份文件。”

“什么文件？”我问他。

“雷，你可以回家了！他们撤销了对你的所有指控。你可以回家了，我的朋友，你终于可以回家了！”

我蹲下来，向后靠着墙，闭上了眼睛，说不出话来。我的脑子一片空白，甚至无法呼吸。

家。

我已经太久没有听过这样的字眼了。

家，我可以回家了。

“老头儿！老头儿！你没事吧？”我睁开眼，那个小混混站在我旁边，一脸的关心。

我冲他微微地笑了笑，点点头。

“布莱恩，这不是愚人节玩笑吧，不是吧？你不会跟我开这样的玩笑的，你不会的吧？今天是4月1日，这可真的不好笑。”

布莱恩哈哈大笑着。

“不是开玩笑，雷，法官想在周一释放你，但我跟她说必须是周五。周五早上你就会被释放，我会去接你的，雷。我不知道怎么赶过去，但我周五上午9：30一定会到你那里的，你和我一定会一起走出那座监狱，雷，你就要自由了。”

我笑了起来：“周五见，布莱恩，你得给我带点儿能穿的衣服，我不能光着走出监狱啊！”

“我们会带衣服过去的。”

之后几分钟，我们谁也没说话。我有太多想说的话，竟不知如何开口。我怎么感谢这个人呢？他坚定地站在我身边，站了十五年。他为此做的努力，远不止十五年。我被押去了死牢，而布莱恩·史蒂文森把我从死牢里带回了家。我无言以表，他的大恩大德我也无以为报。

“愿上帝保佑你。”我说。

“谢谢你，雷。”他听起来已经哽咽了，我也一样。我们互致再见，我挂了电话，坐在地上，在这群黑帮小头头儿面前像个孩子似的哭了起来。

我要回家了。

周五早上，布莱恩来了，带了一套漂亮的黑西装，还有一条颜色跟亚拉巴马的天空一样蔚蓝的领带。我换下囚服，换上新衣服，走了出来，布莱恩就站在那里。

“我看起来怎么样？”我问。

“真不错，雷，你看起来真不错。”布莱恩也穿着西装，打着领带。

“我们看起来都棒极了。莱斯特来了吗？”

“来了，他在外面等你呢，然后带你离开这里，去他的家。我们会给你几天在家休息的时间，之后我想请你去一下EJI，一堆同事都等着想见你呢。”

我冲布莱恩点点头。我又兴奋又紧张，还有一点手足无措。多少年来，我一直在盼着这一天，真不敢相信，我终于可以按照自己的意愿走出牢门。

“雷，外面有很多人，有很多摄像机和记者。你的案子是个重大新闻，我相信你已经在媒体上看到了。他们希望你说几句。你想说什么就说什么，如果什么都不想说，那就不说。”

我心里涌上一阵恐慌，然后想到了还在死囚牢里的狱友。他们一定也在看电视上的新闻，关注着我被释放的这一时刻。我不知道自己会说些什么，但到时我一定会说些什么的。

“你准备好了？”

“我准备好了。”

我在监狱需要的文件上签完名，向双层玻璃门走去。透过玻璃门能看到外面的人群，还有那些摄像机。我伸出手去扶住门，回头看着布莱恩。

“准备好了？”他低声地说。

“三十年前我就准备好了。”我深吸了一口气，走出门外，布莱恩就在我身后。

人群向我们围过来。我的姐姐们，我的侄女们。我看见莱斯特和西娅了。我跟他们一个个拥抱。姐姐们边哭边感谢上帝，摄像机不停地对着我咔嚓、咔嚓、咔嚓地拍。我伸出手去抱住莱斯特的肩膀。他穿着一件特别漂亮的西装。

我们就这样哭着、拥抱着，大约过了十分钟，一切才慢慢平静下来。大家都安静了下来，等着我说点什么。我环顾四周，注视着每一张面孔。我是自由之人了。没人可以再命令我做或不做什么了。

我自由了。

自由。

我闭上眼睛，抬头向天，为妈妈祈祷着。感谢上帝。然后我睁开眼睛，看着面前的镜头。这么多年来我面对的只有无尽的黑暗，黑暗的白天还有黑暗的夜晚，但是现在它们都已经烟消云散。我曾经住在一个太阳照不到的地方，但今后我不会再住到这样的地方了，再也不会了。

“阳光依然灿烂。”我说，看着莱斯特和布莱恩——这两个用他们各自的方式拯救了我生命的人。“阳光依然灿烂。”我又说了一遍。

然后眼中的泪水就落了下来。

我坐上莱斯特的车，系好安全带。三十年了，这是我第一次坐在车的前排座位上。

“车不错。”我说。

“又老又破，跟咱俩一样。”莱斯特笑着说，“咱们去哪儿？”

“我想去墓地，想去看看妈妈的墓。”他启动车子，向大路开去。西娅搭朋友的车回去，让莱斯特和我有些独处的时间。

“二百英尺后向右转弯。”

我吓得从座位上差点儿蹦起来。说话的是个女人，我嗖地转过头去查看着后排座位。没有人。我又查看了再往后的第三排座位，也没看到人。这个女的在哪儿呢？

“右转弯。”她的声音又响了起来。

“她在哪儿？”我小声问莱斯特。

“谁在哪儿？”

“车上那个白人女子，给你指路的那个。”

莱斯特茫然地看了我一秒钟，然后开始笑了起来。他就那样一直笑了有两英里，才能开口说话：“那是GPS，是汽车的导航系统。车上没藏着白人女子，雷，我向你保证。”

看来我要学的新东西可真不少。

看着墓碑上刻着的妈妈的名字，我的心又一次疼痛起来。

“我回家了，妈妈。我跟你说我要回家的。你的孩子回家了。”

莱斯特静静地站在身边，这已经是今天我第三次哭了。在外面站着有种奇怪的感觉。没有看守，没有围栏，我有种从来没有过的奇怪的焦虑感。莱斯特一定是感觉到了我的不自在，他把手放在我的肩膀上，用力地捏了捏。在回家的路上我们又停了一次，这次是到一家餐馆吃自助餐。真不敢相信有这么多食物。我把盘子盛得满满的：烤肉、饼干、脆炸秋葵、香蕉布丁。等甜茶时，莱斯特从我前面走过去结账了。他停下来递给收银员一张卡片，她又把卡片还给了他。然后莱斯特竟然不管我了，径直走向了一张桌子。

我愣在那里。

我没钱，也没看到莱斯特给那位收银员钱。我一下子慌了，还好莱斯特正四下里张望找我呢。他看见我了，我就那样瞪着他，收银员则瞪着我。他走回来低声问：“出什么事了，雷？”

“我……我……我没钱给她。”我也低声说。

“我已经给过钱了，雷，别担心。”

我能感到自己心跳得很快。莱斯特根本没给她钱，我一直都看着呢。我不知道他这是想干吗。

“莱斯特，我没看见你给她钱。我一直都看着呢。我可不想因为偷了秋葵而又被抓回牢里！”

“我用借记卡付的账，雷，不是现金。这样是可以的。我们俩的都付完了，你别担心。”

我跟着莱斯特走到桌子那里，坐了下来，有很多人在看我。周三，即将被释放的消息正式宣布，然后我就上了各种新闻。我希望人们是因为这个才看我的。我有三十年没用叉子了，现在用起来笨拙得要命，还要故作轻松。如果人们看我是因为觉得我是个侥幸逃脱制裁的杀人犯怎么办呢？如果他们真的认为是我干的怎么办呢？如果他们对我说三道四怎么办呢？我该说什么呢？我又开始恐慌起来。

“雷，”莱斯特静静地说，“没事的，雷，所有这一切都没有关系。我们吃完东西就回家。今天晚上你可以在真正的床上好好睡一觉。所有这一切都没有关系。”

我点点头。我想离开这里。这里太古怪了，有这么多人，我的背还冲着他们，这让我很紧张。我飞快地吃着。好在最后终于到了莱斯特家，看见西娅我真开心。她冲我微笑着，我心中的恐慌一下子就没影了。

我自由了。我真的自由了。

“欢迎回家，雷，欢迎回家。”她张开双臂拥抱我，这一天还没过完，而我又要开始哭了。

我们一直笑啊，说啊，到凌晨2点才睡觉。大家一起看了《晚间新闻》，谈论我穿着新西装有多帅气。我们终于互道晚安，我睡在客房里，躺在我这辈子躺过的最柔软的床上。

我知道死囚牢里此时就快吃早饭了。我能听到看守上下楼梯的声音，餐盘碰撞时叮叮当当的声音。犯人们互相喊着早上好。空气中充满了汗臭和污秽的气味。我还能看到、听到、闻到这一切。

对我来说，这一切比我枕着的柔软的枕头、盖着的香香的毯子更熟悉。周围是这么怪异，我又开始焦虑不安。我的呼吸沉重而急促。我这是怎么了？我不知道是不是该叫醒莱斯特，让他带我去医院。难道最终会是这个结果？在终于重获自由的这一天，我心脏病发作了？我试着让自己的呼吸平稳下来，但无济于事。眼前的墙忽近忽远，房间里天旋地转。我受不了了，于是从床上起来跑进了洗手间。我把门锁上，坐在地上，头抵在两膝间。

一下子，我的心脏就不再跳得那么快了，呼吸也缓了下来。我抬头看了看四周。洗手间跟我的牢房大小几乎一样。我在地上躺了下来，头枕在浴缸前的垫子上。

今天我就在这里睡了。

因为这里感觉像家。

第二十四章

敲击铁栏

种族、贫穷、法律援助不够以及检察官对无辜的漠视共同造就了一个教科书式的不公正的例子。我想不出还有什么能比在安东尼·雷·辛顿身上发生的事更迫切地突显出改革的必要性。

——布莱恩·史蒂文森

这里的海水是我见过的最鲜亮的蓝绿色。海滩上全是柔软的白沙子，光脚踩上去就像踩在柔软的枕头上。莱斯特在逗一只狐猴，我则在跟乔治·克鲁尼[1]一起打篮球。我正在跟乔治·克鲁尼打篮球，而且赢了。

真是美好的一天。

以前我也有过这样美好的日子，那时还被关在死囚牢里，但我在自己想象的世界中四处游历。现在我是真的在跟乔治·克鲁尼打篮球，莱斯特也是真的在逗一只狐猴。之后，我们还会衣服也不脱就跳进理查德·布兰森[2]的游泳池，这可是我三十年来第一次进游泳池。我会忘了这世上还有一种叫手机的东西，而且还会忘了把它从衣兜里拿出来再一头扎进水池中。

有时我会恍惚觉得眼前的一切都是想象出来的，我实际上还是被关

1 乔治·克鲁尼是美国著名演员、导演、编剧。

2 理查德·布兰森，维珍（Virgin）品牌的创始人，是英国最具有传奇色彩的亿万富翁，获封爵士。

在牢房里——我已经与现实社会完全脱节。我告诉大家我是唯一一个在NBA、MLB、NFL[1]中都获评“最有价值球员”的人。他们看着我，然后有人把大家都想说的说出来：“你在牢里的时候脑子一定不正常，是吗？”

获释后的整整一年里，只要对方愿意听，我逢人就给他讲我的故事。我被邀请去内克尔岛——这是理查德·布兰森的私人岛屿——把自己的故事讲给众多名人和正在致力于废除死刑的人听。谁请我我都会去，教堂、大学、小型集会、私人岛屿。大家对我都特别好奇——那个从死囚牢里活着出来的人——我同时也在向公众发声。我为至今仍旧被关押在死囚牢里的人发声。“我相信正义，”我对人们说，“我不反对惩罚，但我不认可残暴，不认可无用的惩罚。”

在离伯明翰不远的一个教堂里，我刚演讲完，一个人举手问对于与我有相同命运的人，我有什么建议。“祈祷，”我说，“如果祈祷不管用，你就打电话给布莱恩·史蒂文森。”每次我这么说，大家都会哈哈大笑。我讲到自己跟哈莉、桑德拉还有金结婚时，他们也哈哈大笑。大笑有助于放松，这样就可以去聆听别人要讲的事情。死囚牢里是这样，死囚牢外也是这样。

莱斯特在距离我妈妈房子二百码的地方买了一幢房子。我把妈妈的房子修好——这并非易事，因为已经空了十多年了——现在我一个人住在妈妈的房子里。我把她最爱的露台修好了，还像被抓那天一样去修剪草坪。人们问我怎么还能在亚拉巴马州待得下去。我为什么不走呢？因

1 NBA为“美国职业篮球联赛”，MLB为“美国职业棒球大联盟”，NFL为“美国职业橄榄球联盟”。

为亚拉巴马是我的家，我爱亚拉巴马——我爱那些炎炎的夏日，那些暴风雪肆虐的冬天。我爱空气的清香，还有树林的翠绿。对我来说，亚拉巴马就是上帝的国度，过去是，现在是，将来也是。我爱亚拉巴马，但不爱亚拉巴马州政府。获释以来，没有一个检察官、州检察长或任何与定罪有关的人向我道歉。我觉得他们永远也不会道歉。

但我已经原谅了他们。在莱斯特家的头几周，我总觉得周围的事物陌生而奇怪，也无法理解这个世界。后来我做了一个决定，原谅他们。我选择时刻提防心中任何的愤怒或仇恨。它们耗费了我三十年的时间。如果我不能原谅、不能感知快乐的话，就意味着我要将余生也拱手让给它们。

我的余生属于我自己。

亚拉巴马州政府已经浪费了我三十年的生命。

这已经够了。

适应死牢之外的生活并不是件易事，那些电脑、互联网、Skype网络电话、手机、短信、电子邮件什么的，我都不懂。在牢房的这些日子里，技术有了飞跃发展，我已经很难再赶得上。尽管努力想要改变，我的身体和头脑仍旧沿袭着死囚牢里的日常安排。我凌晨3点起床吃早饭，上午10点吃午饭，晚饭是下午2点。睡觉时只睡在那张大床上的一个角落里。适应新的日程是相当艰难的事，但我会尽力。

自由有时是件相当搞笑的事。我已经重获自由，但从某种意义上来说，我至今还被关在死囚牢里。我知道哪一天他们晚饭会吃鱼，知道探视是哪一天，知道什么时候犯人可以在院子里放风。每天，我的思绪都回到死囚牢里，而且我意识到，比起现在自由的日子，那些在死囚牢里的日子更让我神往。

第一次感觉到雨水打在脸上时，我哭了。我三十年没有感受过雨水的滋味了。现在只要一下雨，我就会像个疯子似的冲进雨里。原来雨水这么美丽迷人，而我直到失去它时才知道。每天早晨我都要出去走一走，有时三英里，有时四五英里，只要想，我就会信步游荡，直到走不动了。我喜欢散步，因为我有散步的自由。这也是我之前从未感受到的一种美好。

其实我一直背负着伤疤，这只有莱斯特和布莱恩能够看到。我记录每天的生活，收集各种票据，故意从监控摄像头前面走过去。一个人在家时，我会过一会儿就给朋友打个电话，告诉对方我在干什么，否则心里就会很不踏实。我总是给别人打电话，跟他们道晚安。这并不是因为我感觉孤独，或是害怕孤独。很多时候，我其实更喜欢独自一人。

我这是在为自己的每一天营造一个不在犯罪现场的证据。

因为我时刻都在担心，怕这一切又会发生。

除了莱斯特和布莱恩，我不信任任何人。

每个星期都有那么几天，我会去蒙哥马利，跟布莱恩还有他在公正司法倡议委员会的同事们一起工作。我跟布莱恩或是他的同事一起到全美各地去演讲，讲我自己的故事。我已经六十岁了，但永远不会退休。退休对我来说太奢侈了，而且即使能退休，我也不想退。我从哪里退休呢？三十岁、四十岁、五十岁时，我都在退休。现在我要重新工作和生活了。每天清晨醒来，我心怀感激，因为自己还活着，因为自己是自由的。我要为还在死囚牢里的狱友发声。我要为正义发声。我要为监狱里所有那些破碎的心灵发声。

我盼望着结束死刑。

我盼望着发生在我身上的悲剧再也不会发生在其他人身上。

我盼望着给莱斯特买辆凯雷德[1]，这么多年来他开着那辆旧车跑了多远的路来看我啊——三十年来他从未错过任何一次探视时间。

我盼望着见见桑德拉·布洛克。

这世上有太多还想做的事情，我祈求上帝让我还有时间去一一完成。每天晚上，我都对着妈妈的照片，跟她说说话，告诉她我回家了。我打点着这个家，每天都觉得妈妈还依然在家里。

每天晚上，我都在她喜欢的露台那里坐坐。如果那晚是霍尔曼监狱行刑的日子，我就会用手掌使劲地拍打木质的露台，嘴里念叨着我已经说了五十四次的话："坚持住。不要放弃。昂起头。我们就在这里。你并不孤单。一切都会好的。"五十四次了，我还是不知道应该说些什么。

现在也不知道。

在我的生活中，亲人朋友毫无条件地给予了我无限的爱。但在死囚牢里，并非如此。妈妈给予了无限的爱，莱斯特也是，我们之间的友谊无比珍贵，每次有人邀请我去演讲，比如去内克尔岛或者伦敦，我都会让莱斯特一起去。我也只能为他做这么多了。有时，我们会四目相视，想起这一切疯狂的事情，然后一笑了之。我们是两个穷孩子，来自曾经的煤矿小镇普拉科，而当我们去白金汉宫时，他们竟然对公众关闭了白金汉宫，让我们享受了一场私人参观。

我还看了洋基队的比赛。

我们还去了夏威夷。

我每天都很忙，而且很幸福，但我愿意用这一切去换回失去的三十年。我想把与乔治·克鲁尼一起打球的那些日子，换成与妈妈多待一分

---

1 凯雷德是凯迪拉克品牌下的全功能超豪华SUV。

钟。对不起了，乔治，我不能不去想我的生活原本会是怎样的，我会是怎样的一个人——如果他们那天没来抓我。我尽量不去问“为什么是我？”这个问题太自私了。

为什么会有人遭这种罪呢？

为什么我们会认为某些人不值得拥有正义？为什么清白无辜者要付出如此的代价？麦格雷戈已经过世，他过世前写了一本书，书里提到了我，说我是个无比邪恶、无比狡诈之徒，他一眼就能看出我罪恶滔天。我原谅了他。有人把他教育成了种族主义者，就像有人把亨利·海斯教育成了一个种族主义者一样。他们得的是同一种病。

我原谅了雷吉，原谅了普海克斯，原谅了阿克，原谅了加勒特法官，原谅了每一个不遗余力想要掩盖真相的检察官。我原谅了仗势欺人的亚拉巴马州政府。面对欺负人的家伙，你一定要挺身而出。我原谅他们，因为如果不谅解，我自己就会痛苦不堪。

我原谅他们，因为从小妈妈就是这样教育我的。

我原谅他们，因为我信仰上帝，上帝宽恕众人。

人们习惯用故事来概括你的一生，一个有开头、中间、结尾的故事，一个事情发展有逻辑、有目的、有更伟大的原因的故事。我失去了生命中的三十年，我找寻着这个故事的目的。面对如此错误、如此愚蠢的一切，我思索着其中的意义。

其实我们都在这样做。

遭遇不幸时，我们要想方设法扛过去，要让每件事情的结局都皆大欢喜。

我们每一个人都希望自己的存在有意义。我们希望自己的人生、自己的故事、自己做的选择、自己没有做的选择，全部都有意义。

死囚牢房让我明白我们所有人的一切都有意义。

我们怎样活着，这意义重大。

我们是选择爱还是恨？是选择帮助人还是伤害人？

你无法知道哪一秒钟是彻底改变你人生的时刻，所以你只能在回忆、反思中寻找这一时刻。

相信我，这一刻你永远也无法预见。

后　记

为他们祈祷

> 如果本法庭没有下令安东尼·雷·辛顿在州法院接受进一步的听证，他很可能已经被处决，而不是无罪释放。
>
> ——斯蒂芬·布雷耶，美国最高法院法官

这是2017年3月美国被关押在死囚牢房里的男犯和女犯的名单。统计数字表明，名单中每十人就有一人是清白无辜者。念一念这些名字吧。他们每人都有自己的家庭、自己的故事。他们做的各种选择、经历的各种事情，让他们最终身陷囹圄。念一念他们的名字吧。你知道他们谁被错判了死刑？谁是清白无辜吗？念一念他们的名字吧。我的名字曾经也在其中，只是这长长的名单中的一个，只是跟他们一样的不可救药之徒，一个地球上最残忍、最冷血的杀手。

真相并非如此。

念一念这些名字，了解他们的故事。我们有权决定他们谁该活、谁该死吗？我们有这个权利吗？当知道自己经常犯错时，我们还能相信自己有这个权利吗？如果十架飞机中会有一架坠毁，我们会马上停飞所有的飞机，直到找到故障原因。我们的司法系统也出了故障，因此我们此时必须叫停死刑。正如我的好朋友布莱恩·史蒂文森所说，宇宙的道德

弧线一直向着正义弯曲，但是正义尚需我们的一臂之力。只有好人采取行动抵制不公正时，公正才能得以彰显。我们要全力支撑宇宙的道德弧线，让它向正义弯曲再弯曲。而且，是的，我们的立场决定着这一切。

请大声念一念这些名字。

每念十个名字，请停下来加上“清白无辜”。

把你的儿子或女儿的名字加上，或是你哥哥弟弟、父亲母亲的名字。

把我的名字加上。

把你的名字加上。

死刑漏洞百出，你只能选择要么站在刽子手一边，要么站在狠敲铁门、呐喊抗议的一边。

选择吧。

塞福拉·阿卜杜-萨拉姆
阿卜杜阿里·阿卜杜拉赫曼
丹尼尔·阿克
斯坦利·亚当斯
迈克尔·艾迪生
艾萨克·克里德·阿吉
香农·阿格夫斯基
纳瓦兹·艾哈迈德
哈桑·阿克巴尔
拉福德·奥尔德里奇
巴扬·阿列克谢

盖伊·S.亚历山大
比利·杰罗姆·艾伦
大卫·艾伦
盖伊·艾伦
克里·艾伦
昆西·艾伦
斯科特·艾伦
蒂莫西·艾伦
胡安·艾尔瓦雷斯
布伦达·安德鲁
特伦斯·安德鲁斯

安特文·安东尼
威廉·托德·安东尼
安东尼·阿帕诺维奇
阿兹博·阿科特
阿图罗·阿兰达
迈克尔·阿奇莱特
道格拉斯·阿姆斯特朗
兰斯·阿灵顿
兰迪·L.阿特金斯
昆塔斯·马丁内斯·奥古斯汀
佩里·艾伦·奥斯汀
（小）瑞格博托·阿维拉
阿卜杜·H.奥卡尔
卡洛斯·阿耶斯塔斯
哈森·贝克特
约翰·斯科特·贝吉特
奥兰多·贝兹
胡安·鲍德拉斯
约翰·巴伦坦
特里·鲍尔
迈克尔·埃里克·巴拉德
泰隆·贝琉
约翰·M.贝恩
乔治·班克斯·泰芬
巴比
艾瑟尔·巴顿
史蒂文·巴恩斯
威廉·巴恩斯
阿奎拉·马斯维奇·巴纳特
杰弗里·李·巴雷特
肯尼斯·巴雷特
安东尼·巴提
布兰登·巴沙姆
泰德瑞克·巴蒂斯特
约翰·巴塔利亚
安东尼·巴特尔
理查德·鲍姆海默斯
理查德·R.贝斯
杰西亚·贝伊那
理查德·比斯利
特蕾西·比提
布莱恩·克里斯托弗·贝尔
里基·贝尔
威廉·H.贝尔
安东尼·贝尔顿
迈尔斯·斯特林·本奇
约翰尼·班尼特
罗德尼·贝格特

布兰登・伯纳德
吉东格雷・派劳・贝里
唐纳德・贝丝
诺福克・朱诺・贝斯特
罗伯特・W.贝瑟尔
丹尼・保罗・巴博尔
詹姆士・比格柏
阿奇・比林斯
乔纳森・凯尔・比尼
拉尔夫・伯德桑
史蒂芬・弗农・比克斯比
拜伦・布莱克
（老）里奇・李・布莱克威尔
赫伯特・布莱克尼
罗杰・布莱克尼
安德烈・布兰德
德蒙・布朗特森
斯科特・布莱斯通
罗伯特・博尔登
阿瑟・杰罗姆・博马
阿奎尔・邦德
查尔斯・邦德
梅尔文・邦内尔
肖恩・迈克尔・博斯

阿尔弗雷德・布格奥斯
格雷戈里・鲍温
内森・鲍伊
威廉・鲍伊
（小）马里昂・鲍曼
特伦斯・鲍曼
理查德・博克斯利
大卫・布莱登
迈克尔・杰罗姆・布拉克斯顿
（小）阿尔文・埃文・布拉泽尔
马克・布莱克恩
布伦特・布鲁尔
罗伯特・布鲁文顿
艾伦・布里杰
肖恩弗提・M.布里奇斯
达斯汀・布里格斯
格雷迪・布林克利
詹姆斯・布罗德奈克斯
约瑟夫・布朗
安图安・布朗施坦恩
罗梅尔・布鲁姆
亚瑟・布朗
法比恩・布朗
约翰・W.布朗

肯尼思·布朗

拉瓦·布朗

梅尔·杰森·布朗

迈卡·布朗

保罗·A.布朗

迈克尔·勃朗宁

查尔斯·布朗洛

尤金·A.布拉克斯顿

杰森·布拉姆威尔

奎西·布莱恩

詹姆斯·纳撒尼尔·布赖恩特

莱奎尔·布赖恩特

斯蒂芬·C.布赖恩特

杜安·巴克

乔治·C.巴克纳

斯蒂芬·门罗·巴克纳

卡尔·W.邦森

雷福德·刘易斯·伯克

朱尼厄斯·布尔诺

凯文·伯恩斯

威廉·约瑟夫·伯恩斯

约翰·爱德华·伯

亚瑟·伯顿

何塞·巴瑟耐特

（小）爱德华·李·巴斯比

荣森·凯尔·布什

史蒂文·A.巴特勒

泰隆·凯德

理查德·卡杰尔

詹姆斯·卡尔弗特

詹姆斯·A.坎贝尔

（小）阿尔瓦·坎贝尔

罗伯特·J.坎贝尔

特伦斯·坎贝尔

阿尼巴尔·卡纳莱斯

杰梅因·坎农

伊凡·坎图

鲁本·卡德纳斯

金伯利·嘉吉

卡洛斯·卡罗

大卫·卡朋特

托尼·凯罗瑟斯

塞德里克·卡特

道格拉斯·卡特

肖恩·卡特

山恩·E.卡特

提龙·卡特

琳达·卡蒂

沃尔特·卡拉瑟斯
奥马尔·卡什
奥古斯特·卡萨诺
胡安·卡斯蒂洛
埃里克·凯西
罗尼·考瑟恩
史蒂文·塞派克
蒂龙·查尔默斯
特里·瑞·张伯伦
弗兰克·钱伯斯
杰里·钱伯斯
罗纳德·钱普尼
科索尔·钱瑟科梅恩
达韦尔·钦
大卫·卡米尔
特洛伊·詹姆斯·克拉克
塞多克·克莱顿
乔丹·克莱蒙斯
柯蒂斯·克林顿
比利·W.科布尔
詹姆斯·艾伦·科丁顿
本杰明·科尔
杰米·科尔
韦德·L.科尔

蒂莫西·科尔曼
道格拉斯·科利
杰西·塞乐布·康普顿
盖瑞·科恩
迈克尔·孔福尔蒂
杰里·W.康纳
詹姆斯·T.康韦（三世）
德里克·L.库克
罗伯特·库克
韦斯利·保罗·库恩斯
奥德尔·科利
劳尔·科特斯
鲁森斯基·艾伦·科特雷尔
唐尼·康斯尔
伯纳德·康索尔
大卫·李·考克斯
杰蒙特·考克斯
拉塞尔·考克斯
丹尼尔·克里斯贝尔
达伊娃·克罗斯
比利·杰克·科拉特森尔
奥本尔·克鲁斯-加西亚
埃德加多·科巴斯
卡洛斯·科埃斯塔-罗德里格斯

（小）丹尼尔·卡明斯
保罗·卡明斯
里基·卡明斯
克林顿·坎宁安
杰罗尼克·坎宁安
乔治·柯里
布兰登·丹尼尔
亨利·丹尼尔斯
约翰尼·R.道奇
泰德尔·戴维多（三世）
莱默瑞克斯·戴维森
埃里克·戴维拉
布莱恩·E.戴维斯
塞西尔·戴维斯
爱德华·E.戴维斯
富兰克林·戴维斯
欧文·阿尔文·戴维斯
詹姆斯·戴维斯
莱恩·戴维斯
迈克尔·安德烈·戴维斯
尼古拉斯·戴维斯
菲利普·戴维斯
罗兰·T.戴维斯
冯·克拉克·戴维斯
杰森·迪恩
尤金·迪卡斯特
何塞·迪杰索斯
詹姆斯·安德森·道林格
雷纳尔多·丹那斯
詹姆斯·A.丹尼斯
保罗·德沃
罗伯特·戴蒙德
安东尼·詹姆斯·迪克
（小）威廉·迪克尔森
阿奇·迪克森
杰西·多特森
凯文·道林
马库斯·朱埃瑞
特洛伊·德兰赫勒
（小）约翰·德拉蒙德
史蒂文·达菲
杰弗里·N.杜克
大卫·邓肯
约瑟夫·邓肯
蒂莫西·艾伦·邓拉普
哈维·Y.埃文
基思·伊斯特
戴尔·韦恩·伊顿

斯蒂芬·埃德米斯顿
特里·爱德华兹
约翰·艾辛格
斯科特·埃赞姆伯
杰拉尔德·C.埃尔德里奇
约翰·艾略特
泰伦斯·罗德里克斯·艾略特
克拉克·理查德·爱尔摩
菲利普·L.爱尔摩
亚列利·埃斯科巴尔
乔尔·埃斯科贝多
诺亚·埃斯帕达
格里高利·埃斯帕萨
拉里·埃斯特拉达
卡麦尔·戴尔尚·埃文斯
亨利·费伊
纳撒尼尔·费尔
理查德·费尔柴尔德
罗伯特·福克纳
安吉洛·费尔斯
勒罗伊·费尔斯
唐纳德·费尔
安东尼·詹姆斯·菲比格尔
爱德华·菲尔斯
谢尔曼·拉蒙特·菲尔斯
塞萨尔·R.菲耶罗
罗恩·芬克里
罗伯特·弗希尔
斯坦利·菲茨帕特里克
安德烈·弗莱彻
安东尼·弗莱彻
罗伯特·福罗
查尔斯·弗洛雷斯
（小）肖恩·埃里克·福特
托尼·福特
林伍德·福特
凯利·福斯特
艾尔里科·福勒
安东尼·弗朗索瓦
安东尼奥·桑切斯·富兰克林
罗伯特·弗莱特
詹姆斯·弗雷泽
达雷尔·韦恩·弗雷德里克
约翰·弗里兰
瑞·弗里尼
（小）詹姆斯·尤金·弗雷
丹尼·弗罗格
（小）克拉伦斯·弗莱

罗伯特·瑞·弗莱
查德里克·福尔克斯
巴尼·富勒
马文·加布里恩（二世）
大卫·盖尼
托马斯·盖洛
布莱恩·S.加尔文
约瑟夫·甘博亚
拉里·詹姆斯·盖普恩
瑞恩·格索尔
埃德加·巴尔塔萨·加西亚
费尔南多·加西亚
赫克托·L.加西亚
约瑟夫·加西亚
约翰·史蒂文·加德纳
丹尼尔·T.加纳
温贝托·加尔萨
（小）乔·弗朗哥·加尔萨
比尔·盖茨
（小）马尔科姆·格迪
乔纳森·李·金特里
罗纳德·吉布森
约翰·吉拉德
理查德·格罗瑟普
弥尔顿·高伯特
詹姆斯·高夫
蒂尔蒙·格尔芬
伊格纳西奥·戈麦斯
纳尔逊·贡戈拉
迈克尔·冈萨雷斯
拉米罗·冈萨雷斯
马克·安东尼·冈萨雷斯
克拉伦斯·古德
克里斯托弗·戈斯
巴塞洛缪·格兰杰
唐纳德·格兰特
约翰·马里昂·格兰特
瑞奇·约文·格雷
罗纳德·格雷
盖瑞·格林
特拉维斯·格林
伦道夫·M.格里尔
艾伦·尤金·格雷戈里
沃伦·格雷戈里
威廉·格雷戈里
温德尔·雅顿·格里森
蒂米·尤弗内·格鲁姆斯
斯科特·格罗普

安杰尔·格瓦拉
希尔马尔·格瓦拉
霍华德·吉德里
杰罗尼莫·古铁雷斯
鲁本·古铁雷斯
兰迪·古塞克
丹尼尔·格温
兰迪·哈格
理查德·哈克特
托马斯·海格
肯尼斯·海尔斯顿
柯南·韦恩·黑尔
（小）德拉诺·黑尔
比利·霍尔
查尔斯·迈克尔·霍尔
德里克·U.霍尔
加布里埃尔·保罗·霍尔
乔恩·霍尔
尤斯滕·霍尔
勒罗伊·霍尔
奥兰多·霍尔
兰迪·哈普林
（小）罗纳德·詹姆斯·汉密尔顿
菲利·汉考克
杰拉尔德·汉德
帕特里克·瑞·哈尼
詹姆斯·汉纳
谢尔登·汉尼拔
约翰·G.汉森
奥尔登·哈登
马龙·哈蒙
加兰·哈珀
（小）唐尼·李·哈里斯
弗朗西斯·鲍尔·哈里斯
（小）詹姆斯·哈里斯
吉米·迪恩·哈里斯
罗德里克·哈里斯
蒂莫西·哈特福德
尼达尔·哈桑
吉姆·E.海泽尔顿
拉里·哈滕
盖理·豪根
托马斯·霍金斯
安东尼·海恩斯
迈克尔·詹姆斯·海沃德
罗兰·亥直派斯
丹尼·亨布里

詹姆斯·李·亨德森
杰罗米·亨德森
科奈斯·亨德森
沃伦·K.海尼斯
蒂莫西·海恩斯
费边·埃尔南德斯
费尔南多·埃尔南德斯
查尔斯·希克斯
丹尼·希尔
捷恩斯·希尔
杰里·希尔
安东尼·达雷尔·海恩斯
（小）乔治·黑特丘
亨利·霍奇斯
蒂莫西·霍夫纳
迈克尔·霍根
布列塔尼·霍尔贝格
诺里斯·霍尔德
艾伦·理查德·霍尔曼
米切尔·D.霍尔姆斯
戴夫·泰伯罗恩·霍尼
达斯汀·霍肯
塞罗恩·托马斯·胡克斯
达里恩·豪泽

威廉·霍华德·豪斯曼
格雷戈里·李·霍弗
贾马尔·霍华德
塞缪尔·霍华德
盖理·休本克斯
默瑞斯·休斯
罗伯特·休斯
约翰·休伊
斯蒂芬·林·休格雷
约翰·赫梅尔
卡尔文·亨特
拉蒙特·亨特
杰森·赫斯特
珀西·赫顿
特里·阿尔文·海特
约翰尼·海德
拉米罗·伊瓦拉
达斯汀·伊格斯
杰瑞·巴克·英曼
比利·R.依里克
威廉·尔凡
艾哈迈德·法齐·伊萨
大卫·艾维
安德烈·杰克逊

克里斯多夫·杰克逊
克利夫兰·杰克逊
耶利米·杰克逊
卡里姆·杰克逊
纳撒尼尔·杰克逊
理查德·艾伦·杰克逊
谢尔顿·杰克逊
丹尼尔·雅格布斯
蒂莫西·马修·雅各比
艾其尔·贾西
斯坦利·杰罗威克
詹姆斯·杰尼斯
约瑟夫·杰恩
威利·詹金斯
罗伯特·M.詹宁斯
拉尔夫·西蒙·耶利米亚
克里斯多夫·约翰逊
科里·约翰逊
德克斯特·约翰逊
唐尼·E.约翰逊
唐特·约翰逊
哈维·拉马尔·约翰逊
杰西·李·约翰逊
马塞尔·约翰逊
马丁·艾伦·约翰逊
马文·G.约翰逊
马修·约翰逊
尼古拉斯·约翰逊
雷蒙德·尤金·约翰逊
罗德里克·安德烈·约翰逊
威廉·约翰逊
亚伦·C.琼斯
唐纳德·艾伦·琼斯
埃尔伍德·琼斯
亨利·李·琼斯
杰瑞德·琼斯
朱利叶斯·大流士·琼斯
奥德里·琼斯
菲利普·L.琼斯
昆廷·琼斯
谢尔顿·D.琼斯
克拉伦斯·乔丹
大卫·林恩·乔丹
路易斯·乔丹
以利亚·德韦恩·朱伯特
安东尼·B.朱尼珀
朱瑞尔斯·卡达莫瓦斯
杰弗里·坎蒂斯

威廉·约翰·凯克
大卫·基恩
特洛伊·凯尔
（小）伊曼纽尔·坎普
克里斯多夫·肯尼迪
唐纳德·凯特拉
约瑟夫·金德勒
约翰·威廉·金
特里·金
胡安·金利
安东尼·柯克兰
马朗·凯瑟
梅尔文·奈特
约翰·J.克勒
罗恩·拉弗蒂
理查德·莱尔德
基思·拉马尔
伯纳德·兰普
马布里·约瑟夫·兰道（三世）
劳伦斯·兰德勒姆
埃里克·莱恩
爱德华·L.朗（三世）
罗伯特·兰利
罗伯特·拉克
托马斯·M.拉里
约瑟夫·R.雷夫
马克·劳勒
达里尔·劳伦斯
吉米·劳伦斯
韦恩·A.劳斯
韦德·莱
威廉·力科
丹尼尔·李
盖伊·莱格兰特
格雷戈里·伦纳德
帕特里克·伦纳德
威廉·B.伦纳德
约翰·莱斯科
伊曼纽尔·莱斯特
大卫·李·刘易斯
哈莱姆·哈罗德·刘易斯（三世）
阿曼多·莱扎
肯尼斯·贾马尔·莱特
安泰奥尼·利更斯
金姆·利·利姆
卡尔·林德赛
马里昂·林德赛

凯文·詹姆斯·莱尔
利奥·戈登·利特尔（三世）
伊曼纽尔·利特尔约翰
胡安·利兹卡诺
罗比·洛克莱尔
史蒂芬·隆
克里斯蒂安·隆哥
乔治·洛佩兹
曼纽尔·绍塞多·洛佩兹
查尔斯·洛林
欧内斯特·洛奇斯
格雷戈里·洛特
阿尔伯特·洛夫
道格拉斯·安德森·洛弗尔
德怀特·J.洛文
何塞·T.洛萨
梅丽莎·卢西奥
乔·迈克尔·卢娜
大卫·林奇
拉尔夫·林奇
格伦·莱昂斯
克拉伦斯·麦克
迈克尔·麦迪逊
博·麦斯塔斯
弗洛伊德·尤金·麦斯塔斯
米卡尔·D.马赫迪
奥兰多·梅斯奈特
瑞奇·瑞·马龙
詹姆斯·马莫内（三世）
（小）查尔斯·马穆
达雷尔·马内斯
勒罗·伊埃尔伍德·曼
凯文·马里内利
杰拉尔德·马歇尔
杰罗姆·马歇尔
大卫·马丁
杰弗里·马丁
何塞·诺依·马丁内斯
迈卡·亚历山大·马丁内斯
雷蒙德·D.马丁内斯
林伍德·梅森
莫里斯·梅森
威廉·迈克尔·梅森
达蒙·马修斯
凯文·爱德华·马蒂森
查尔斯·麦克斯韦
兰登·梅
莱尔·梅

兰德尔·梅斯
安吉拉·D.麦克阿诺特
杰森·杜瓦尔·麦卡蒂
欧内斯特·保罗·麦克卡弗
罗伯特·李·麦克康奈尔
迈克尔·麦克康奈尔
乔治·E.麦克法兰
拉里·麦凯
卡尔文·麦克凯尔顿
帕特里克·麦克纳
格雷戈里·麦克奈特
约翰·麦克尼尔
弗雷迪·麦克尼尔
马里奥·麦克尼尔
查尔斯·D.麦克奈尔顿
大卫·麦克尼什
托马斯·梅多斯
安东尼·梅迪纳
赫克托·梅迪纳
鲁道夫·梅德拉诺
巴勃罗·梅伦德斯
弗雷德里克·门多萨
莫伊塞斯·门多萨
拉尔夫·孟席斯
杰弗里·迈耶
（小）休伯特·莱斯特·迈克尔
唐纳德·米德尔布鲁克斯
大卫·S.米德尔顿
尤里·米哈尔
罗纳德·米可斯
布莱恩·米拉姆
克利福德·瑞·米勒
大卫·米勒
迪蒙特尔·米勒
丹尼斯·米勒
阿尔弗雷德·米切尔
里奇蒙德·米切尔
马库斯·迪卡洛斯·米切尔
韦恩·米切尔
乔纳森·D.门罗
弥尔顿·蒙塔沃
诺埃尔·蒙塔沃
马尔科·蒙特兹
卡隆·蒙哥马利
丽莎·蒙哥马利
威廉·蒙哥马利
尼尔森·W.穆尼
布兰奇·T.摩尔

鲍比·詹姆斯·摩尔
（小）李·爱德华·摩尔
米卡尔·摩尔
伦道夫·摩尔
理查德·伯纳德·摩尔
赫克托·曼努埃尔·莫拉莱斯
塞缪尔·莫兰
詹姆斯·刘易斯·摩根
威廉·摩根赫林
法里斯·莫里斯
威廉·摩瓦
卡尔·斯蒂芬·莫斯利
埃罗尔·杜克·摩西
纳伊姆·默罕默德
迈克尔·穆德
特拉维斯·穆利斯
（小）弗雷德里克·A.蒙特
埃里克·穆里洛
克雷格·墨菲
杰迪戴亚·墨菲
朱利叶斯·墨菲
凯文·墨菲
帕特里克·墨菲
帕特里克·迪温·墨菲
哈罗德·穆雷（四世）
杰里米·默雷尔
奥斯丁·迈尔斯
大卫·李·迈尔斯
里卡多·纳蒂维达德
基思·D.纳尔逊
马林·E.纳尔逊
史蒂文·纳尔逊
克拉伦斯·内斯比特
（小）卡尔文·尼兰
哈罗德·尼克尔斯
艾弗拉姆·维奈托·尼卡
泰隆·L.诺林
李詹姆斯·诺曼
迈克尔·W.诺里斯
克林顿·罗伯特·诺奇卡特
尤金·农纳里
詹姆斯·D.奥尼尔
（小）比利·李·欧特尼
丹尼·奥伯米勒
亚伯·奥乔亚
理查德·奥多姆
沃尔特·奥格罗德
阿伯莱达·奥尔蒂斯

格里高利·奥森
加里·奥特
弗雷迪·欧文斯
唐耶尔·派迪
米格尔·帕迪拉
斯科特·路易斯·帕奈提
卡洛蒂·帕克
约翰尼·帕克
迈克尔·帕里什
莫里斯·帕特森
杰弗里·威廉姆斯·保罗
詹姆斯·帕瓦特
佩维斯·佩恩
凯文·佩尔泽
阿尔伯特·佩雷斯
克里·佩雷斯
路易斯·佩雷斯
劳伦斯·彼得森
厄斯·帕特坦
特蕾西·帕特塞利
保泰拉·菲利斯汀
马里奥·林恩·菲利普斯
罗纳德·菲利普斯
马克·皮肯斯
迈克尔·皮尔斯
克里斯塔·派克
布里利·皮佩
亚历山大·波尔克
理查德·波普罗斯基
欧内斯特·波特
托马斯·A.波特
吉尔伯特·波斯泰尔
格雷戈里·鲍威尔
克特里奇·鲍威尔
韦恩·鲍威尔
杰拉尔德·李·鲍尔斯
泰德·普拉瓦特
杰弗里·普雷沃斯特
泰金·普莱尔
（小）罗纳德·杰弗里·普莱保
罗伯特·林恩·普鲁特
考瑞尼尔·普瑞特
迈克尔·普瑞特
约瑟夫·普瑞斯泰什
韦斯利·艾拉·珀克
德里克·昆泰罗
赛义德·M.拉巴尼
查尔斯·雷比

德里克·拉根
沃尔特·瑞格林
威廉·雷恩斯
可西恩·雷米
约翰·拉米雷斯
胡安·劳尔·拉米雷斯
罗伯特·M.拉莫斯
安德鲁·达林·拉姆斯尔
查尔斯·伦道夫
塞缪尔·B.伦道夫（四世）
威廉·雷福德
丹尼斯·里德
罗德尼·里德
迈克尔·里夫斯
罗伯特·雷加
阿尔伯特·E.里德
安东尼·里德
大卫·伦特里亚
奥拉西奥·A.雷耶斯-卡马雷纳
胡安·雷诺萨
查尔斯·雷内斯
里克·艾伦·罗迪斯
查尔斯·赖斯
乔纳森·理查森
马丁·A.理查森
托马斯·理查森
蒂莫西·理查森
塞德里克·里克斯
雷蒙德·G.瑞尔斯
比利·瑞·莱利
迈克尔·里默
布瑞特·瑞普科沃斯基
迈克尔·里波
安杰尔·里维拉
克里特斯·里维拉
何塞·A.里维拉
威廉·里维拉
沃伦·里弗斯
（小）詹姆斯·H.罗恩
杰森·罗伯
罗伯特·罗伯森
堂娜·罗伯茨
泰里·阿方索·罗伯茨
詹姆斯·罗伯森
马克·罗伯森
查尔斯·L.罗宾斯
安特亚尼·罗宾逊
科特尼·罗宾逊

埃迪・罗宾逊
格雷戈里・罗宾逊
哈维・罗宾逊
朱利叶斯・罗宾逊
马库斯・罗宾逊
特里・拉蒙特・罗宾逊
威廉・E.罗宾逊
菲利克斯・罗查
夸梅・罗克韦尔
阿方索・罗德里格斯
胡安・卡洛斯・罗德里格斯
佩德罗・罗德里格斯
罗森多・罗德里格斯
戴顿・罗杰斯
马克・J.罗杰斯
威廉・格伦・罗杰斯
马丁・罗哈斯
（小）理查德・诺曼・罗耶姆
埃德温・R.罗梅罗
克里斯托弗・罗尼
克林顿・罗斯
克里斯托弗・罗斯博罗
肯尼斯・劳斯
达莱・林恩・卢蒂尔
约翰・艾伦・卢比奥
罗兰多・鲁伊斯
韦斯利・鲁伊斯
特拉维斯・朗内尔斯
埃里克・沃尔特・朗宁
拉里・拉什
（小）皮特・拉塞尔
迈克尔・帕特里克・瑞恩
詹姆斯・C.赖德
维克多・萨尔达诺
塔鲁斯・塞尔斯
塞维拉克・山姆
迈克尔・桑普尔
加里・李・桑普森
亚伯拉罕・桑切斯
阿方索・桑切斯
安东尼・卡斯蒂略・桑切斯
里卡多・桑切斯
卡洛斯・桑德斯
托马斯・桑德斯
威廉・K.萨普
丹尼尔・萨罗切克
大卫・艾伦・萨塔塞恩
卡博尼・萨维奇

拜伦·舍夫
康纳·舍尔曼
（小）迈克尔·迪恩·斯科特
凯文·斯卡德
瑞奇·D.西科莱斯特
胡安·梅萨·塞贡多
曼努埃尔·M.塞普尔韦达
里卡多·塞拉诺
鲍比·T.谢泼德
艾丽卡·谢泼德
唐纳德·威廉·谢尔曼
迈克尔·韦恩·谢里尔
布兰特·舍伍德
安东尼·艾伦·肖尔
杜安·A.肖特
托尼·西登
布拉德·基斯·西格蒙
肯尼思·西蒙斯
大卫·西蒙森
肯德里克·辛普森
拉什恩·L.辛普森
米切尔·西姆斯
文森特·西姆斯
弗雷德·辛格尔顿

迈克尔·辛格利
乔治·斯开泽斯
亨利·斯金纳
保罗·斯莱特
约翰·阿莫斯·斯莫尔
克里斯托弗·史密斯
狄米特律斯·史密斯
杰米·史密斯
约瑟夫·W.史密斯
肯尼·史密斯
迈克尔·德韦恩·史密斯
奥斯卡·F.史密斯
雷切·史密斯
罗德里克·史密斯
韦恩·史密斯
（小）韦斯利·托比·史密斯
瑞奇·斯密尔尼斯
马克·艾萨克·斯纳尔
大卫·斯尼德
约翰·奥利弗·斯诺
马克·索利兹
迈克尔·H.松纳
沃尔特·桑托
佩德罗·S.索萨

安东尼·索维尔
杰弗里·斯帕克斯
罗伯特·斯帕克斯
达伍德·斯波尔丁
威廉·斯皮尔
梅尔文·斯佩特
沃伦·斯皮维
马克·牛顿·斯伯茨
马克·L.斯夸尔斯
史蒂文·斯特利
斯蒂芬·斯坦科
诺曼·斯坦内兹
安德烈·斯坦顿
罗兰·斯蒂尔
帕特里克·约瑟夫·斯蒂恩
戴维·斯蒂芬斯
乔纳森·史蒂文森
约翰·斯托耶茨
拉尔夫·斯托克斯
萨米·路易斯·斯托克斯
帕特里克·杰森·斯托拉
鲍比·韦恩·斯通
保罗·大卫·斯托里
毕格勒·乔布·斯托福（二世）
达雷尔·斯特里克兰
约翰·斯坦普夫
托尼·萨默斯
布莱恩·苏尼格
丹尼斯·韦德·萨特斯
加里·萨顿
尼古拉斯·萨顿
拉里·斯韦林根
理查德·泰布勒
大卫·泰勒
埃迪·泰勒
保罗·泰勒
雷洪·泰勒
罗德尼·泰勒
罗纳德·泰勒
冯·泰勒
唐纳德·泰德福德
伊凡·泰乐古兹
詹姆斯·坦奇
伯纳多·特塞罗
加里·特里
卡尔·安东尼·特里
米歇尔·休·撒普
托马斯·瑟伯迪奥克斯

安德烈·托马斯
安德鲁·托马斯
唐特·托马斯
詹姆斯·爱德华·托马斯
詹姆斯·威廉·托马斯
约瑟夫·托马斯
肯尼斯·D.托马斯
马洛·托马斯
史蒂文·托马斯
瓦里克·克里斯托弗·托马斯
阿什福德·汤普森
查尔斯·汤普森
格雷戈里·汤普森
约翰·亨利·汤普森
马修·德怀特·汤普森
约翰·休森
雷蒙德·蒂贝茨
杰弗里·戴尔·蒂纳
理查德·蒂普顿
童重光
安德烈斯·安东尼奥·托雷斯
豪尔赫·阿维拉·托雷兹
杰科姆·吕德尔·托厄斯
赫克·冯·特伦

迈克尔·泰沃格利亚
史蒂芬·特赖贝尔
卡洛斯·特维诺
詹姆斯·厄尔·特林布尔
丹尼尔·特洛亚
加里·艾伦·特鲁尔
以赛亚·格兰德尔·泰伦
佐哈·查纳耶夫
拉塞尔·塔克
阿尔伯特·特纳
迈克尔·瑞·特纳
布鲁斯·特尼治
约书亚·特尼治
雷蒙德·A.特怀福德（三世）
斯泰西·泰勒
何塞·乌德拉
亚历杭德罗·乌马纳
凯文·瑞·安德伍德
大卫·安永恩
费丹舍·瓦尔迪兹
约翰·E.瓦莱里奥
罗伯特·范·胡克
詹姆斯·W.范迪伍纳
西奥西·瓦尼西

理查德·瓦斯克斯
克里斯托弗·瓦奥瓦
豪尔赫·维拉努埃瓦
沃伦·瓦迪
詹姆斯·沃克
亨利·路易斯·华莱士
桑德·沃尔特
克里斯蒂娜·S.沃尔特斯
比利·乔·沃德罗
法里昂·沃德里普
拜伦·拉马尔·华林
莱斯利·沃伦
安东尼·华盛顿
迈克尔·华盛顿
威利·T.华盛顿
杰拉尔德·沃特金斯
赫伯特·沃森
约翰·沃森（三世）
詹姆斯·霍利斯·沃茨
奥比·韦瑟斯
迈克尔·韦伯
蒂米·约翰·韦伯
布鲁斯·韦伯斯特
约翰·爱德华·魏克
詹姆斯·沃尔
赫伯特·德维恩·韦斯利
何塞·韦森
史蒂文·韦斯特
罗伯特·沃顿
达里尔·K.韦特福尔
托马斯·巴特·惠特克
加西亚·G.怀特
梅尔文·怀特
蒂莫西·L.怀特
（小）欧内斯特·R.沃尔弗
（小）基斯·戴德里克·威利
乔治·威尔克森
克里斯托弗·威尔金斯
菲利普·E.威尔金森
威利·威尔克斯
罗伯特·吉恩·威尔（二世）
安德烈·威廉姆斯
安东尼·L.威廉姆斯
阿瑟·李·威廉姆斯
卡里·威廉姆斯
查尔斯·克里斯托弗·威廉姆斯
克里斯托弗·威廉姆斯
克利福德·威廉姆斯

克里夫顿·威廉姆斯
大卫·肯特·威廉姆斯
埃里克·威廉姆斯
尤金·约翰尼·威廉姆斯
詹姆斯·T.威廉姆斯
杰弗里·威廉姆斯
杰里米·威廉姆斯
约翰·威廉姆斯
佩里·尤金·威廉姆斯
（小）罗伯特·威廉姆斯
罗伊·L.威廉姆斯
特伦斯·威廉姆斯
霍华德·霍克·威利斯
爱德华·T.威尔逊
詹姆斯·威尔逊
罗奈尔·威尔逊
路易斯·迈克尔·温克勒
安德鲁·威特
威廉·L.威特尔
杰弗里·维根斯坦尔
大卫·L.伍德
杰弗里·伍德
约翰·理查德·伍德
特梅恩·伍德
艾瑞克·伍达德
罗伯特·伍达德
安东尼·伍兹
达雷尔·伍兹
德韦恩·伍兹
文森特·伍滕
查尔斯·赖特
威廉·赖特
拉格胡南丹·彦达木瑞
罗伯特·李·耶茨
（小）罗伯特·伊巴拉
克里斯托弗·杨
克林顿·杨
伦纳德·杨
埃德蒙·萨格尔斯基

致 谢

首先，我要感谢我最好的朋友莱斯特，还有他的妻子西尔维亚。谢谢你们一直站在我身边，陪我度过人生中所有好的、坏的、丑陋的时刻。谢谢你们从不挑剔我、从不放弃我。在我被押的三十年里，你们一直陪在我身边；如今我自由了，你们还是一样陪在我身边。真的谢谢你们为我付出的时间、与我分享的欢笑，谢谢你们给予我的无尽的爱。谢谢你们令监狱探视区变得无比明亮。谢谢你们过去心甘情愿为我做的一切，我知道你们今后还会一如既往为我付出。谢谢你们头一天工作到深夜，第二天仍旧一大早动身，开一天的车去看我，只为让我能有个坐下来聊一聊的朋友。谢谢你们开着车跑了那么多的路。大多数人总喜欢把爱挂在嘴上，而你们却用自己的行为让我知道了什么是真正的爱和友谊。我爱你们，不是因为你们对我好，而是因为你们的美与良善，因为你们对我的一生至关重要。如果你们需要我做些什么，就像我需要你们那样，我也会一样为你们付出一切。莱斯特，每当想起你的时候，我就会想起《约翰福音》第15章第13节：“人为朋友舍命，人的爱心没有比这个大的。”

我想感谢布莱恩·史蒂文森，为了我的案子他度过无数个不眠之夜。在司法系统里没有一个人相信我的时候，只有他一直坚信我无辜。

布莱恩，你真的是司法系统里为道德发声、为良心指引方向的人。谢谢你为穷人做的一切，你是上帝派来的最伟大的律师。谢谢你无论在任何逆境都不言放弃。谢谢你集伟大的律师和伟大的人格于一体，你是我的律师、我的兄弟、我的朋友。如果我有十亿美元，就算把这些钱都给你，也无法报答你对我的大恩大德。我对你尊崇备至，我感谢上帝把你带到我的身边。你让我重又对人性有了信心，让我知道这个世上还有善良、正派的人。如果我能有你一半好的话，我都可以被称作好人了。我祝愿有更多的人能像你一样，感受到召唤，去帮助穷人和生活在社会边缘的人。女士们、先生们，如果你也有我一样的遭遇，如果你也含冤入狱，那么听我一句话：你要做的是先向上帝祈祷，然后给布莱恩·史蒂文森打电话，他是你的救星。

我还想要感谢EJI的其他律师，你们在我的案子上耗费了无数的时间和无数个夜晚。谢谢你们：夏洛特·莫里森、阿瑞恩·尤瑞尔、德鲁·科尔法克斯、凯瑟琳·普赖斯、安德鲁·奇尔德斯、西亚·萨奈、卡拉·克劳德、斯蒂芬·楚，还有本·哈蒙。你们也是我的救命恩人，对你们我永远心怀感激。

我要感谢我的文学经纪人道格·艾布拉姆斯，以及他在创意架构师[1]的团队。道格，谢谢你相信我的故事，谢谢你在出书的整个过程中对我不遗余力、无比热心的指导。谢谢你为了让世界上充满更多的正义而做出的努力，谢谢你制作的这些触及人的大脑和心灵的好书。没人能像你一样了解作者、了解读者，我真幸运结识了你。

我还要感谢与我合作共同完成此书的作家劳拉·洛夫·哈丁。劳

1 “创意架构师”（Idea Architects）是一家总部位于美国加州的出版公司。——译者注

拉，谢谢你那出神入化的措辞，谢谢你的理解、你的耐心，以及你心甘情愿去钻研多达八千页的法庭记录和文件。一路走来，你一直在我身边，听我讲那些痛苦的故事、悲惨的回忆，你总是更关心我的情绪和心情，而非书稿的进度。谢谢你钻进了我的脑袋，帮我把死囚牢里的三十年浓缩成一个闪耀着你我身上人性之光辉的故事。

谢谢你，圣马丁出版社负责这本书的编辑，乔治·威特，谢谢你制作出如此精美的版本，它让我的故事如虎添翼。我还要感谢圣马丁其他负责此书的优秀编辑：莎拉·斯维特、保罗·霍克曼、加布里埃尔·甘茨、马丁·奎恩、劳拉·克拉克、拉法尔·吉百克、莎拉·恩西，还有克里斯·恩西。我还要特别感谢文字录入者迈克尔·坎特韦尔，以及为此书出版付出努力的萨莉·理查森、詹尼弗·安德林。

获释之后，我向无数人讲过我的故事，我想谢谢所有听过我故事的人，是你们的爱、支持与鼓舞让我能够继续把故事讲给更多的人听，尽管它总让我想起伤心的往事。我想特别感谢迈克尔·莫兰和他的妻子凯西——你们是我新结识的朋友，但我知道你们一定也会是我终身的朋友。我希望我的故事能让更多人懂得要为正义而斗争、如何做一个好朋友、如何去毫无保留地爱一个人，懂得你我都有责任去修正这一经常不公正的法律体系。

如果正在读这本书的你，因为你所为或非你所为的罪行，被关进死囚牢——那么我希望你在本书中能找到给予你力量的希望。这种希望能够让你一直奋斗、努力让自己活下去，能够让你相信自己能够变得更好、你的境遇也会变得更好。请记住，我们谁都不是万恶滔天的罪人，此刻，无论你在哪里，无论你是谁，请你向身边这些需要帮助的人伸出手，用你的光照亮那些黑暗的地方。

图书在版编目（CIP）数据

我知道光在哪里 / (美) 安东尼·雷·辛顿，(美) 劳拉·洛夫·哈丁著；张雪梅译．— 成都：四川文艺出版社，2020.10

ISBN 978-7-5411-5417-1

Ⅰ．①我… Ⅱ．①安… ②劳… ③张… Ⅲ．①纪实文学—美国—现代 Ⅳ．① I712.55

中国版本图书馆 CIP 数据核字（2019）第 080198 号

著作权合同登记号：图进字 21-2019-310 号

WO ZHIDAO GUANG ZAI NALI

我知道光在哪里

〔美〕安东尼·雷·辛顿〔美〕劳拉·洛夫·哈丁 著 张雪梅 译

出 品 人 张庆宁
策划出品 大鱼读品
责任编辑 陈雪媛
责任校对 汪 平

出版发行 四川文艺出版社（成都市槐树街 2 号）
网 址 www.scwys.com
电 话 028-86259287（发行部） 028-86259303（编辑部）
传 真 028-86259306

邮购地址 成都市槐树街 2 号四川文艺出版社邮购部 610031
印 刷 三河市冀华印务有限公司
成品尺寸 146mm × 210mm 开 本 32 开
印 张 10.5 字 数 235 千
版 次 2020 年 10 月第一版 印 次 2020 年 10 月第一次印刷
书 号 ISBN 978-7-5411-5417-1
定 价 52.00 元